隽峰文化

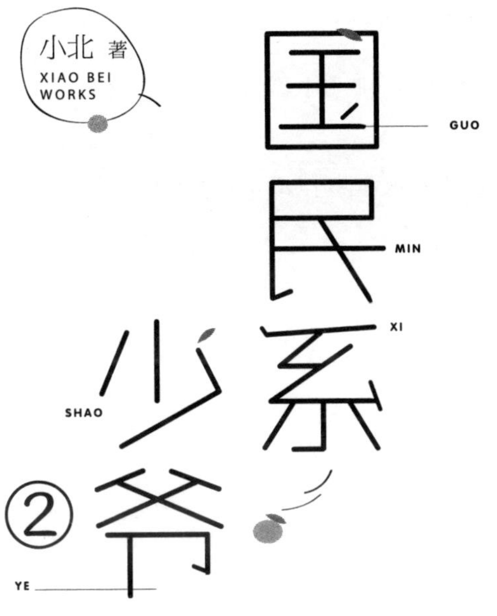

江苏凤凰文艺出版社
JIANGSU PHOENIX LITERATURE AND
ART PUBLISHING, LTD

图书在版编目（CIP）数据

国民系少爷. 2 / 小北著. -- 南京：江苏凤凰文艺出版社，2018.11

ISBN 978-7-5594-2949-0

Ⅰ. ①国… Ⅱ. ①小… Ⅲ. ①长篇小说—中国—当代 Ⅳ. ①I247.5

中国版本图书馆CIP数据核字(2018)第224182号

书　　名　国民系少爷.2

作　　者　小　北
责任编辑　丁小卉　姚　丽
总 策 划　调　调
出版监制　唐　昕
特约编辑　眸　眸
责任监制　刘　巍　江伟明
出　　品　隽峰文化
出版发行　江苏凤凰文艺出版社
出版社地址　南京市中央路165号，邮编：210009
出版社网址　http://www.jswenyi.com
印　　刷　长沙鸿发印务实业有限公司
开　　本　880mm×1230mm　1/32
字　　数　218千字
印　　张　9
版　　次　2018年11月第1版　2018年11月第1次印刷
书　　号　ISBN 978-7-5594-2949-0
定　　价　36.80元

目录
CONTENTS

GUO----------MIN----------XI
SHAO YE----------

目录

CONTENTS

GUO----------MIN----------XI

SHAO YE----------

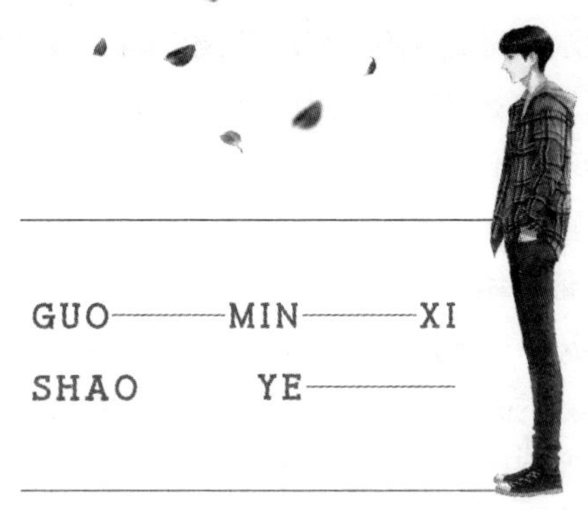

第一章

你以前喜欢的人，现在还喜欢吗

1

我叫李淼。

我的名字带三个水，但这并不代表我就喜欢水，也不是因为我命里缺水，需要多接触水，更不代表我就会游泳。

之所以这么解释，是因为我正在为此而感到苦恼。但显然有人并不能理解不会游泳，为什么名字中还要带这么多水，所以我只得不厌其烦地再次解释。

“童谣大姐姐，我不介意第十八次告诉你，我叫李淼，不是因为会游泳，也不是因为我命里缺水，需要多接触水，真的是因为我妈在怀我的时候喜欢喝水，我爸就随便取的。另外，我们相识三个多月，时间虽然不长，但我们由此变成了最好的朋友，你就应该是了解我的，我就是个旱鸭子，你让我加入学校游泳队？你确定不是在搞笑？”

我一口气说完这么多话，最后还给童谣一个求放过的委屈表情，可惜我得到的回应是童谣比我更委屈的小眼神。

“小淼，你最好了，你不帮我，我就真完了。求求你啦，你是我最后的希望了。”

看着童谣一脸真诚的样子，我的心在痛：大姐，和你分到一个宿舍还成了好朋友，我上辈子肯定是作了什么孽啊！

想是这样想，不过我也知道，童谣说得没错，她这真是没办法了。

童谣非要我加入校游泳队这件事情还要从她和她高中的死对头说起。

因为从小体弱多病，童谣很小的时候就被父母送去少儿游泳俱乐部。几年坚持下来，童谣不但很少生病，还表现出了惊人的天赋，以游泳比赛的优异成绩，获得了国家二级运动员证。这是很多希望通过体育特长获得升学加分的学生梦寐以求的一张证，虽然学习成绩本来就很突出的童谣根本就不需要借助这张证。由于所有的游泳比赛她都以优异的成绩获得了胜利，大家都说她是游泳天才，她也觉得自己战无不胜，直到读高中的时候，她在校游泳队碰到了一个对手。

陶嘉慧虽然名字很温柔，可是在水里的她如同蛟龙入海，身手特别灵敏。不管是训练还是比赛，两人不分高低，这次你第一，下次一定是我第一。都说同行是冤家，从此以后两人还真就暗暗较上了劲，谁都不服谁，高中三年都没争出个高低来，她们还约定到大学以后继续比赛。

陶嘉慧如今是 D 大的游泳队女队队长，因为每年首都的高校都会举办一场友谊游泳赛，陶嘉慧便在第一时间向童谣发出了挑战。

出于这个原因，童谣进入大学以后，第一件要办的大事就是进校游泳队。

当然了，凭借着她以前傲人的游泳成绩和实测的超强实力，她确实很顺利地成了校游泳队的女队队长，然而当她誓要带领全队奋战时，才发现这年头大家不是追星就是单纯地热爱学习，要么就是旱鸭子，真正热爱游泳的人寥寥无几，怎么也凑不够一支游泳队的人数。

这可急坏了我们这位游泳队长。

第二着急的就是校游泳队的教练老傅，他也没有想到今年的情况这么不堪。为了早日组队成功，进行集体训练，童谣在领了教练“尽早凑够人数”的任务之后着急得如热锅上的蚂蚁，于是对准她认识的和不认识的人发起了猛烈的攻击——糖衣炮弹，努力游说大家加入校游泳队。

可惜一个多月下来，结果是大家远远见到她就躲得远远的，比老鼠见到猫还跑得快。好在上天有好生之德，没有残忍到让她“颗粒无收”。她好不容易苦口婆心“骗”到几个单纯的小姑娘，可惜最后一个重要的名额是怎么都凑不到了。

虽然我一早就对她表示过我这个十足的旱鸭子对此完全没有兴趣，可走投无路的她最终还是残忍地将她的魔爪伸向了她的好朋友——我。

看到我的表情稍有松动，童谣立马喜笑颜开，拉着我就跑。

“我就知道你最好了。”

“喂，大姐，去哪儿啊？我可没答应你呀！”我企图甩开她的手，可她完全没有要松开的意思，拉着我继续往前跑。

“我先带你去我们游泳队参观一下。”

我垂死挣扎：“你们游泳馆再漂亮也没用，我真的不会游泳啊！”

“我可以教你啊，我带你游呀，我是游泳冠军你忘了吗？”

“我真的没兴趣，要不然我帮你再问问别人吧。”

此时我没兴趣是真的，只是没想到十分钟以后我就打脸了。

校游泳馆在学校的西南角，我虽然路过不少次，却从来没有进来过。童谣把我拉进来之后，就先带我参观了更衣室，因为我是个旱鸭子，确实没游过泳，所以也是第一次进游泳馆的更衣室，发现这和健身房的更衣室没什么区别，所以就更没有什么兴趣了。童谣一边拉着我继续往前走，一边介绍学校游泳队的情况，一顿猛夸学校器材室设备齐全，并且说这项运动既能健身还能减肥，而我一路上仍然兴味索然。

直到我们来到泳池边，看到一众穿着泳裤、腹肌发达的小麦色肌肤的高大男生排着队有序地往泳池里跳，我才彻底怔住。

这些美好的肉体如同古希腊的雕像一样，我感觉自己正在情不自禁地咽口水。

“这些人经常来游泳馆游泳？”

“这是咱们校游泳男队的队员啊！何止是经常来，可以说是天天来。”童谣见我两眼放光，马上对我挑了挑眉，“怎么样，我们游泳队的‘条件’还不错吧？不但可以强身健体，还能天天看美男！现在还有没有问题？”

“什么看美男，童谣，我可是有夫之妇，你这是唆使我犯罪。”说完我脸一红。

“知道知道，你的眼里只有你们家那座冰山。不过天天看，你看不腻吗？偶尔换换口味才新鲜哦。”童谣对我坏坏一笑。

童谣说完这番话的同时，在教练的口哨声中，刚刚那群站成排的男生中最后一个身材高挑的男生也一头扎进泳池里，激起一圈小小的浪花。

看着他们在水里奋力游泳的样子，我紧紧握了握手。

“这是大事，我要向我的‘家长’报告一下才行。”

“哟哟，瞧你那点出息，才恋爱就‘夫管严’，以后的日子可惨喽。”

“我愿意，你不要嫉妒我。”说完我转身就跑了，身后是童谣的声音——

“我等你的好消息啊恩人！最后一个名额！你懂的！”

2

网上有个调查说：你以前喜欢的人，现在怎么样了？你还喜欢吗？

看到这个时，我正和顾清明在学校的图书馆看书。准确地说，是顾清明在看书，我开了个小差，玩了会儿手机。我扭头看了看顾清明，偷偷笑了笑，迅速留言：现在是我男朋友，正坐我旁边看书，嘻嘻。

顾清明发觉我的异常，抬头瞟了我一眼："我好像说过来图书馆不准玩手机的吧？"

我立马对他卖萌一笑："你看看，这是我做的题。"

顾清明没有怀疑，拿起来认真翻看了一下才点了点头："有这水平，基本就不会挂科了。"

我立马对顾清明做狗腿状："这都是顾老师你的功劳，感谢顾老师的栽培。"

在我十八岁生日的时候，我只有两个愿望：不被退学和嫁给顾清明。

嫁给顾清明我不着急，毕竟我们还没有到法定年龄，但是不被退学……我不是很有底气。

没有人知道我为了能和顾清明在一起，高三那段时间有多刻苦、多努力，如果不是命运的眷顾让我超常发挥，我根本不可能和顾清明考到同一个大学。原本我是很庆幸自己终于可以安安心心地和顾清明在一起度过四年美好的大学生涯了，直到有一天我知道，如果有三门专业课挂科就会被退学，我终于感到不安起来。

为了不被退学，从开学开始，有事没事我就拉着顾清明多给我补习，忙得像个陀螺。都说高中苦，上了大学就好了，可惜那种初入大学的小美好和兴奋劲，我还没来得及感受，就在一道道专业知识题中耗尽了。

而且因为我和顾清明不是同一个系，很多时候没办法协调时间，只能在彼此都有时间的时候才约到图书馆进行补习。

说起选专业这个问题，当初我是这样想的：说话可是我的天赋，而且以前我的语文成绩算是几门学科里最好的。我本来想读汉语言或中文系，但又觉得似乎没什么挑战性。为了不让顾清明觉得他未来的老婆太平庸，我毅然决然报了外语系。可是后来当我看着发下来的教材时，我背着顾清明后悔得偷偷哭了三天。

这也实在是太难了。

顾清明的目标是进学校的智能技术与系统国家重点实验室，以后专攻 AI 方面，所以他很明确地选择了电子工程系。有一次，我本想向他吐槽我选错了专业，结果看了看他的教材里如天书一般的文字，顿时闭了嘴。

也正是因为顾清明的专业学术性太强，他从进了大学以后便特别忙，每天要花大量的时间研究教材。

一段时间下来，我有点委屈："顾清明，人家男女朋友约会都到咖啡馆喝个咖啡什么的，要多浪漫有多浪漫，咱们每次都是在图书馆啃书，我这个女朋友是不是有点惨？"

顾清明却继续给我找题："比起这些，难道不应该是两个人分开，不在同一个学校更惨一些？"

顾清明的话让我很受用："顾清明，你老实说，你是不是害怕我离开你的视线，在别的学校里魅力太大，迷倒万千花样少男，你有危机感啊？"

顾清明一如既往地对我温柔一笑："是是是……你先把这道题做了吧。"

以前我做完题之后，他总能指出很多问题，然而今天他对我解的题还算满意，我便趁机对他甜甜一笑：“顾清明，和你商量个事呗。”

“嗯？”顾清明抬头。

“你说我参加我们学校的游泳队怎么样？”

“你会游泳？”

“我可以学嘛，童谣教我，就你见过一面的那个漂亮室友。她可是游泳冠军呢，她……”

“那很好。”我正打算把童谣的履历夸得再张一点时，没想到顾清明忽然打断了我，然后我就听到他说，“这段时间你太拼命学习了，我正要和你说，你要学着放松自己。要是她能教你游泳，也确实是个放松身心的好办法。”

听完顾清明的话，我直接给了他一个爱的抱抱。

“顾清明，你太好了。”不过说完以后，我还是心虚地抬头看了看他，“游泳队有很多男生的，你不怕我羊入虎口啊？”

顾清明却对我勾唇一笑：“你是羊吗？”

我立马张牙舞爪地对顾清明扮起了鬼脸：“嘿嘿，我是一头披着羊皮的狼，顾清明小绵羊，看你往哪里跑，嗷呼……”

我们从图书馆出来时，天已经渐黑了。在食堂吃了饭之后，顾清明就送我回女生宿舍，一路上是两排高大的法国梧桐。在路灯下，我看了看身边的顾清明，一时有点感慨。

“顾清明，到现在我都不敢相信，我真的和你考到了同一所大学。”

顾清明心疼地看了看我：“你压力太大了，从开学到现在，你总是拼命学习，忽略了其他的东西。你是不是连我们校园都还没有好好逛过？”

我对他摇了摇头：“就是因为我在拼命啃书，像高三那年一样，所以现在我才感觉我像在做梦一样，一点都不真实，因为除了看的书不同，我总以为自己还在高中呢，嘿嘿。”

顾清明忽然停了下来，街灯散发着晕黄的薄光，他的目光如月色般温柔。他静静地盯着我，我正准备问是不是我脸上有饭粒时，他忽然低下头，猝不及防地给了我浅浅一吻：“这样真实了吗？”

当顾清明薄薄的嘴唇触碰到我，我立马像被注入了兴奋剂一般，点头如捣蒜：“真实真实，我可以再来一次吗？”

顾清明却一把将我轻轻拉开：“再来一次就是索求无度了。”

我故意做出一个委屈的表情，心里其实已经很满足了。

其实当初进大学时，除了不被退学之外，我还给自己定了一个任务：好好看住顾清明。我想过，顾清明进入大学后肯定会很招女生喜欢，然而连他自己也许都没想到，他竟会那么耀眼。

身高一米八八的顾清明，皮肤白皙，剑眉星目，透着一股英气，在新生大会上代表学生讲话的时候，就被一众美女封为校草，女生们觊觎他的眼神差点没把他吞没，对他爱慕的言语时不时在我耳边萦绕。

可是，谁也没有想到，大家都想追到手的高冷校草居然名花有主。

不知道是不是刻意的，在有女生表白之后，顾清明有一天忽然拉着我的手在校园里闲逛，从教学楼到操场，从食堂到图书馆，像饭后遛狗一样紧紧地拉着我。唯一和遛狗不同的是，一路上我发现有很多人对我指指点点并窃窃私语。

看到我和顾清明在一起时，大家觉得这简直不可思议。

因为我长相不是特别漂亮，加上我是踩着分数线才考来学校的，我和顾清明站在一起，无论从长相、身高还是智商来看，确实有点违和。

当时我还和顾清明开玩笑，我说："你有没有后悔那么快答应我的追求，没想到大学有这么多野花等着你采吧？"

顾清明却一脸严肃地看着我："以后不许再开这样的玩笑。"

顾清明说到做到，对于有些明着暗着对他示好的女生，他一概不予理会。渐渐地，大家也就死心了，背地里还叫他冰山。就是从此很多女生看我的眼神有点……意味深长，不知道是羡慕还是嫉妒。

原本我还很担心他被人拐跑，但从那以后我就做了个决定，为了能有资格和他并肩站在一起，再辛苦我也不能被退学啊！

顾清明的香吻我还想多享受几次呢。

3

"怎么样？怎么样？"

那天我推开宿舍门回去的时候，迎来的就是童谣热情如火的笑脸。

我回给她两个字："你猜！"

童谣心有不甘："顾大男神不可能会拒绝你吧，要知道当初知道你是他女朋友，我可是全校第一个放弃要拿下他的念头的人，你要知恩图报啊，要不然我们现在可就是情敌了。你不能这样对我吧？"

看着童谣马上就要戏精上身，我立马制止了她："明天带我去报到。"

“我就知道你不会负我。”童谣给了我一个大大的拥抱。

解决了一大心事的童谣，紧绷两个多月的神经终于彻底放松了下来。

感觉到她的身心是真的放松，我也为她松了一口气。这段时间为了凑齐队员人数，她确实操碎了心。不过一想到刚刚她说的可能会是我情敌的事，原来替她心疼的我在此刻立马假装生气。

“这都是看在你没成为我情敌的分上。”

关于童谣差点成为我情敌这事，说起来还有点搞笑。

那还是刚开学没多久，虽然同住一个宿舍，但大家并不太熟悉，也就知道彼此的名字。新生大会一结束，回到宿舍的童谣当即表示要拿下站在讲台上作为学生代表的顾清明。

“你们看到了吧，这届的男生我观察过了，虽然也有几个比较英俊帅气的，但那个顾清明凭借眉宇间的一股英气直接杀到了 C 位，好像他爸爸还是一个什么副市长，虽然不是什么特别大的官，但他好歹是官二代啊！这样的背景，这样的条件，简直不心动都没有道理啊！”

有人这么夸顾清明，我心里还是挺高兴的，前提是没有后面的话。

童谣继续说道：“我决定了，本人童谣在此立誓，无论如何，我都要拿下顾清明，让他拜倒在我的石榴裙下！”

当时我真的很想打断她，告诉她我和顾清明的关系，可惜看着她信誓旦旦的样子，我最终还是没好意思开口。

没想到童谣是个行动派，第二天她就跑去给顾清明送自己在校外排长队买的薄荷粥，然而她没有想到的是，顾清明竟然没拒绝。接连两天，情况都是如此。

童谣简直乐开了花，连她自己也没有想到拿下男神这么轻而易举。

直到第三天，顾清明提着童谣的保温桶直接来到了我们宿舍楼下。站在窗口的童谣看到顾清明的身影，雀跃得如同一只小鸟，直奔他而去。

只是童谣没想到，她下去就看到正好从自习室回来的我站在顾清明面前。

那两天因为刚听说挂三门专业课就会被开除的事，我吓得心惊胆战，天天都在啃书，连顾清明都没顾得上联系，结果一见面，他就递给我保温桶。我一脸莫名其妙地看着他时，就听到身后蹿出来的童谣惊喜地叫着他。

“嗨，顾清明，你来还我保温桶啊？”

“你的？”

“你的？”

在我和顾清明同时愣住的情况下，我们捋了捋情况，然后就……尴尬了。

顾清明充满歉意地看着童谣说：“不好意思，我还以为李淼这两天忙，知道我有点感冒才让你给我送过去的。”

“所以你收下我的粥是因为她？”童谣一脸不可思议地看着顾清明，“你们……认识？”

在顾清明和童谣双重疑惑的眼神下，我对童谣尴尬一笑：“其实，他是我男朋友。”

顾清明疑惑，是因为他以为作为室友，童谣应该早就知道我们的关系。

而童谣疑惑是因为……她怎么也不相信我这么普通的女生居然是顾清明的女朋友。

不相信事实真相的童谣难过地转身离去，连保温桶都没来得及接。

后来我找了个机会把我和顾清明从青梅竹马到在一起的故事说给了她听，听完之后，她才不可置信地看着我。

“好感人。你确定这不是言情小说？你早点说呀，你差点害我当了小三。”

当晚她就表示，为了这段感人的爱情，她第一个退出觊觎顾清明的队伍。

不过她也给我打了预防针：“你可要看紧点，这样的优质男，不知道有多少双眼睛盯着呢！一个不小心，可能就被人拐跑了。这年头，人家才不管你们是不是男女朋友呢，连结了婚的都敢抢。”

童谣说着露出了一个色狼的眼神。

虽然我知道童谣说的都是事实，不过因为先前顾清明给我吃了定心丸，我也就没有想太多，而且我相信顾清明的为人。

为了缓和一下当时有点尴尬的氛围，我对童谣羞涩一笑：“多谢大人的好意提醒，小女子无以为报，不如以身相许吧？”

然而我没想到的是，童谣比我还爱演，她立马戏精上身，朝我扑了过来：“好呀，在顾清明之前，我先替他检查检查你的那方面技术过不过关，come on baby！”

我：“……”

那天以后，我们两个的关系就越来越好了……

我从来没有想到我这么一个旱鸭子居然会有进游泳队的一天。

教练当然也没有想到。

第二天上完课，我和童谣一起去游泳馆时，大家基本都到了。校游泳队总共 24 人，男队 12 人，女队 12 人。男队因为早就人员齐全，已经开始进行日常训练。而女队是历时将近 3 个月才终于凑齐人数的队伍。看着女队第一次这么整齐地站成一排，一个中年男人站在队伍前面，脸上终于露出了久违的微笑。

他就是我们的教练老傅。

因为是新一届游泳队，所以大家基本都还不太熟悉。老傅让我们先做个自我介绍，方便了解，然后我听到的便是——

“大家好，我叫宋颂，曾获得过 C 市女子 100 米蛙泳冠军、女子 200 米蛙泳个人冠军、女子 4×100 米混合泳接力亚军。”

“大家好，我叫李萌萌，曾获得过 W 市女子 100 米仰泳冠军、女子 200 米混合泳冠军。”

“大家好，我叫王小慧，曾获得 N 市女子 50 米自由泳冠军。”

……

听着这么多冠军的头衔，我彻底傻了。所以轮到我时，傻傻的我脱口说的是：“大家好，我叫李淼，我……我是第一次来游泳……”

然后我就看到大家用“你是来搞笑的吧？”的眼神看着我。

我还没来得及解释，童谣马上举手：“那个……报告教练，虽然李淼是第一次参加游泳队，不过我有信心在最短的时间内把她训练为一名合格的选手。”

她的话刚说完，我就看到傅教练头疼地摆了摆手：“罢了罢了，这都是命运的安排，能凑齐就不容易了……”

队员们做完自我介绍，老傅开始认真地讲起话来：“首先欢迎大家加入我们学校的游泳队，我们虽然不是专业的运动员，但一向是以专业的态度和标准来要求的。希望你们在强身健体的同时，能在比赛中取得好成绩。今天是你们女队第一天集结，大家先熟悉一下环境，自由训练一下，从明天开始，我们正式训练。”

老傅的话刚说完，几个原本一本正经的队员忽然举手：“教练教练，我们可以和男队一起训练吗？”

看着她们两眼放光地看着正在水里训练的男队队员们，老傅大概明白了她们进游泳队的目的，无奈之余还是点了点头：“可以吧，不过不要影响训练。”

“不会的，我只看看，不动手。”队员们得到满意的答案，一溜烟地回更衣室换泳装去了。

看着大家兴高采烈的样子，我却愣在了原地。

“教练，那我呢？”

老傅看着我沉默了半晌，然后对我无奈地挥了挥手：“你先从学游泳开始吧。”

我：“……”

一旁的童谣给了我一个加油的手势，然而当时的我只想着一个问题：我现在退出游泳队还来得及吗？

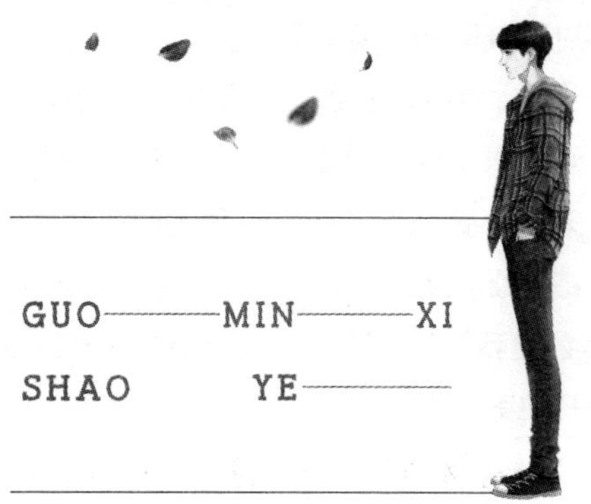

第二章

你以前呀，是闷骚型的

1

从游泳馆出来，我觉得我可能失去了半条小命。

原本换好泳装时，我的心情还算美妙，当时一旁的童谣用两只大眼睛盯着我看："哟，还真没看出来，原来你身材这么好哦，不会是顾清明的功劳吧？"

"讨厌，我们可是纯洁的人。"我羞涩一笑，朝她的胸口看了看，确实自信了很多。

不过童谣身材匀称，穿上泳装的她看上去比平时还要利落，那股气质一看就和我这种长年不运动的不一样。

童谣先带我进行了体能测试，看到我各项指标还算不错，还拍拍我的肩膀说我是游泳这块料。

等我们走出更衣室时，其他女队队员已经跑到泳池另一边对着正在训练的男队员拍手叫好了，很明显她们压根就不是来训练的。

男队员也因为女队员的到来明显积极了起来，他们一个一个比先前更卖力了。

看到男队员们全都仰头在水中游动，童谣告诉我他们现在在训练仰泳。

"我简单给你介绍一下，游泳比赛主要分为自由泳、仰泳、蛙泳、蝶泳和混合泳，还有接力赛……"

她刚说到这里就被我打断了。

"等等，大姐，你觉得你一下说这么多，我会记得住吗？而且现在我还是个旱鸭子，咱先让旱鸭子会下水行吗？"

童谣听完扑哧一笑："有我在，你还怕不会游泳？"

不过说完以后，童谣又碰了碰我："不对呀，看到这么多性感的肉体，怎么你没昨天激动了啊？"

我狠狠地给了她一巴掌："真当姐姐我是贪图美色才来的呀，还不是为了给你凑人头。现在好了，在这么多冠军们面前，我这次算是丢人丢大发了。"

"我的好姐姐，知道你最好了，不过咱俩能不能把辈分弄清楚了？到底谁才是姐姐啊？"

"谁是冠军，谁是姐姐，好了吧？"

童谣这才满意地对我微微一笑。

因为我这个旱鸭子，我和童谣就没有过去凑男队训练的热闹。我们先去器械室做了几组卧推、屈小臂和弯腰的练习，不过没做几组我就不干了。

"游泳不是在水池里吗？怎么还要健身啊？"

"这你就不懂了吧，不热身一下，直接下水的话，身体根本打不开，怎么能游得好……"

童谣说得头头是道，但我第一次游泳，完全没这个耐性。童谣无奈，说今天让我就先尝个鲜，于是才找了个角落先让我这个旱鸭子练习下水。

但是真站在泳池边，我忽然有点畏惧。下水我当然不怕，我怕的，是那种溺水的感觉。

十七岁那年，因为我成绩突飞猛进，为了表扬我，老李带领我们全家去三亚旅游，没想到他约了顾清明一家。在三亚的海边，大浪冲过来时，海水呛到我的鼻子、嘴巴和眼睛里，要不是顾清明及时出手，我可能就回不来了。也是那次，那种海水灌满全身的感觉，让我再也不喜欢海边。

发现我的异常，童谣碰了碰我："害怕？"

我点了点头："有一点点。"

"水是这个世界最温柔、最体贴的存在。"童谣说着以一个漂亮的姿势跳入了水中，如鱼得水的她，片刻之后探出头来对我笑笑，"来，先下来感受一下。"

童谣的笑太有感染力，看着她对我招手，我还是蹲到地上，脚先入水感受了一下，最后才进入水池。

我们在的地方水深不超过 1.2 米，才到我胸口的位置，但我一下子还是有点慌张。

"别紧张，没事的。"童谣扶着我说，"其实游泳最简单的就是呼气和吐气，只要掌握了技巧，游泳没你想的那么可怕。来，先跟着我做一下。"

童谣说完便对我示范，我努力学着她的样子练习。

在教人这方面，童谣的耐心足以为人师表，不过十分钟以后，我就对她挥手表示投降了。

"不行了，不行了，这一呼一吐的看着简单，没想到这么累，再搞下去，我会晕倒在这里。"

"行了，今天就先到这儿，咱们循序渐进。"童谣对我的表现还算满意。

"那我是不是可以回去了？"我感觉已经累到不行，顺势趴到了泳池边。

我的话刚落音，忽然头顶传来一个声音："女队招不到人就解散算了，怎么弄来一只旱鸭子？"

我抬头一看，一双噙着一抹坏坏微笑的眼睛就在我眼前。

这突如其来的一幕把我吓了一跳。

"宋子屿，你发什么神经，想吓死人哪！"童谣一把将我拉到身后。

“我这不是多年不见旱鸭子，想看清楚一点嘛。”名叫宋子屿的男生对童谣笑笑。

我这才看清，出现在我们面前的男人同样穿着泳裤，一身白皙的皮肤，六块腹肌很明显，五官很硬朗，留着干净的板寸。

我还惊魂未定，宋子屿已经站好，对我挑了挑眉：“长得还行吧，要不要我来教你？”

“宋子屿，滚蛋！”我还没来得及说话，童谣已经替我回答。

“哈哈哈，看把你吓得。”宋子屿大笑两声，然后一个箭步跃进了泳池的水中。

看着他消失在水里的身影，我还在纳闷这是什么情况，对面泳池边一直观摩的女队队员已经失声尖叫了起来。

“宋子屿！宋子屿！”

我愣愣地看着童谣，我的问题很简单：“他是谁啊？这是什么情况？”

童谣对我笑笑：“他呀，游泳男队的队长宋子屿，也是游泳队的男神，长得帅，游得好，据说已经拿下全国高中游泳比赛的冠军了，人送外号人鱼王子，就是性格有点……二。”

听完最后一句我才放心：不是变态就好，不是变态就好。

不过我还是脱口补了一句：“那应该叫人鱼二王子。”

童谣：“……”

第一次这么标准地学习游泳技巧，我累得够呛，回到寝室洗漱一下，就给顾清明发了微信。

“你在干吗？”

“看书。”

“有一条濒死的鱼需要你拯救，嗷嗷。”

“昨天还是狼，今天就成鱼了？”

“我只有在看到某人的时候才会变身为狼人。”

顾清明没有再回我，等了半天还没消息，我正想再给他发消息问是什么情况时，就收到他的信息：“下楼。”

其实自从和童谣闹了一个尴尬的笑话之后，顾清明很少来我们宿舍楼下找我。今天他穿着白衬衫，笔挺地站在楼下的香樟树下，我恍然发现他又长高了不少。

“你怎么学会搞突然袭击了？”我像只小兔子一样蹦到顾清明面前，顺手比了比，我才到他下巴，“你好像又长高了。”

顾清明没理会我的比画，伸手牵着我往外走：“我这还不是怕鱼饿得翻白肚。”

我对他嘻嘻一笑。去食堂吃饭的路上，我给他大概介绍了一下游泳队的情况，说到最后，突然想起一件事来。

“小时候，你怎么没带我学游泳呀！现在学起来，才发现还挺不容易的。”

顾清明回答得斩钉截铁：“带过。”

我愣了愣：“后来呢？我太笨没学会？”

“后来你尿到泳池里，那水池黄了一小片，恰好还被周围的人发现并投诉了，然后工作人员把你拖了出去，并且禁止你入内。”

我老脸一红：“你别骗我呀，我怎么不记得？”

“你干过那么多坏事，你记得哪件？”

我想死……

“不过游泳还是有好处的，虽然有点累，但我确实放松不了少。”我急忙换了话题，想到从开学到现在，我每天都紧绷着神经，生怕挂科，估计时间久了，我可能会抑郁。

听完我的话，顾清明忽然伸出手，一脸宠溺地揉了揉我的头发。

看着顾清明温柔的眼神，我咧嘴一笑：“顾清明，我怎么发现你现在变得越来越温柔了？”

顾清明愣了愣：“我以前什么样？不温柔？”

“以前啊……以前闷骚。”

顾清明：“……”

2

顾清明对我的评价持保留意见，我对他持保留意见的态度很满意，所以吃饭的时候给他多来了只鸡腿。

不过顾清明的鸡腿还没来得及吃，我们就没有胃口继续吃饭了。

顾清明整个人耀眼得像光一样是我从开学起就知道的，毕竟他是 Z 省的高考状元，加上他身材高挑、长相帅气，还被人扒出他爸爸是 W 市副市长的身份背景，进了学校成为学生代表在新生大会上露脸以后，他立马成为风云人物。当时我心里既高兴又忐忑，高兴的是大家的眼光和我一样；忐忑的是，这么多人对他虎视眈眈，我可怎么看得住啊！

其实在来首都之前，我就和顾清明开玩笑，不许他拈花惹草，为此我还打算对他严防死守，击退每一个对他怀有非分之想的人。谁知道因为害怕真的会挂科三门而被退学，我只好努力啃书，把这事给耽误了，现在想想，后果很严重啊！

虽然我知道顾清明不是拈花惹草的那种人，但是花长得漂亮，总有人想采啊！

何况顾清明打小就自带招蜂引蝶的属性。

比如现在这位。

她端着饭盒，嘴角含着笑，缓缓地走到了我和顾清明面前，准确地说是走到顾清明面前，甜甜地看着他：“顾清明你好，我是中文系的陆晓晓，请问我可以坐在这里吃饭吗？”

中文系的系花陆晓晓，长相甜美，一头栗色头发，俏皮可爱，还出了一本言情小说，人称美女作家。

我读过她的小说，被她文笔下明媚的忧伤感动得一塌糊涂。

不过这位可爱的美女完全无视我的存在，她只是对顾清明甜甜地笑。这种行为让我心里咯噔一声。

虽然我和顾清明没有公开，但因为之前有女生对顾清明表白都被他拒绝，并且他承认自己有女朋友，加上他像是为了说明什么一样，有一天特意拉着我的手在校园里转了一圈又一圈，我觉得这也算是侧面公开我的身份了。

自那以后，原本对顾清明与有非分之想的女生数量确实骤减不少。

可是现在看来，没想到陆晓晓不但不介意顾清明有女朋友，还当着我的面采取了行动。

我心里正好奇顾清明会怎么处理，就听到顾清明淡淡地对她点头：“当然没问题。”

我的心差点凉了半截，之所以是差点，是因为片刻之后我就听到顾清明起身端起饭盒对我说：“李淼，我们换个位子吧。”

陆晓晓：“……”

我看到陆晓晓刚刚还明媚的小脸蛋瞬间变得……不是那么好看了。

陆晓晓能有勇气当着我的面来撩顾清明，自然不会轻易放弃。我屁股刚离开座位，就看到她微笑着对顾清明说：“顾清明，我知道你们是青梅竹马。不过青梅竹马很多时候并不是爱情，只是相处习惯产生的一种亲情。”

顾清明微微侧头：“哦，可是那关你什么事？”

陆晓晓可能没想到顾清明嘴巴这么毒，却还是保持微笑：“所以我很好奇你们的具体感受，你们可别误会，我就是为了写一个关于青梅竹马的爱情故事找点素材，听说了你们的故事才特别想证实一下，没有别的意思。”

她这用的是迂回战术，不直接表明她的态度……我一眼就看穿了她。

不过既然她都这样说了，我们态度再这么强势，多少有点自多作情，所以我转头对她甜甜一笑：“你说得没错，我们之间确实已经变成了亲情。是吧，老公？”

顾清明没想到我这么豪放，“老公”这么肉麻的词都能脱口而出，不过他脸色如常。我看到陆晓晓脸上一阵尴尬，这才拉着顾清明换到了不远处的座位。

可是刚坐下，我就对顾清明表达我的担忧：“顾清明，你说一个有很多情敌的弱女子，她该如何是好？”

顾清明将他饭盒里的鸡腿递到我嘴边，示意我吃下。鸡腿比较小，我一口咬到了嘴巴里，一边吐着骨头一边继续问他：“如何是好呀？如何是好？”

“老公都叫出口了，还怕什么？”

“嘿嘿……”我对他坏坏一笑，“这不是被逼的嘛。”说完才把嘴里的鸡骨头吐出来。

顾清明盯着我吐出的鸡骨头问我：“这是什么？”

“鸡骨头啊！”我愣了愣。

“它原来是什么？”

“鸡腿啊！怎么了？”

“鸡腿呢？”

“被我吃到肚子里啊！”

我的话刚落音就看到顾清明挑眉看着我：“都吃到你肚子里了，那你还担心被人抢走？”

我愣了半晌才反应过来，心下一喜：“顾清明，你变坏了。”

“顾清明，原来你在这儿啊，让我一顿好找。”一个声音突然打断了我们的对话，顾清明扭头一看，江潮刚好一把搂住了顾清明的肩膀。

江潮和顾清明是同系同学兼同宿舍上下铺关系，身材高大，英俊帅气，就是说话带着东北腔。我对他印象还不错。

不过我看到他搂着顾清明的胳膊，还是在心里唏嘘。从我认识顾清明起，我就发现他不太喜欢别人和他有肢体接触，尤其是同性。现在我却发现顾清明好像没什么反应。

两人关系好到这一步了？

“弟妹也在啊！”江潮对我笑笑，“几天不见，弟妹越发漂亮了。”

我老脸一红：“哪有。”

“什么事？”顾清明向来直白。

“恭喜你，欧阳教授找你，估计是进他实验小组的事，听他的语气，应该很有希望！”

听了江潮的话，我也为顾清明感到高兴：“真的吗？”

欧阳教授是电子工程系的教授，同时是学校智能研发实验室的领头人，他今年成立了一个 AI 实验小组，打算挑一批优秀的学生进组，专门研究 AI 无人机的相关项目。

自从听到了这件事，顾清明就开始为进欧阳教授这个实验小组做准备，前段时间他刚刚和其他有意者参加了欧阳教授组织的一项选拔测试。

现在听到江潮这么说，我也跟着激动起来，应是测试结果出来了。

“那你快去吧，有消息早点通知我啊！”看到顾清明的眼睛一亮，我知道他也很希望是这个消息。

“那我先去了，你吃完了早点回去休息。”

顾清明和江潮离开之后，我也很快解决了我的晚饭。吃饱喝足，我也感觉没那么累了，打算早点回去美美地睡上一觉，想一想今天过得还挺充实……如果在起身离开时我没看到不远处的陆晓晓对我微微一笑，就完美了。

3

因为早就落后于男队的训练，女队在组合完毕的第二天就开始了正式的训练。我因为担心挂科，从来不敢逃任何的课。童谣不一样，打小成绩优异的她，一些不重要的选修课她能逃就逃了，尽可能地进行游泳训练。毕竟她的目标明确：打败她的宿敌——D大陶嘉慧。

其他几个被童谣忽悠进队的女队员的目的就是多欣赏一下男队队员美妙的肉体，当然也不排除有些确实是喜欢游泳而进队的，所以我赶到的时候，她们都很积极地在教练的指导下开始了基础的训练。

老傅看到迟到的我，叹息着摇了摇头，不过我知道我的作用主要是凑人数，老傅也没打算在我身上创造奇迹，所以迟到我也就没有感到多不好意思，只是对他嘿嘿一笑以示歉意。

老傅说我的任务就是尽快从旱鸭子变成水鸭子。

童谣的任务就是尽快帮助我把任务完成。

换好泳衣以后，我们先是围着游泳池跑了五圈，又做了几组腰腹正反和拉力之后才下水。我这个人平时不爱运动，这么折腾一圈后已经累得不行。不过总体来说，大概因为有了一次经验，我今天的状态比昨天好了很多。

童谣又按昨天的方式教我，按她的独门绝技来说，呼气和吐气才是在水中自由穿梭的根本所在，所以要我多加练习。

“你自己练习一下，放松。”看我表现还不错之后，童谣开始循序渐进。

我在她的指挥下开始敢闭气潜水。

只是每次潜入水中，那次海水灌满我耳鼻的恐惧感就会袭来。

“别急，慢慢来。”童谣看出我的神色还有点慌乱，“我们休息一下吧。”

我们并没有上去，两个人靠在池边，我对童谣说：“童谣，你说我要是真碰上硬抢顾清明的情敌，怎么办啊？”

“啊？”童谣愣了一下才想到什么，笑了一下，“那当然是给对方点颜色看看，让她知难而退啊！难不成要拱手相让不成？怎么？真碰上硬茬了？”

我想了想昨天陆晓晓的微笑，摇了摇头：“没什么。”

其实有人喜欢顾清明，我一点都不觉得奇怪，也很少有什么危机感。当初郑薇薇对顾清明死缠烂打，我还和她成了朋友。但昨天陆晓晓的微笑……总让我觉得事情不会那么简单。

“行了，要是真碰上，姐姐帮你一起教训她，我不相信咱们两个还打不过她一个。”童谣搂了搂我的肩膀。

“童谣，过来，你带大家先进行一下陆上训练。不知道是不是好久没下水了，大家的基本功好像退步了不少。”老傅有点失望地朝童谣高喊一声，看他站在游泳池边看着女队练习的样子，似乎不太满意。

“你先按刚才的方式自己试着练习一下。”听到老傅的吩咐，童谣一边起身一边对我说。

“不用，她也先进行陆上训练。”老傅的耳朵有点尖。

“啊？”

我有点冤，早知道之前就不跑那几圈了！

女队集结完毕，大家开始在童谣的带领下先围着游泳池慢跑。

一条条明晃晃的大长腿，紧致的泳衣将每个人的身材展露无遗，要多性感就有多性感。

片刻之后，原本正在训练的男队队员全都像静止了一般，仰泳的停在水里，潜泳的浮出水面，准备跳水的弓着腰……全都跟着我们的队伍移动着视线。

“看什么看！还训不训练？！”哨声突然响起，老傅恨铁不成钢地对着男队队员痛骂。

于是下一秒，男队队员全都从活化石变成了加了发条的活物。

童谣嗤笑：“怎么，脸红了？”

“哪有。”

童谣不以为然：“刚刚宋子屿盯着你好像看痴了，你说，他该不会看上你了吧？”

我的老脸一烫，我确实感觉有目光刚刚一直停留在我身上，但我不知道是谁。我顺着童谣的目光望去，刚好对上正准备弓身入水的宋子屿的视线。

不看还好，宋子屿发现了我的目光，突然对我高呼一声：“旱鸭子，加油！”

我想给他一脚……你全家都是旱鸭子。

顾清明告诉我他确定成为欧阳教授实验小组的一员时，我正躺在床上让童谣给我按摩。我对她说我受这么大的罪都是为了她，现在腿也酸、腰也疼，她要是不表示表示，我就坚决退出游泳队。

童谣迫于我的威胁，不得已做起了按摩女郎。

“我是真没想到游泳这么累，我还以为就是在水里玩玩。”我如实对童谣说。

童谣对我笑笑：“任何一件事的成功，背后都有不为人知的累。”

“那你怎么还坚持啊？打败陶嘉慧对你就那么重要吗？”我对她深表不解。

结果还没等到童谣回复，我就接收到了顾清明的好消息。

“真的吗？那要好好庆祝一下啊！”听完了顾清明的话，我挂了电话，兴奋得直接从床上跳了起来，顿时感觉腿不酸了，腰也不疼了。

童谣奚落我：“顾清明还真是你的良药啊，他一个电话就让你活蹦乱跳了，刚刚还半死不活呢。”

“何止是良药，简直是兴奋剂，哈哈。”说着，我搂了搂她的肩膀，“走，姐姐带你去潇洒。”

我们宿舍有四人，我和童谣都是外语系的，宋乔和夏知心学的是物理。宋乔和夏知心是典型的学霸，加上学的又是物理这么高深的专业，除了泡在图书馆就是在研究新的课题，于是很多时候都是我和童谣在宿舍作妖。

不过因为那次乌龙事件，童谣很少和顾清明打交道。但今天这么开心的日子，怎么能不举杯同庆。只是我的话说完，我就发现童谣的表情有点不自然。

“怎么，你不会心里还惦记着顾清明，不好意思面对他吧？”我打趣她。

“哪能啊！”童谣尴尬地看着我，“但我总不能去做你们的电灯泡吧？”

“原来你是担心这个。”我对她挥了挥手，“可不止我们三个人呢，还有帅哥给你认识。”

童谣嘁了一声：“什么样的帅哥我没见过，游泳队哪个不是颜值高、身材好，我从来都没瞧上过……”

GUO——MIN——XI

SHAO YE——

第三章

我想每个人都像我们这样幸福

1

“你好，我叫江潮。”

“你好，我叫童谣。”

烧烤摊前，在大家落座之后，童谣拘谨得如同一只鹌鹑。

看着童谣羞涩的样子，我凑到她耳边嘀咕：“是谁说什么样的帅哥没见过，从来都瞧不上的……”

我话还没说完，童谣已经在桌子底下开始踢我了：“保持淑女。”

江潮和顾清明勾肩搭背出现在我们面前时，我就发现童谣眼睛一亮，平时大姐风范的她立马变成了小可爱。

童谣不敢看江潮，江潮倒是保持他一贯的混不吝风格：“弟妹，这就是你的不是了，有这么漂亮的朋友，怎么不早点带出来让我们认识认识？”

江潮盯着童谣说的，童谣的脸顿时更红了。

虽然我和江潮认识的时间也不长，但每次见到我，他都是当着顾清明的面弟妹长、弟妹短地夸我漂亮，见到其他美女，他也是第一个吹起流氓哨的人，所以他现在说的话也不知道是真是假。

不过看此刻童谣的反应，我觉得她似乎心潮涌动了。

“宝贝当然要藏起来，怎么能轻易示人。”我搂了搂童谣的肩膀，“今天是个好日子才让你们一睹我们童大美女的美貌。”

说完这句话，我的大腿被童谣掐了一下，我看到她扫了一眼顾清明，满脸的不好意思。

我倒是把她曾经差点成为我情敌这茬给忘了。

江潮很开心：“今天能认识童大美女，的确是我进欧阳教授的实验小组最好的庆祝礼物。”

听了江潮的话，我大跌眼镜：“什么，你也进了欧阳教授的实验小组？”

“怎么？我不能进吗？”江潮说完饶有意味地看了看顾清明，“这次欧阳教授的测试，我的分数可比顾清明还高一分哦。”

我上下打量了一遍江潮：穿着印着一个中指图像的夸张T恤，头发染成鸡毛黄，浑身上下透露着一股二流子气质，不知道的还以为他是校外的小混混，再对比穿黑色衬衫、干净清澈的顾清明，打死我都不相信这么不搭的两个人竟是同系的天才学霸。

发现我疑惑的眼神，顾清明看了看我：“嗯，他的成绩确实比我好。”

我：“……”

江潮大概就是人不可貌相最好的案例了吧。

有江潮这样油嘴滑舌的人存在，气氛很活跃。

江潮把上来的牛肉串、鱿鱼什么的都摆到我和童谣面前，嘴里只有一句话：“这个好吃，两位美女多吃点。”

不过江潮把东西放到我面前时，顾清明推开了，他拿起一只鸡腿一边递给我一边对江潮冷冷道：“我女朋友，就不劳你费心了。”

顾清明说完，我看到江潮和童谣对视一眼，眼神都透露着一个意思：大型虐狗表演开始了。

“顾清明，你再在我面前这么秀恩爱，信不信我举报你？”江潮对顾清明扯了扯嘴角，勾出一抹有点痞气的坏笑。

看到江潮这个笑容，我情不自禁地咽了咽紧张的口水：“顾清明，他平时也这么看你？”

顾清明还没来得及回答，江潮又对我笑笑：“对呀，是不是很帅气？”

江潮说完，我立马把顾清明从他身边往我身边拉了拉：他不会也是我的情敌吧？

有了这个意识，我危机感顿生。我偏过头对童谣笑笑，偷偷问：“这个帅哥是不是很帅气？给你一个月的时间，有没有信心拿下他？”

童谣正低头优雅地吃鱿鱼，听了我的话，差点呛到：“一个月？你觉得我有这个魅力？”

“什么话！以你的长相，一天就能拿下他。”

童谣又开始羞涩了。

我对她挑眉：“所以你真对他一见钟情？”

童谣伸手要打我：“你套我话……”

我拽着她的手：“你要是不打我的话，我考虑考虑帮你追他。”

童谣立马把手里没吃完的鱿鱼递到我嘴边：“真的？你还有这个本事？”

我对她挑眉，用眼神示意了一下正在喝饮料的顾清明，小声说：“不然你以为顾清明是怎么被我拿下的？”

童谣真的把鱿鱼塞到我嘴里：“好姐姐，从现在起，你是姐姐了！”

“你们一直在嘀咕什么？鱿鱼这么好吃？”江潮好奇地看着交头接耳的我们，看到童谣塞到我嘴巴里的鱿鱼，也拿起一串尝了尝，还没等我们回话，又拿了一串递给顾清明，对他说，“嗯，味道是还不错，你也尝尝。”

顾清明没接，江潮二话不说，也把鱿鱼塞到他的嘴里。

顾清明：“……”

我：“……”

……童谣，不用一个月，我就帮你把他拿下！

因为没有喝酒，这顿烧烤吃得挺快，准备回去的时候，顾清明照例要送我。

“童谣，你刚刚不是说要去前面的商场买件衣服明天穿吗？我肚子突然有点疼，就不陪你去了。”我立马捂着肚子对江潮说，“江潮，这么晚了，你不护送美女去一下吗？”

说完还没等童谣有所反应，我对她使了个眼色。

说干就干，追男计划当然要先从创造单独相处的机会开始。

童谣立马领悟我的意思，她有点不好意思地点了点头：“哦哦……”然后才尴尬地看了看江潮。

“这当然是我的荣幸啊！”江潮对童谣笑了笑，“挑衣服这种事，我的眼光最好了，是吧顾清明？”

顾清明看了看他身上中指图像的 T 恤，不敢苟同。

江潮和童谣一离开，我的手立马从肚子上移开。

顾清明看了看我得意的表情，皱了皱眉：“你的肚子不疼？你们在搞什么鬼？”

我对他嘿嘿一笑：“当然是为你的朋友解决单身问题啊！”

顾清明望了望他们二人正有说有笑离开的背影，将我的手放在手心里，声音清冷：“没看出来你还有当媒婆的潜质。”

“因为我想每个人都像我们这样幸福。”说完，我一头扎进顾清明怀里。

顾清明揉了揉我的头，他没有再说什么，我也没有抬头看他，但听着他的心跳声，我能感觉到他微微扬起了嘴角。

2

我想有关幸福这种话，可能真的不能随便乱说，因为第二天我就开始不幸了。

在童谣的指导和我的勤加练习下，我慢慢开始在水里能游起来了，虽然游的速度还不够快，但比起先前正儿八经的旱鸭子，至少也是个海龟了。我这只小海龟在角落里游啊游，刚觉得自己很有天赋时，这时一个巨大的水波拍过来，灌了我一鼻子水。

“旱鸭子，你这是在狗刨吗？这游泳的姿势也太难看了！”

我难受得咳了两声，睁开眼就看到宋子屿不知道什么时候跳到了我面前，正对着我一脸的坏笑。

“要你管……咯咯……”我咳嗽着，皱着眉看他，“你想干吗？”

“我已经跟老傅申请了，从今天开始，我来教你。”宋子屿对着我挑了挑眉，“女队的训练已经落后很多，童谣要带女队勤加训练，以后你就交给我了。怎么样，本冠军来教你，激不激动？”

激动你个大头鬼……

“我怎么不知道？什么时候的事？”

“宋子屿，你跑过来干吗？又来骚扰良家少女了？”从厕所回来的童谣皱着眉头看着宋子屿。

宋子屿游到我面前，围着我转了一圈，对童谣说：“我来接手你的工作——带旱鸭子游泳啊！”

“别在这儿胡闹影响我们训练，再捣乱，我就报告教练了。”童谣瞪他。

“报吧，老傅正找你呢。”

他的话刚落音，我们就听到不远处的老傅突然高喊：“童谣，你过来。李淼先交给宋子屿……”

童谣：“……”

我：“……”

教练，你不是认真的吧？！

等我看到童谣跑过去听了老傅的话之后，对我绝望地挥了挥手，我的心彻底凉了。

“怎么，你害怕我的技术不如童谣？我告诉你，多少人求着我带我都不答应呢，碰到本冠军，你就偷着乐吧。”看着我一脸怀疑人生的表情，宋子屿一跃跳上了岸，转头对我笑了笑，“你这姿势完全不对，明天早上五点，操场集合。”

“五点？操场？你确定是教我游泳而不是长跑吗？”

“你要从基本功练起。”宋子屿说完诡异一笑，只留给我一个自认为很酷的身影。

我：“……”

教练，我申请退出游泳队！

当天晚上在食堂吃饭的时候，童谣一脸愧疚地把她碗里的鸡腿分给我。

“我也没有想到会是这样，老傅说我必须带女队尽快进行常规训练，你可千万别生气……”

“我也是女队一员啊，教练忘了吗？”我郁闷地吃了一大口鸡腿，“既然他这么不待见我，我退出算了。”

“老傅就是太待见你，才让宋子屿来教你。其实宋子屿的技术比我好。”童谣说着小心翼翼地看着我，“你不会不帮我追江潮了吧？”

“帮，不仅帮，还要早点帮你追到，让他好好收拾你。”我愤愤地把鸡腿一口吃完。

“嘿嘿，我就知道你最好了。”童谣羞涩地对我一笑。

我凑到她面前盯着她：“看你这表情，昨晚你们逛街，收获不小啊！”

“没有，就是觉得和他在一起……般配。”

看着童谣害羞的表情，我吐出骨头，对她咧了咧嘴：“快来看啊，这里有人发春啊……”

童谣瞬间捂住了我的嘴……

欧阳教授的实验小组研究的项目是 AI 无人机，是将最新智能技术和无人机进行完美的结合，这是一项比机器人还要先进的创造性技术，而且应用广泛，很有前景。

我看着顾清明面前一堆如天书般的专业书籍，瞬间头疼。

“顾老师，你有这么多资料要看，是不是以后都没空给我补习了？”吃了晚饭，像往常一样和顾清明坐在图书馆里，我可怜巴巴地望了望埋头于书中的顾清明。

“依你现在的成绩，专业课不会挂的。”顾清明头也不抬地对我说，“欧阳教授说明年十月有个全国高校智能比赛，其中就包括 AI 无人机比赛，最近这段时间我可能会比较忙，你要相信你自己。”

“我肯定相信我自己，可是我怕我的成绩不相信我。”

“这样吧……”顾清明突然对我温柔一笑，“要是你挂了一科，我们就一个月不见面。”

“……”我不可置信地看着顾清明，“这是什么逻辑？！”

“可能连你自己都不知道，对于你这个人，最适合的办法就是激将法。”顾清明伸手摸了摸我的头，“你忘了你是怎么和我考上同一个大学的了吗？”

我：“……”

顾清明，告诉我你不是认真的！

因为顾清明的激将法，从图书馆回来以后，我埋头学习到半夜一点多。没办法，谁让顾清明这个坏人抓住了我的软肋。

早上手机在我耳边响个不停，我迷迷糊糊地挂掉，还以为是闹钟。结果很快手机就再次响了起来，等我糊里糊涂接起来，一个熟悉的声音彻底把我惊醒了。

“李淼，五点了，你人呢？”

看着手机上陌生的号码，我顿时坐了起来：“宋子屿？你从哪儿弄的我电话号码？！”

“身为你的头牌游泳教练，有你的电话号码很奇怪吗？”宋子屿在电话里心情很好的样子，“五点钟操场会合，你是不是忘了？”

我：“……”

“我要提醒你的是，我不但有你的电话号码，还知道你的宿舍在哪儿，而且和你们宿管阿姨很熟悉，如果我让她帮我打开你们宿舍的门，我想她应该不会拒绝。”

我：“……”

妈妈，我的命好苦。

我看到宋子屿的时候，他正在操场上有节奏地扭着屁股。今天的他穿着一身黑色运动服，一米八的身高，身材很正。这是我第一次见到他不是只穿一条泳裤的样子，如果他不是在做着奇怪的动作，如果我和他不熟，远远看去，我可能会多看两眼。

“说吧，你想怎么虐我？”走到他面前，我有气无力地站着，不忍看他扭屁股的模样，转头看了看东方刚刚升起的太阳。

“虐？你长得这么可爱，我心疼还来不及呢，哪舍得虐。”看到我来，宋子屿停止了他奇怪的动作，递给我一杯豆浆，“先把这豆浆喝了，看本冠军是如何把你训练成游泳健将的。”

看着宋子屿灼热的目光，我脑海里忽然蹦出童谣之前说的话：“宋子屿盯着你好像看痴了，你说，他该不会看上你了吧？”

我没这么倒霉吧！

3

其实以前我也挺爱运动的，有一段时间顾清明天天拉我长跑，说是这样可以长高。我不知道这是什么歪理，但顾清明确实长高了，而我……就不提了。

不过不知道是不是心理作用，和宋子屿一起跑步，我总觉得跑得很辛苦。

“跑步要有节奏，特别是呼吸，吐纳一定要有规律，让自己的气息处在一个最适合的状态。”宋子屿在我旁边一边跑一边指导，“把你的身体打开，活力释放出来，压力释放出来，你才能在水里挥洒自如。”

“大哥，你能别和我说话吗？我很累……”没跑两圈，我就喘着粗气，分分钟想停下来。

“说话也是锻炼你呼吸的一种方式，你可以慢慢尝试一下。”宋子屿无视我的白眼，继续指导，“我得让你看到我的专业性，对不对？”

我气得不想理他。

每跑一步，我就后悔答应童谣参加校游泳队，我这分明就是给自己找虐啊！

我就这样和宋子屿跑了一周的步，每天早上五点，电话准时响起。我要是装死当听不见，电话就会一直响。宋子屿每天不厌其烦地给我讲解跑步对游泳的重要性，而我就保持一个心态——能不理他就不理他。他还每天带杯豆浆，说是补充能量，我要是不喝，他就用一双色眯眯的眼睛死死地盯着我，一直到我不得不喝为止，导致我现在看到豆浆就想吐。

童谣听了我的控诉，不但不心疼我被虐，还取笑我。

“李淼同学，我现在特别想采访一下你，走桃花运到底是一种什么感觉啊？”

“桃花运？我告诉你童谣，要不是现在退不了队，我早就不干了。”我生气地说，“你不知道那个宋子屿多变态，每天我见到他的时候，他都在那儿扭着他的大屁股，要多恶心有多恶心。”

“哈哈哈，什么变态，扭屁股可以将腰部变得柔软，在水里摆动身体更加自如。这是游泳队的基本常识，以后他肯定要带你一起扭。”

听完童谣的话，我脑海里立马蹦出宋子屿拉着我和他一起在操场上扭屁股的画面，顿时不好了。

“那豆浆呢？每天喝一杯豆浆也是那个教练的秘诀？”

“我刚刚不是说了吗，你这是走桃花运了。人家还不是关心你才天天给你带豆浆。”

我：“……”

“不过你没感觉你最近跑了步再下水，身体控制和呼吸控制更加自如了吗？我在一旁都观察到你比之前游得好多了。”

好吧，这一点我倒不反驳。宋子屿虽然有点残忍和变态，但这段时间下来，我的身体确实如他所说像是打开了一般，在水里更加适应了。

宋子屿昨天也这样逗我：“怎么样？在本冠军的调教下，你这个旱鸭子是不是马上就成水中蛟龙了？”

我在水里对他吐了一口水：“你再说我是旱鸭子，我就申请换一个人带我！”

“还有人比我带得更好？”宋子屿说着对我挑了挑眉，“不过李淼，我最喜欢你对我吹胡子瞪眼的样子，好迷人啊！”

我：“……”

吹胡子瞪眼？当面这么说女生，你真的不是在逗我吗？！你的情商呢？！

看到顾清明的时候，我刚被宋子屿带着结束了早上的跑步，正从操场上回到宿舍楼下。

顾清明推着一辆单车就在我们宿舍楼下的香樟树下站着，因为我五点就要起来跑步，现在也不过七点上下，加上今天又是周末……所以顾清明看到穿着运动衣的我，一脸不可思议地看了看手表。

我当然知道他在想什么，周末我不但没睡懒觉，还一身臭汗运动完回来，简直是太阳打西边出来了。

不过我也没有想到会看到他。

“什么情况，顾清明？你怎么一早来了，还推着车？”

顾清明看着一身臭汗的我，皱着眉：“这话应该我问你吧？几天不见，你这是什么情况？”

因为上次顾清明给我打了预防针，为了准备明年的全国高校智能大赛会比较忙，我就没告诉他我这几天被游泳队教练虐待，何况还是宋子屿那个变态。

“游泳队正常训练呀，你以为我还是以前的我吗？”我没有对顾清明详细解释，只是对他笑笑，“你最近不是很忙吗？怎么有空来找我了？”

“我看了下天气预报，今天的天气很适合骑行。”顾清明对我示意了一下他身边的自行车，“正要打电话给你个惊喜，没想到你倒是给我个惊喜。”

“嘿嘿，你给的才是惊喜。不过，你不是很忙吗？怎么有空去骑车？”

“我答应过你，再忙也要抽时间。”顾清明看了看我，“怎么，你不想去了？”

“去去去，你等我回去冲个澡，马上就下来！”说完，我踮起脚在他脸上轻轻一啄，就朝宿舍飞奔而去。

顾清明说的答应过我的事，还是我们来学校之前，我对他列了一个计划，从爬长城到在天安门前合照……大概列了至少十件让他带我玩的事，其中就有让他骑自行车载着我逛首都的胡同。

没想到从开学后就一直忙着，这些事我差点都忘了。

我冲了个澡，换了一身干净的衣服后，童谣才在床上睁开眼，看到打扮得花枝招展的我，她迷迷糊糊地皱了皱眉：“李淼，今天大周末的，你这是要去哪儿？”

“当然是约会！”我对她嘿嘿一笑，笑完我忽然想到了什么，立马凑到她耳边，“不要怪我没有帮你出主意，今天天气不错，特别适合骑行。要是和一个美男双双骑车溜达溜达，感情估计都会升温哦。”

童谣立马从床上爬了起来，来了精神：“算你有良心，我还以为你都忘了帮我解决终身大事呢！”

“主意已经帮你出好了，剩下的就看你自己啦，加油，美少女！”

说完我拍了拍她的肩膀，转身去找我的顾清明了。身后的童谣拿起手机紧张地打电话：“喂，江潮，那个……你今天有事吗？没什么，就是你会骑自行车吗？……哦哦，那太好了，我不会骑，你能教我吗？”

听了童谣的话，我顿时停住了脚步——昨天是谁载着我像飞一样冲进食堂抢鸡腿的？！

到了楼下，我对着顾清明展示了一下我的新裙子：“顾清明，我今天漂亮吗？”

顾清明对我淡淡一笑：“你哪天不漂亮？”

“你什么时候变得这么油嘴滑舌了？”

顾清明：“……”

“不过，我喜欢。”

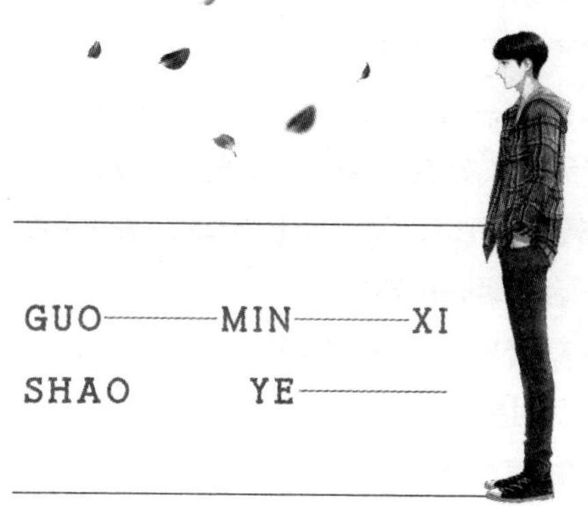

第四章

我就是想对你好一点

1

首都很大，随着城市的发展，很多老旧胡同都已经拆迁，建成了高楼大厦，好在还保留了一些，比如八大胡同。

骑车到校门口，又从学校坐车过去之后，顾清明骑着自行车载着我开始在胡同里转悠。

那些有着岁月痕迹的老旧城墙和有历史厚重感的院落，让我有种回到小时候的感觉。

我小时候在 W 市，虽然住的是小区，但小区不远处就有几处老旧的房子，不是胡同，是清末民初建造的一些居民楼房，穿梭其中，很有旧时的味道。

我奶奶就住在那边，那时候我没事就让顾清明骑车载我去奶奶家玩。顾清明每次都是嘴上不乐意，我一到楼下却看到他正靠在自行车旁边等我。

像以前一样，今天的顾清明骑得又快又稳，我紧紧地搂着顾清明的腰，将头靠在他的背上，恍然发现我们都已经长这么大了。唯一庆幸的是，一直骑着自行车载我的顾清明还在我身边。想到这里，我忽然有点感慨。

“顾清明，你会不会一直这么骑自行车载着我啊？”

“不会。”顾清明的声音清冷。

“啊？为什么？”

“因为我不打算一直骑自行车，还希望你以后不要介意坐我的汽车。”

我：“……”

“顾清明，你最近是不是又看言情小说了？”我心中一喜。

“没有，我就是想对你好一点，弥补一下我们分开的那两年。”

听到这里，我心里忽然一沉。

虽然分开的那两年很遗憾，不过也正是因为那两年，我们彼此才都发觉了对对方的感情。想到这些，我反而很感激。满心感激的我，搂着顾清明腰的手臂又紧了紧。

“顾清明，要是那两年我一直留在C市没回去，我们是不是就那么错过了？”

听到我的话，顾清明忽然停了下来，他扭头看了看我：“你敢不回去？”

“你就吃定我会回去？”我不服气地和他对视。

我看到顾清明的目光忽然变得温柔，他伸手握住了我放在他腰上的手说：“没有，所以现在才想对你好一些，省得你再次跑掉。”

我心里一暖：“不会的，现在你赶我走，我都不走。”

说完，我将头再次靠在了顾清明的身上。

因为顾清明的温柔，逛了一上午我也没觉得累，当然了，主要原因是顾清明一直骑车载着我，虽然中间我曾提议换我来载他，但他无情地拒绝了。因为顾清明说，他舍不得我那么辛苦。

为了奖励他的辛苦，看到一家人不算多的奶茶店，我跑去给顾清明买奶茶，但我怎么也没有想到，卖给我奶茶的人会是他。

“老板，两杯原味奶茶……你怎么在这儿？”

“李淼？你特意大老远地跑过来照顾我家的生意吗？”柜台后面，宋子屿对我笑了笑。

“你家？”我愣了愣，“这是你家开的？”

“怎么，你不是特意来照顾我家生意的啊？”宋子屿对我挑了挑眉，“那你是特意来看我的？”

我：“……”

真是冤家路窄，我怎么也没有想到会在这里碰到宋子屿，可能出门忘看皇历了。

“我不要了，再见……”

“哎哎，别走啊，让你尝尝我的招牌手艺。很快的，别急。”宋子屿急忙喊住我，“这条胡同里有四家奶茶店，你偏偏来到我家，看来这就是传说中的缘分啊，不枉我们师徒一场，我请你了。”

宋子屿一边说一边已经开始动手做，他说得很对，确实很快，话落音没一会儿，他就端了奶茶递给我。

“来尝尝，喝完保证你以后游泳游得更快更好，我就是喝这个长大的。”

我本来想转身就走的，奈何宋子屿已经将奶茶递到了我的手里。

“多少钱？”我一边说一边掏钱包，但还没有掏出来，手就被宋子屿按住了。

“说了我请你，你要是喜欢喝，我以后天天给你送。”宋子屿目光灼灼，再次问我，“你真不是特意来看我的？”

“不是……”我扫了一眼墙壁上的价格表，掏了二十块钱递给他就要走。

“我说了不用了，我请你……”

“不用了，一杯奶茶钱，我们还是出得起。”宋子屿的话还没说完，一个声音就打断了他。

顾清明不知道什么时候走了进来，他径直走过来，拿过我手里的钱放到柜台上，然后又将我从宋子屿面前拉到他身边，才清冷地看了一眼宋子屿，问我：“你们认识？”

“他……他是我们游泳队的队员。”我有点心虚地看了看顾清明。

不过下一秒我就愣了愣，我为什么要心虚？

“这位是？”宋子屿也冷冷地看了一眼顾清明，我发现顾清明进到这个店里以后，宋子屿的气场就变得和平时我认识的他不一样了。

“这是我男朋友。”赶在顾清明开口前，我抢先回答，“好了，奶茶也买好了，我们走吧顾清明。”

说着我就拉着顾清明往外走，却听到身后的宋子屿轻笑一声：“你有男朋友了？不会是骗我的吧？”

“你觉得她有必要骗一个认识没超过一个月的游泳队队员？”顾清明说着像是在证明什么，紧紧地握着我的手。

“哦，这么说，你觉得有些东西和认识的时间长短有关系？”宋子屿挑衅般地看着顾清明。

看到这场景，我立马感到气氛不对——怎么事情这么发展了？

我立马拽着顾清明往外走：“顾清明，我们走吧，我……我有点饿了，我们去找地方吃饭吧。”

顾清明看了看我，又看了看宋子屿，后者正噙着一抹坏坏的微笑看着他。

“多出来的钱不用找了……”顾清明一脸平静地看着宋子屿说，“就当是小费了。”

说完，顾清明这才拉着我往外走。

我走得很快，只想快点离开这个是非之地。

晴天霹雳一声雷，我来买杯奶茶还买出事了……

我正担心顾清明那句“小费”又招惹宋子屿，果然刚走出店门就听到身后的宋子屿挑衅般的声音：“李淼，好喝的话，明天我继续给你做哦。”

我：“……”

宋子屿，你可给我闭嘴吧！

2

“嘿嘿，顾清明……”坐在饭店里的我一脸心虚地看着顾清明，虽然我不明白我为什么要心虚，但心里就是莫名地不安。

“说吧，坦白从宽。”顾清明一边低头看着菜单点菜一边淡淡地说。

“不要这么严肃嘛，说得我好像干了什么亏心事一样。”

顾清明抬头看我：“你的表情看起来你确实很亏心。”

“我和他不熟，就是教练让他带我一下。”我立马表忠心。

顾清明皱眉：“不是童谣带你吗？”

“一开始是童谣，但是后来童谣要带女队集训，所以教练就让他带我训练……”

“那今天早上你去跑步，也是他带你的？”我的话来还没说完，顾清明就打断了我。

“嗯。”我点头。

“每天那么早起来，就你们两个一起在操场上跑步？”

“也不是就我们两个……五点起来在操场上跑步锻炼的人有不少……”虽然我说的是事实，但我发现我的声音不自觉越来越低了。

“五点？你起得来？”顾清明的眉头皱得更紧了。

“他每天打电话喊我……”说完我才发现事情好像更不对劲了，果然一抬头，就看到顾清明合上了菜单，正静静地凝视着我。

“我们真的就是正常训练，老手带新手的那种……”我有点心虚地向顾清明解释。

“正常的训练……”顾清明重复着我的话，“你们游泳队彼此之间都那么热情？”

“顾清明，你这是在吃醋吗？”我对着顾清明嘿嘿一笑，“是不是特别害怕我被人抢走啊？”

说完话我才发现顾清明重新低头看菜单，完全不理我了。

感觉到气氛不对，我有点心虚。

但因为知道气氛为什么不对，我也不敢说话，于是，气氛只能一直僵着……

当天晚上，童谣第一时间向我报告了她今天和江潮的幸福二人行。

“哈哈，李淼，我感觉我在你这里沾上了桃花运，江潮不但没有拒绝我，还手把手教我……你说他对我是不是也有点意思啊？他还一直夸我漂亮。骑完车，我说想看电影，他也没有拒绝……”

因为和陶嘉慧的比赛之约，我从认识童谣起就感觉她每天都神经紧绷，但最近的她，就像一只柔软的小兔子。

这种转变当然是值得祝贺的，可惜躺在宿舍床上的我却完全没有心情和童谣一起分享这种幸福，因为从吃完饭到回学校，顾清明看我的眼神……一直让我很心虚。

这种心虚一直保持到第二天早上，准确地说，是第二天早上的五点。

这些天，宋子屿都会在五点钟准时打电话喊我起床，第二天电话响起的时候，我顺手就接了起来。但我并没有像往常一样迷迷糊糊地说句“起来了”就挂掉，因为昨天的事情，我有些烦闷，所以接起来的时候，我说了有史以来最长的一句话——

“宋子屿，你就不能让我多睡一分钟吗？！”

然而我说完以后，电话里并没有像往常一样带着坏笑的回应：“李淼，快点快点快点嘛。”

我还以为宋子屿被我震慑住了，趁势想给他点颜色看看，于是嘴里继续不耐烦地嘀咕：“天天像催命一样，你就这么喜欢折磨我是不是……”

“李淼，我在楼下等你。”电话里突然传来熟悉的声音打断了我，听到这个声音，我立马清醒了过来。

“顾清明？怎么……是你？”我不敢相信地看了看手机，只见手机屏幕上显示着顾清明的名字。

“你就这么不希望是我？”

“不不不……当然不是……”

“快点下来，我等你。”顾清明说着挂了电话，我看了看时间，才四点三十，比宋子屿还要早！

这到底什么情况？

我急急忙忙穿上衣服，洗漱完毕跑到楼下，就见顾清明穿着一身黑色的运动服在香樟树下站着。

“顾清明，这么早，你怎么来了？”因为昨天的事，我依旧有点心虚，不好意思地对他笑笑。

“陪你跑步。”顾清明说着将手里的早餐递给我，“边吃边走吧。”

“陪我跑步？”我愣了一下，看着顾清明自然的样子，有点不敢相信，“你这么早喊我起来就是为了陪我跑步？”

“早吗？你不是每天这个时候都要起来的吗？”顾清明说着从递给我的袋子里掏出一个茶叶蛋剥了壳，又递给我，“趁热吃吧，多补充点体力。”

我忽然想到昨天和他说了宋子屿每天早上五点打我电话喊我起来带我跑步的事，不知道为什么，原本心虚的我居然有点开心。

我一口吃下顾清明剥好的茶叶蛋，对他笑笑：“可是顾清明，你不是要忙欧阳教授实验小组的事吗？”

“再忙也不急于这一会儿。”顾清明说着又将豆浆递给我，“陪女朋友晨跑，是做男朋友的义务。”

“嘿嘿，顾清明，你真好……”

“男朋友的义务是要建立在不影响训练的基础上吧？”我的话刚落音，穿一身白色运动服的宋子屿不知道什么时候走到了我们面前，他看了看顾清明，继续说，“我们游泳队正常训练的事，你也要插上一脚吗？”

宋子屿此刻的气场和平时与我单独在一起吊儿郎当的样子完全不一样，他像一只被人围攻的刺猬，身上的刺全都竖了起来。

顾清明却淡淡地看了看他：“既然是正常训练，你们就正常地做就行了，我想她男朋友不仅不会影响，还会很支持。还是说，这所谓的‘正常训练’，怕人看？”

看着顾清明清冷的眼神，刺猬宋子屿的眼神反而慢慢变得柔软了起来。

“既然你都这样说了，那我们再不正常训练给你看看，反倒显得我不大方了。”宋子屿说完像往常一样将手里的奶茶递给我，说，“李淼，来，喝了奶茶我们就开始跑步吧。本冠军说到做到，这可是我亲手给你做的。”

但他刚要把奶茶递给我，就被顾清明拦住了。

“谢谢，就不劳烦你了，我女朋友的早餐以后由我来负责。”

“我已经喝过了。”我举起手里刚刚喝完的豆浆对宋子屿示意了一下。

“这是奶茶，不是豆浆。”宋子屿强调，“而且是我早上做好带来的，你就不感动一下喝了？”

“不好意思，你可能误会‘感动’这个词了，千万不要自我感动。”顾清明说完拉着我往操场走。

宋子屿看着顾清明，又看了看我，最终将吸管插进奶茶里，自己喝了起来……

3

我记得高考前一段时间，我和顾清明也每天早起去跑步的。

我记得那段时间我为了和他考上同一所大学，每天熬夜学习，导致第二天精神不太好，他看到以后，便早上喊我起来一起去跑步锻炼。当时因为我们已经不住在对门，他便早上很早就起来骑车来到我家楼下。

虽然很累很不想起来，但我还是慢慢起得越来越早。从开始等着他喊我才起来，到他刚来到楼下，我就从楼上下来……我越来越早，只是期待每天和他相处的每一分钟。

只是我从来没有想过，有一天会和他再这么早起来跑步，虽然旁边还有另一个男生。

宋子屿在我的左边，一边跑一边像往常一样指导我。顾清明在我的右边，稳稳地和我保持同一步伐，但他全程保持沉默，尽量不影响我。我偷偷看了顾清明一眼，他发现之后，扭头对我温柔一笑，宠溺的目光比以往更甚。

“顾清明，你累不累，要不要先休息一下？”跑了两圈之后，我担心顾清明长时间不运动，突然运动量太大会太累，结果话刚说完，顾清明还没有回答，旁边的宋子屿就已经抢先打断了我。

“训练过程中，不许和无关人员乱说话，这样会打乱你的呼吸节奏。”

我：“……”

顾清明没有理他，不过给了我一个没事的眼神。

我瞪宋子屿：“你不是说一边跑一边说话也是一种呼吸的训练方法吗？”

宋子屿眉头一挑：“那是和你的首席训练教练，也就是本冠军才行。”

我：“……”

后来宋子屿冠军就这样一边指导一边带着我，每次说完专业术语还朝顾清明看了看，像是挑衅一般。

结束之后，面对顾清明，我十分愧疚。

“顾清明，要不然你明天别来了，或者就在旁边等着我吧？我……”

“你这么不想我来？”顾清明打断我。

“不是不是，我是怕你……被人故意找碴，不自在。”我急忙辩解。

“只要有你在，就没什么不自在的。”顾清明揉了揉我的头，“快回去冲个澡吧，明天我再来陪你。”

我心里暖暖一乐：“嗯，那你也快回去洗一下吧。”

“唉，也没有人关心我一下，这个教练当得好委屈啊！”一旁的宋子屿突然插话，还可怜巴巴地看了我一眼。

我拉着顾清明的手，转身就走了，转身之后还给了他一个大大的白眼。

“委屈你有本事别当啊！”

我第一次觉得我的转身是这么潇洒帅气！

我们三人的跑步就这样维持了一周，虽然画风有点奇怪，好在还算相安无事。

宋子屿偶尔还会故意说点甜言蜜语来对我示好，以达到刺激顾清明的效果，但顾清明都用默默的陪伴来化解他幼稚的挑衅。

除此之外最大的插曲是第二天早上他喊我起床的时候发生的。

第二天一早，我朦朦胧胧接到电话，以为是顾清明。因为昨晚他说过第二天会继续陪我，结果一接通电话，我迷迷糊糊地说了声“宝贝你这么早”，就听到宋子屿开心的声音从电话里传来——“哈哈，我没听错吧？李淼，你是在叫我宝贝吗？”

我被吓得手机直接砸到了脸上，彻底醒了过来，而且一看时间，才四点！

“神经病！”挂了电话，我又睡去了。

第三天早上，电话再响的时候，我直接破口大骂：“宋子屿你幼不幼稚？！也不看看才几点就喊我起来，你急着投胎啊？！”

结果电话里传来的却是顾清明温柔的声音：“不好意思啊，今天是有点早，那你再睡会儿。”

我还没反应过来的时候，顾清明已经挂了电话。本来我还有点不好意思，结果看了看时间，确实挺早的，还不到四点……

第四天电话一响，我再不敢那么迷糊，看清来电人名才敢说话。

看着手机上显示的人名，我总有一种怪怪的感觉：好像两人在喊我起床的问题上暗暗较劲？

好在一周之后我就解放了。

一周后，宋子屿如同大赦一般对我笑笑：“恭喜你李淼，跑步训练正式结束，以后就是游泳池训练了，而且老傅早就有过规定：游泳馆不准外人随意入内，我看某些人这下还怎么来骚扰。”

说完之后，宋子屿对顾清明挑衅地笑了笑。

当时刚刚结束跑步，顾清明一身臭汗，面对宋子屿挑衅的表情，他什么也没说，只是在要和我分别回宿舍的时候，直接吻住了我的嘴。

我：“……”

宋子屿：“……”

不知道为什么，看到宋子屿一副吃瘪的样子，顾清明在我心里的形象顿时又高大了许多。

虽然宋子屿的早起跑步训练法有点残忍，不过客观地说，效果还是很明显的。

在他这段时间的训练指导下，我在水里的呼吸和跑步一样，有节奏，也很自在，虽然速度和游泳姿势还有待改善，但把握了呼吸法已经算是成功了一半，接下来只要勤加训练就问题不大。

连老傅都夸我是孺子可教。

童谣看到进步神速的我，对老傅得意地说：“怎么样教练，我的眼光不错吧？我就说她是游泳天才。”

“她是不是游泳天才我不知道，有一点可以确定的是，宋子屿为了教她倒是耽误了不少自己的训练。”

看到老傅为宋子屿打抱不平，我这才想起来，童谣之前说过，宋子屿这个全国高中冠军从进入学校游泳队就成了老傅的心头肉，老傅恨不得把他当成宝贝一样捧着。

听说当初宋子屿申请要带我训练时，老傅一口就否决了，怕影响他的正常训练。后来宋子屿苦苦哀求了半天，并且保证不会影响自己的训练之后，老傅才勉强答应的。童谣说宋子屿每天带我训练完以后，还要把老傅给他规定的训练补上……所以童谣才说我走了桃花运。

如今老傅都这么说了，我倒有点不好意思。

“嘿嘿，教练，我确实很感谢宋子屿，要不然，我请你和宋子屿一起吃个饭吧，感谢你们把我从旱鸭子变成了鱼，可以在水里畅游了。”

“对对，我同意，就让李淼请我们的宋冠军吃个饭感谢一下。”童谣也对老傅说，“教练你可不要心疼李淼，我听说她老爸可是开超市的，全国几十家连锁超市，家里老有钱了，正儿八经的富二代啊！就让她请我们，还要请我们去五星级大饭店！”

听到我们这样说，刚刚还一脸严肃的老傅顿时笑了笑：“好了好了，我逗你们呢。不过你确实要感谢一下宋子屿，为了特意训练你，他比别人多花了一倍的时间在训练上。要吃饭，你们年轻人去吃吧，我就不跟着掺和了……”

“我听说有人要请我吃饭？”我正要再对教练说点什么，一个声音突然打断了我，我们闻声看去，只见刚刚被老傅赶去训练的宋子屿突然从水里冒出了头，正对我一脸坏笑。

“你在水里，耳朵也这么尖吗？”童谣看着从水里出来的宋子屿，对着他伸了伸脚，“再这么吓人，我一脚把你踢下去。”

“本来耳朵是不尖的，但听到有人要请我吃饭就尖了。”宋子屿避开童谣的脚，站到了我面前，“哦对了，既然是感谢，我觉得傅教练说得很对，还是单独请我才显得比较有诚意，你说是吧？”

“傅教练什么时候说单独请了？他是说我们年轻人……”面对宋子屿的逼视，我下意识地往身后退了退，说完我像是想起什么一样，喊住了正要离开的老傅，“对了教练，现在我也基本掌握了游泳技巧，我是不是可以加入女队和大家一起正常训练了？”

可是我的话刚说完，就感到身后一空，脚下失去了重心——

“哎哎哎……”

下一秒，我只感到鼻子和嘴巴里全都灌满了水……

身后还差一步就是游泳池的事怎么没人提醒我啊？！

GUO——MIN——XI
SHAO YE——

第五章

这份补偿，希望不会太晚

1

学校后面有一条小吃街，其中有一家湘菜馆，口味地道，颇受欢迎。

此时此刻的餐厅包厢里，面对满桌的美味佳肴，有人胃口大开，比如我；也有人食之无味，比如宋子屿；还有人……意不在吃，比如童谣。

既然话都说了出来，宋子屿虽然讨厌，但确实为训练我付出了很多精力和时间，所以请吃饭感谢是一定要的，只不过不仅不是单独请宋子屿，我还喊上了顾清明和江潮，还有童谣，毕竟我要随时随地为童谣创造和江潮相处的机会。

顾清明开始听说我要请宋子屿吃饭的时候，脸色沉了沉，我立马向他解释："你可千万不要误会呀，我知道你对他有点……他也确实有点那什么……但是我向上天保证，我这完全是出于公心。再怎么说，他也是受了教练的指令来指导我训练的，咱做人不能不知恩图报你说是不是？"

我语无伦次，说完对顾清明甜甜一笑。

"在你眼里，我是那么小气的人？"顾清明揉了揉我的头，"我的意思是，你们不能单独吃饭。"

看着顾清明眼里的醋意，我心里一乐："就知道你会吃醋，所以我还拉上了童谣和江潮，当然，不知道顾大少爷赏不赏脸呢？"

说完我还学着古代丫鬟的样子，对顾清明深深地弓起了身。

顾清明挑了挑眉："看在你这么有诚意的分上，我就勉强答应吧。"

“真是我的荣幸，感谢顾大少爷赏脸。”

我们一行人先到了，不过宋子屿并不知道我不是单独请他吃饭，收到我发给他的饭店地址和时间以后，他开心地推开包厢的门，话还没来得及说，脸上的笑容就渐渐冻结了，整个表情变化的过程清晰可见，简直可以做成表情包。

为了化解尴尬，我还是带着歉意对他笑了笑：“宋子屿，人家都说男女单独吃饭像约会，为了你的声誉——不被我们女队的队员误会，我特意请了几个证人，怎么样，我考虑得周到吧？”

“我可不介意和你约会哦。”宋子屿说完朝顾清明看了看，“还很期待和你单独约会。”

宋子屿的话刚说完，我就看到不明真相的江潮一脸的惊讶。

“童谣，你觉不觉得这道菜好像有火药味啊？”江潮夹了一筷子面前的血酱鸭，对旁边的童谣夸张地说。

童谣没有回应江潮，只是点了点头，因为她一直盯着顾清明，好奇他会怎么回应。

我也看着顾清明，因为此时我感觉，让他过来对他是种折磨。

我还真是从来没有见过像宋子屿脸皮这么厚的男人啊，当时我心里只有一个念头：吃完了这顿饭，我就再也不想和他有任何交集了！

不，应该是昨天老傅说宋子屿不用再单独给我指导，我可以回归女队和大家一起训练的时候，我就下了这个决定。

不过我还是多虑了，忘了顾清明可不是凡人。

就在空气中开始弥漫一丝尴尬时，只见顾清明看了看宋子屿，说：“想和我女朋友约会的人多了，你可能要排到下辈子了。”

“你就这么自信你们会一直在一起？”宋子屿不服气地和顾清明对视。

顾清明这一次没有直接说话，而是走到我身边搂了搂我的腰，然后，我下意识地就把头贴到了他的胸前。

宋子屿：“……”

因为这个动作，原本还很有自信的宋子屿面对满桌饭菜全程食之无味。

看着他的样子，我倒有点不好意思，毕竟今天这顿饭完全是为了感谢他。但我刚想对他有点示好的意思，他立马把椅子往我身边挪了挪……

想到他对我的态度，我担心他吃不好的那点歉意顿时就烟消云散了。

不知道是不是发现气氛不太对，以前负责活跃气氛的江潮今天也兴味索然，倒是童谣趁机和他低头密语着什么，两个人时不时发出一阵幸福的笑声。

虽然我很羡慕，但看了看两边的人，我觉得还是低头吃饭为好。顾清明时不时给我夹一些我喜欢的菜到我碗里，虽然一开始我吃得很香，但发现旁边两个人都没怎么吃东西……终于我也吃不下去了。

满满一桌子菜没怎么吃，我想想就很心痛。

在这种心痛持续的第三天，我稀里糊涂地迎来了一直担心的专业考试。

那几天可以说时间异常紧迫，每天除了正常上课，我还要去游泳队和大家一起训练。虽然我在她们那些冠军当中还算是菜鸟，好在我的基本水平已经没什么问题，而且因为害怕会被大家嫌弃能力不行而被宋子屿单独训练，我比怕被退学还刻苦努力。在大家都正常训练结束以后，我还拉着童谣陪我多游会儿。

童谣对我的表现竖起大拇指，如果不是她多嘴说了一句“怪不得那么多女队队员宋子屿都看不上，单单对你情有独钟”，我会给她一个甜甜的微笑而不是一脚的。

说起来，也算是顾清明以前教导得好，加上前段时间他孜孜不倦地给我画重点，又加上我真的害怕挂科被退学，一直认真学习，考试的时候我并没有感觉太难。

因为这种意外到来的幸福感，从考场出来以后，我第一时间跑去顾清明的系里找他，向他保证我不会挂科，顺便感谢一下他这个老师的认真教导。

只是我没想到，我不但看到了顾清明，还看到了他身边的陆晓晓。

电子工程系有一条很长的绿荫长廊，我每次来找顾清明都要穿过它，虽然它并不顺路。因为前段时间宋子屿的事，我觉得也算给顾清明带来了些许的困扰，加上我又自觉考得不错，所以今天特意打扮了一下，打算好好和他来场单独约会当作赔罪。

看到陆晓晓的时候，我一怔，不是因为她正提着一个蛋糕盒和顾清明说话，而是因为……我发现我和她穿了同一款式的裙子。

我忽然想起前两天买这件衣服的时候售货员对我说的话——

“哎呀，这位同学你真有眼光，这是我们的镇店之宝，就剩两件了，一个小时前另一件刚被一个清华的女同学买走，你们的眼光真是一样好。”

“是吗？这么巧？我也是清华的。”

“哎呀哎哟，那可真是缘分啊，你要是早到一点，说不定你们俩还认识……真是缘分啊！”

现在想想售货员的话……我忽然有种想回去换一身衣服的冲动。

“顾清明，这是我亲手做的蛋糕，听说你喜欢吃巧克力味的，你尝尝再评价一下我的手艺呗。”陆晓晓对着顾清明举了举手里的蛋糕，一脸甜蜜的样子。

说实话，陆晓晓长相甜美，如果我是个男人，她用这样的笑容看我，我估计我可能会把持不住。

好在顾清明不是我假设的那种男人，面对这样的女孩、这样的笑容，他比我把持得住。

“你喊我出来就是为了这个？”顾清明的目光有点冷漠，“那谢谢你了，我不需要。另外，麻烦你以后不要来找我，我很忙。”

顾清明说完转身就要离开。

可能没想到顾清明这么绝情，见到他转身，陆晓晓有点急了。

她一把拉住了顾清明，一脸热切地看着他：“顾清明，你是不是真的不记得我了？”

顾清明不明所以地看着她：“嗯？”

一直躲在柱子后的我也一脸疑惑：什么情况？还有别的猫腻？

果然，下一刻陆晓晓就有点委屈地提醒顾清明：“三年前，赵县医院，你外婆同病房的一个病友去世，你真的不记得你做过什么了吗？”

听完陆晓晓的话，我看到顾清明的眼睛忽然亮了一下，他重新打量了一下陆晓晓，这才不敢相信地开口：“是你？”

2

童谣上下打量我的时候，我正躺在宿舍的床上发呆。她左看一下我，右看一下我，最后还将我拉了起来。

“怎么回事？你不是说你觉得自己考得不错，要去和你家冰山约会吗？怎么这么快回来了，还哭丧着脸？”童谣看着无精打采的我说，“不会你男人嫌弃你和宋子屿有猫腻不要你了吧？你放心，我可以给你作证来证明你的清白，那纯属宋子屿一厢情愿，和你没有半毛钱的关系。”

童谣说完发现我依旧没有反应，又皱了皱眉：“难道情况相反，是你发现顾清明有猫腻？”

童谣还要说下去，我这才打断了她：“童谣，你生命中有没有遇到过‘像明灯一样将你整个人生照亮’的人啊？”

童谣愣了愣：“啊？这是什么人啊？还有这种人？”

“有的……”

在陆晓晓说完话的时候，我看到顾清明的神情一变，就觉得事情没那么简单。果然，随后顾清明不但没有决绝地离开，他们还坐到了旁边的长椅上。

“几年不见，你变化挺大的。”顾清明看了看陆晓晓，“我确实没有认出你。”

“这也不怪你，之前我是短发，现在发型变了，也长高了不少。”陆晓晓对顾清明甜甜一笑，“顾清明，谢谢你，那段时间是我人生中最灰暗的时刻，如果不是你，我可能……”

顾清明打断她：“都过去了，你现在不是挺好的吗？”

“嗯！就像你说的，自己的人生还是要靠自己把握，我真的考上了自己的理想大学，不过没想到能在这里遇到你。你不知道，在学校里第一次见到你的时候我还不敢相信，只是没想到你真的不记得我了……”陆晓晓说着有点遗憾地看了一眼顾清明。

“不好意思，以后就知道了。”顾清明有点歉意地对她说。

“后来听说你外婆也……”陆晓晓有点心疼地看着顾清明说，

“那段时间你应该也很难过吧？”

“一开始确实很难接受，不过后来……知道人生总是一个不断失去的过程。”顾清明说着，眼神忽然黯了一下。

“是啊，人生就是一个不断失去的过程。”陆晓晓重复着顾清明的话，“不过那个时候如果不是你安慰着我、陪着我，我可能就无法理解这句话了。你知道吗顾清明？那段时间，你就像明灯一样，将我的整个人生照亮了。”

陆晓晓说着动情地看了看顾清明：“我妈妈是我唯一的亲人，她忽然离开，肇事司机还逃逸了，本来巨大的打击就让我无法承受，还有一笔巨款等着我去还……天像塌下来一样，我真的很绝望，当时只想一死了之，我……”

“都过去了……”顾清明打断陆晓晓，“对了，后来的事怎么解决的？”

“警察抓到了肇事司机，医药费他的家人也付清了。”陆晓晓说着，“说起来，能在这里重新遇到你，我想可能是上天听到了我的心声，所以这个蛋糕你就收下吧，就当是感谢你那时候拯救了我。”

“话不能这么说，其实我也没做什么……”

“不，你不知道顾清明，一个人在绝望的时候，陪伴的力量有多大。何况，如果不是你拉着我，我可能当时真的从楼顶跳了下去……”

“好，我收下。”顾清明最终还是接过陆晓晓递过来的蛋糕，“谢谢你。”

“不，应该是我谢谢你。”陆晓晓认真地看着顾清明，“只是下次遇见的时候，你别再把我忘了就行了，嘿嘿。”

看着顾清明和陆晓晓坐在一起温馨地重温往事的美好画面，

我一直想跑过去的冲动最终还是被我按住了。虽然我不知道他们之间具体发生过什么事，但从他们话里话外的意思能够知道的是，他们相遇的时候，正是我向顾清明表白被拒绝，我离开 W 市举家搬到 C 市的那段时间。

现在他们又在这里重逢……一想到这些，我的心情就不好了。

童谣听完我的话，不可置信地看了看我："我去，陆晓晓和顾清明还有这么一段孽缘啊！这还不是一般的情敌啊……还真不太好对付啊！"

说着她又像是想起什么一样，对我笑了笑："其实比起顾冰山，我觉得宋子屿也挺不错的，至少人家不闷，哈哈。要不然，你认真考虑一下？"

我完全没有心情和她开玩笑，自动忽略她的话，满脑子都是顾清明温和地看着陆晓晓的样子。

现在我终于明白为什么陆晓晓那天在食堂会用那种眼神看着我了，也许，一开始她就志在必得？

"不过你也别想太多了，看样子，顾清明当时也就是顺手救下一个绝望的少女，并没有发生别的什么事。"见我依旧哭丧着脸，童谣又拍了拍我的肩膀。

我不同意她的话："正是因为他救了她我才担心，你没听说过'以身相许'这个成语吗？"

"那你打算怎么办？要不然把顾清明喊出来，让他表个态？"

我没有回童谣的话，因为……我不知道该怎么办。

专业成绩出来的时候，我不但没有挂科，还考得不错。可我非但没有兴奋的感觉，反而平静得连自己都不敢相信。

那天和女队一起结束训练之后，我照例在她们离开之后多训练一下，只是平时陪着我一起训练的童谣因为挂科回去补习了。

成绩出来的时候，连她自己也没有想到自己会挂科。不过想想又在情理当中。从开学起，她就一直忙着为游泳队凑人数，后面凑好人数又每天紧张地训练。挂科也刚好给她一个警告，看到成绩的时候，她立马表示要发奋图强。

童谣还对我大加夸赞："不考不知道，一考吓一跳，我天天安慰你，没想到我自己却掉坑里了。现在我才知道你每天除了训练还学习那么晚的精神有多可贵，以后你是我姐！"

我也觉得我挺不容易的，以前生怕挂科被学校退学，不得不和顾清明要分开了，现在……

想到陆晓晓，我又将头埋进了水里。

但下一秒我就惊吓地跳了出来，因为我发现水里有一双眼睛正盯着我……

"宋子屿，你想吓死人啊！"我拍打着水里不知道什么时候出现的宋子屿，后者这才从水里冒出头。

"嘿嘿，你胆子这么小吗？我怎么没发现啊？"宋子屿顺势吐了一口水，对我笑笑，"听说你考得不错，怎么还一脸不开心地一个人在这儿待着？"

"要你管。"说着我就准备爬上岸，"你不是走了吗？怎么又回来了？"

"对啊，看你一个人在这儿，担心你的安全问题，特意回来看看你。"宋子屿追上我，"怎么样，是不是很感动？"

"感动你个大头鬼，别跟着我，我要回去了。"

"对了，刚刚我看到你游泳的样子了，你现在进步不小，这可都是本冠军基本功教得好啊！不过我觉得再加强一些，你的进步就更大了，肯定能和她们的水平一样，这样也就不用每天怕掉队了，怎么样？要不要我再教你一些秘诀？”

“不需要了，我谢谢你，我要去换衣服了，再见。”

可惜我低估了宋子屿的脸皮，他不但寸步不离地跟着我，还不知道从哪儿捧出一束花，突然递到我面前，把我吓了一跳。

“宋子屿，你干吗？”

宋子屿嘿嘿一笑：“鲜花配美人，刚刚在游泳馆外面看到这些玫瑰花开得不错，特意给你摘的，喜欢吗？”

“你摘游泳馆的玫瑰花？你……”我被他气得无语，“你不怕被园丁发现，把你告到校长那里，说你毁坏公物啊？”

“不怕，为了你，值得。”

我：“……”

“宋子屿，你一定要这么缠着我吗？”我无奈地看着他，“求求你让我安静一会儿行不行？”

“行……”

我没想到宋子屿这么爽快地答应，正要对他刮目相看，就听到他的声音再次响起来：“……只要你答应做我女朋友。”

我：“……”

3

宋子屿在游泳馆外摘的玫瑰花后来怎么处理的我不太清楚，我只知道顾清明手里捧着的玫瑰花，最终被我捧在了手里。

从游泳馆回到宿舍时，我没想到会在楼下看到顾清明，还是手里捧着玫瑰花的顾清明。

当时我只有一个念头：今天是什么日子？

“顾清明，你怎么在这儿？”我惊喜地看着他。

“听说你考得不错，这是奖励你的。”顾清明说着将手里的玫瑰递给我，我简直不敢相信。

如果我没记错的话，这是顾清明第一次送花给我。

“今天是什么日子？你居然会送玫瑰花？”我看着手里的玫瑰花，不解地问他，“这可是你第一次给我花。”

说完，我发现我的声音居然有点委屈。

“我也是忽然想到这一点，所以前来弥补了。”顾清明拉了拉我的手，“希望不会太晚。”

“不会，只要是你送的，多晚都不算晚。”我心里一甜。

“走吧，我们去吃饭，听说今天食堂的饭菜还不错。”顾清明拉着我往食堂走。

“我没挂科，你这么高兴啊？”

“那是当然。我是替你高兴，这样你就不用每天悬着一颗心了。”

“顾清明……”我看了看顾清明，“其实考完的那天我就知道我不会挂科，还想第一时间告诉你，只不过……”

“考完那天……那你怎么没有找我？”顾清明说着，见我表情有点不对，忽然皱了皱眉，“你是不是看到陆晓晓了？”

我没想到顾清明会主动提起陆晓晓，一时间不知道该作何反应。

“我正要和你说这件事。”顾清明说，“其实我以前见过陆晓晓，她……她其实挺可怜的。”

顾清明外婆的心脏一直不太好，突然晕倒的时候，外公便急忙打电话召唤他们回去。因为他外公外婆一直住在乡下，医疗条件并不太好，出事以后，就只能送去当地的县医院。

顾清明一家赶到的时候，医生已经确定了诊断结果：救治无效，就看能坚持几天了。顾清明这个人一向清冷，和谁的关系都那么不咸不淡，外公外婆一直住在乡下，接触又少，更提不上很深的感情，但那一刻，他的心忽然如同刀割一般。

顾妈妈以泪洗面，顾爸爸也唉声叹气，顾清明虽然难过，但并没有哭。

他真正哭出来是第二天。

病房里忽然住进了一个重伤患者，据说是出了严重的车祸——一个中年妇女骑车回家的路上，被一辆重型卡车闯红灯撞到，内脏被撞碎，脑袋被撞成重伤，虽然没有当场死亡，但基本没救了。

同她一起来的还有一个年纪和顾清明差不多的女孩，女孩从推着妈妈进来的那一刻起就哭得撕心裂肺，嘴巴里一直喊着："妈妈你不要死，妈妈你不能丢下我……"

她穿着看上去很旧但很干净的衣服，干净的短发因为汗水贴在额头上，如果不是因为总是哭着，应该是一个长相很甜美的小女孩。

从妇女住进病房起，女孩就一直没有停止过哭泣。看着全身被绷带包裹着的病人，原本就为外婆的事难过的顾清明也终于被女孩的哭声感染，眼泪情不自禁地掉了下来。

顾爸爸看女孩可怜，走上去拍了拍她的肩膀，断断续续的交谈之后才知道，她从五岁开始就和妈妈相依为命，现在她在县城读书，妈妈给人当保洁赚点钱养家。突然出了这么大的事，她整个人都要崩溃了。

最要命的是，肇事司机还逃逸了，巨额的医药费她根本无力承担。而且医生说妈妈的情况很不乐观，让她做好心理准备。说到底，她不过是一个十几岁的小孩子，这飞来横祸于她而言简直是灭顶之灾，这世上唯一的亲人随时可能没命，别说以后的生活没着落了，就是眼前的问题她都不知道该怎么面对。

顾清明在一旁听了，原本擦干的眼泪，不知不觉再次涌了出来。

可是他知道，面对这种情况，就像面对他的外婆一样，他什么也做不了，他唯一能做的，只是在女孩哭泣的时候，给她递一张纸巾。

女孩一直哭到后半夜才没再流泪，顾爸爸给她买了一些吃的，她却什么也没有吃。她一直拉着妈妈的手，渴望命运能给她一丝希望。可是命运太残忍，第二天晚上，女孩妈妈微弱的心跳还是停止了。

奇怪的是，女孩没有再哭泣。

顾妈妈说她是眼泪流干了，但顾清明感觉事情没有这么简单。果然，在医生处理她妈妈的遗体时，她不见了。

大人们没注意，顾清明却留了个心眼。他在医院不停地找，越找越发有种不好的预感。等顾清明找到女孩的时候，她正站在医院楼顶的围栏上。

顾清明冲过去将她拖了下来，她因为重力跌落在顾清明怀里的时候，他看到她满脸都是泪。

“我妈妈走了，这个世界上再也没有我的亲人了，再也没有了……”女孩的声音带着绝望，因为长时间的痛哭有些许的沙哑。

顾清明没有说话，他将她放下，却紧紧地握着她的手，就那样任由她哭泣，一直到她哭累了，他才伸出手轻轻地拍了拍她的背。

“人都说死是最容易的，活着才是最难的。”顾清明的声音很轻，像是害怕惊扰了她，“但是我一直觉得，只有活着，才能掌握自己的命运。你妈妈如果知道你这样，她肯定走得也不安生。你是她唯一的希望，也是你自己的希望……”

顾清明说着忽然停下了，因为他发现那些话很有道理，但在这个场景里，显得那么苍白无力。

后来，他不再说话，只是紧紧地拉着她的手。站累了，两个人就靠着墙壁坐了下来。

月光皎皎，星子稀疏。

两个人都没有再说话，但顾清明感觉他手心里的那只手渐渐有了温度。

女孩被警察和政府的人接走了，匆忙得连告别也没有，他自始至终都不知道女孩的名字。

虽然他很担心女孩以后的生活，但他并没有来得及打听，因为没过两天，外婆也停止了呼吸。

这是顾清明和陆晓晓第一次的交集，也是唯一的一次。他从来没有想到会在大学里碰到她，就像我没有想到他会主动和我提起她一样。

距离顾清明外婆因为心脏病突发住院的那年已经过去了三年，我却是第一次看见，顾清明提到外婆时难过的样子。

“顾清明，是我不好，那段时间没有陪着你。”在他说完以后，我紧紧地拉着他的手。

“我没事。”顾清明揉了揉我的头发，“说这些只是想告诉你，不管那天你看到了什么，都不是你想象的样子……”

“我相信你。”他的话还没说完，我就打断了他，“不过我有个问题——她做的蛋糕好吃吗？”

顾清明：“……还不错。”

我：“……”

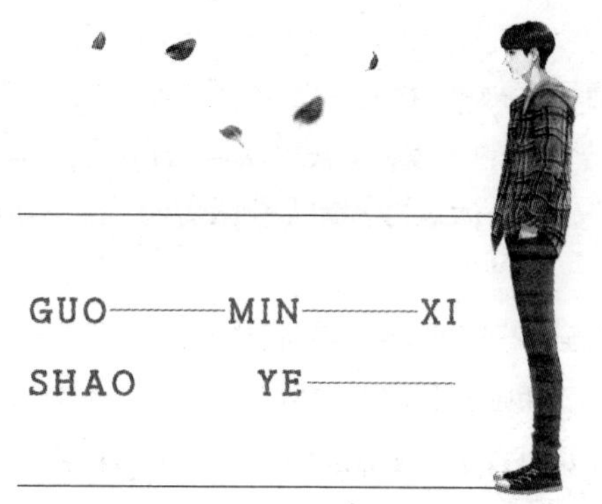

第六章
我就喜欢你对我说情话

1

老傅很高兴地宣布，大家最近的训练成果让他比较满意，为了奖励辛苦训练的大家，今天男女混合自由泳，互相学习……听了这个消息，女队全体欢呼，男队全体尖叫，有一种终于等到这一天的感觉。

我看到宋子屿慢慢地朝我走过来，正要逃走，就看到一堆女队员将他团团围了起来，这才放下心来。

我打算找个角落自己练习，童谣却将我拉到一旁，郑重地对我说她找到挂科的根本原因了。

我用疑惑的眼神看着她。

童谣自信满满地对我分析："缺爱啊！你想想，你为什么天天那么累还能坚持补习，不就是为了怕挂科被退学，然后就不能和顾清明在一个学校了吗？说到底，你是为了你的爱情、为了顾清明，就连老天都眷顾你这份心意，让你超常发挥。"

"所以呢？"

童谣对我微微一笑："所以我也要找一个让我坚持下来的人——我要正式向江潮告白，拿下他！"

"我支持你！"听到童谣的话，我举双手赞成，"这么说来，这段时间你们发展得不错？"

童谣对我挑眉："那是，也不看看姐姐是谁？就我的魅力，谁看到我能把持得住？"

"那你想怎么表白？"

"这就是我来找你的原因啊！"童谣有点不好意思地说，"你是怎么拿下顾清明的？你教教我吧……在这方面，我……我没有什么经验。”

说到最后，童谣不好意思地笑了笑。

“原来是要拜师学艺啊！”我也对她笑了笑，“你要像我拿下顾清明一样拿下江潮？我可是从穿开裆裤起就觊觎顾清明，整整花了十几年才将他拿下，你确定要向我学习吗？”

听完我的话，童谣彻底绝望：“就没有什么快捷的办法？”

“我逗你呢。”我拍了拍她的肩膀，“其实追求喜欢的人，不管是男人追女人，还是女人追男人，只要用心就好。”

“那怎么才算用心？”

看着童谣一脸期待地看着我，我认真地对她说：“用心就是要多浪漫就有多浪漫，要多惊喜就有多惊喜……”

顾清明这两天用奇怪的眼神看着我，终于有一天忍无可忍，说出了心里的疑惑：“你天天这么打听江潮，莫不是对他有什么想法？”

我给了他一个“别闹了”的眼神。

不过这也不能怪顾清明，自从答应了童谣帮她追求江潮，我又不太好直接问顾清明有关江潮的事，只得旁敲侧击地打听，比如江潮哪里人，喜欢吃什么、玩什么，有什么特别的爱好，从小到大最感动的事是什么……

这反倒让顾清明误会了。

不过，纵使我用这么迂回的办法打听，结果还是很令人沮丧，可以说是一无所获，因为我每次变着法打听时，顾清明都只有一句话：“我和他不熟。”

“怎么可能？你们天天勾肩搭背的，不知道的还以为你们……

怎么会不熟？”

“我对别人的事没兴趣。”

好吧，这倒是符合顾清明一贯的性格，可是我就认识他这么一个跟江潮熟的人，没有他的帮忙，想要给江潮制造一场惊喜，还真是有难度。

顾清明看我犯难，问我：“童谣真的喜欢江潮？”

“对啊，特别喜欢，还势必要拿下他呢。这不让我帮她想法子表白吗？”

“我看没这个必要。”

“为什么？”

“没什么，只是觉得他们也没那么合适。”

“哟，你还研究过男女关系啊！那你说什么叫合适啊？”

“我们这样。”

“嘿嘿，顾清明，我就喜欢你对我说情话。”

虽然没从顾清明那儿了解到江潮具体的情况，不过聪明如我，自有办法——我直接打了电话给江潮。

我确实很直接，开口就直接让他把简历发我一份，而且特别强调一定要具体详细。

“弟妹，你这是要干吗？给我介绍工作？哥哥我还不需要啊！还是你想彻底了解我，对我有什么想法？可是朋友妻不可欺，虽然我也知道自己玉树临风、一代天骄，但你毕竟是顾清明的女朋友，就算你对我有想法，也要控制住啊，咱们可不能犯错误……”

“去你的吧。”江潮的话还没说完，我就打断了他，“过两天是我和顾清明的恋爱周年纪念日，我要特别详细地了解我们两个的朋友，然后根据每个人的特点特别定制一个纪念活动，好给他一个大大的惊喜，你可千万要给我保密。”

原谅我为了童谣的终身幸福撒谎不脸红，虽然这个谎话漏洞百出，好在江潮神经大条，一听说是为了我和顾清明的恋爱纪念活动，连问都没问这到底和他的简历具体有什么关系就第一时间发给了我，还向我保证一定全力配合。

但我万万没有想到，收到他的简历后，我的第一反应会是骂脏话：这家伙居然比我小一岁，还天天喊我弟妹，下次要叫嫂子！

有了江潮详细的简历，我对他算是进行了彻底的了解，但他的情况总结起来就四个字：钢铁直男。

——喜欢清纯、长发、穿白裙子的少女，暗恋过自己的高中英语老师。

——喜欢打游戏，喜欢健身，曾获得过 Z 市高中业余掰手腕大赛一等奖。

——喜欢唱歌，曾和校花在市领导来学校视察的接待宴上对唱情歌并获得高度赞扬。

——喜欢李连杰，曾打算去少林寺出家当武僧，后因成绩优异被保送清华而放弃。

我更没想到的是，他还在简历里推荐自己，说他可以在我和顾清明的恋爱纪念活动中表演翻跟头……

看完简历，我有种劝童谣换一个人喜欢的冲动……

而童谣看完以后手舞足蹈，有想扭大秧歌的冲动：“真不愧是我喜欢的男人，两个字：优秀！”

我摸了摸童谣的脑门，并确诊：“姐姐，你好像过于兴奋了。”

为了童谣表白成功，按照江潮的喜好，我特意陪童谣去做了个头发，又去商场买了一身看上去很清纯的衣服。

既然我们面对的是钢铁直男，那首先就要从外形改变自己。看着镜子里大变样的童谣，我们击了个掌，信心十足。

我的计划是在学校楼顶摆满心形蜡烛，童谣就这么打扮好站在蜡烛中间，喊上童谣和江潮所有的朋友，人手捧上一枝玫瑰花站在周围。江潮一来，我就在暗处放陶喆的《今天你要嫁给我》——这也是从江潮的简历里获得的信息，他说自己最喜欢的歌手是陶喆。

然后童谣就开始认真地表白，为此我们还特意上网查了一堆告白的情话。

一切准备就绪，童谣特别激动，她拉着我的手说："李淼，啥也别说了，以后我和江潮的孩子认你做干妈！"

我也很有成就感，仿佛亲眼看着他们两个手牵手走进婚姻的殿堂一样。

事实上，我们也确实是这样做的，只是我们都没有想到，这场盛大的告白会以失败告终。

2

都说圣诞节是除去情人节以外最适合表白的节日，所以我们把日子特意定在了这一天。很多朋友都舍弃了约会来见证童谣这个重要时刻。

童谣对我们舍弃了自己约会的大好机会来帮她助威十分感动，承诺成功以后请我们吃大餐……

我告诉江潮我们在楼顶庆祝恋爱纪念日，他还夸我浪漫。事实上，那天气氛确实好，我们按计划摆好了心形蜡烛之后，天公作美，还下起了细细小雪，要多浪漫就有多浪漫。最重要的是，小雪还没把蜡烛扑灭，简直是天意。

江潮也准时盛装出现，平时对穿着完全没有讲究的他，难得穿了一件黑色的修身外套，将他的好身材衬托得更加完美。所以他推开楼顶的门走进我们视线里的时候，大家都惊呼一声。

心形蜡烛圈里的童谣最为激动，她可能也是第一次见到穿得这么正式的江潮，心里更加喜欢了。

但江潮环视了一圈，看着眼前的心形蜡烛和人手一枝玫瑰的众人，一脸茫然："哎，什么情况，不是李淼和顾清明的恋爱周年纪念活动吗，你怎么站在这儿……"

"江潮，我喜欢你。"江潮的话还没说完，童谣就打断了他，几乎是鼓起了所有的勇气，对他笑着说，"遇到你之前，我从来不相信什么一见钟情，也不知道喜欢一个人究竟是什么感觉。可是遇到你之后，这一切我都懂了。虽然我们接触的时间不长，但正因为如此，我才发现每一天我都想和你在一起，每一个喜悦我都想第一个和你分享。我想成为你生命中最重要的那个人，如果你愿意，从今天开始，我先从你女朋友做起，好吗？"

童谣为了这段话，自己默默地背了很多遍，今天正式说出来，居然一气呵成，可能连她自己都没有想到。

不过这也不意外，因为这是爱情的力量。

在童谣一口气说完这些话之后，大家全都激动地挥手起哄："在一起！在一起！"

"这种真情告白一般都是男的对女的说，今天我算是开眼了。要是哪个女生对我这么郑重地表白，我肯定当场就带她去民政局领证！"一个男生也不知道是不是触景生情，声音居然有点哽咽。

大家都期许地看着江潮，我也在旁边对江潮示意："答应她，答应她！答应她，一个鲜活可人的美女马上就可以跟你回家！"

大家听完我的话，又是一阵哄笑。

可是我们都没有想到，平时看着吊儿郎当的江潮，在童谣说完话之后，表情忽然变得特别严肃认真。他有些不知所措地看了看童谣，一脸愧疚地说：“对不起童谣，我……不能答应你。”

全体人员：“……”

“这是什么情况？”人群里有人遗憾地发出声音，可惜她的问题并没有得到回答，因为江潮说完，就扭头跑走了。

看着江潮的背影，童谣像是一只泄气的皮球，我立马走过去扶住了她。

“童谣，你别灰心，可能……可能他被我们这阵仗给吓迷糊了。”我一边安慰童谣一边示意大家先散了。

童谣并没有很难过，她只是有点不敢相信地问我：“他刚刚是被我吓跑了？”

“什么被你吓跑啊，是不是我们搞错了，其实他更喜欢私下两个人的表白？”

话虽然这样说，可我还是看向了一旁的顾清明并用眼神示意他：“顾清明，你知不知道江潮这……这是怎么回事啊？”

顾清明没有说话，只是过了片刻，他若有所思地看了看我和童谣：“可能那件事，是真的。”

“什么事啊？”

如果用一个词来形容最近的童谣，我想可能再也没有比“生无可恋”更合适的了。

虽然刚刚挂科，她也打算努力抽时间学习，但刚看一会儿书，你就会发现她目光涣散，又走神了。虽然她一直都想着在首都游泳友谊比赛当中打败她的对手陶嘉慧，但这几天训练的时候，她不仅速度比平时慢了很多，偶尔还把动作做错，老傅完全无语了。

虽然她在吃饭，但如果你仔细观察，会发现她连嚼都没嚼就直接咽了……

不过这也不能怪童谣，我想换成任何一个人，在经历过那样的事之后，都不能保证自己的状态会比她好。

表白失败那天，我们来到了学校附近的火锅店里。

“顾清明，你说清楚点，到底什么事是真的啊？”我着急地问顾清明，他还没说话，我就把我心里一直疑惑的问题说了出来，“该不会江潮其实……喜欢男的吧？”

一想到江潮之前每次和顾清明勾肩搭背的样子，我的心就悬了起来。

顾清明给了我一个无语的表情。

“当然不是。”顾清明说，“其实我也是听另一个同学提过两句，说江潮是为一个女生才来首都上学的。那个女生，是他的初恋。”

“什么？江潮已经有女朋友了？那我们童谣每次约他的时候，他怎么都不说啊？！”我气愤地为童谣抱不平，“原来是个渣男！”

说完我就转头对童谣说：“算了算了，这样的渣男，咱们不要也罢。”

可顾清明摇了摇头：“没有，那个女生好像从来都没有和他在一起。”

“啊？没有？怎么听起来，好像有点狗血？”

天才少年江潮，十七岁的时候，被老妈安排了一个任务——给老妈闺密的哥哥的女儿补习。补习这种事情对江潮来说当然是小意思，只是他没有想到，他要补习的对象居然大他三岁。

一个高中生怎么给大学生补习？

江潮当然打算拒绝，但见到那个女孩的时候——他放弃了这个想法。

不知道你有没有仔细在心里设想过自己喜欢的人的样子，反正江潮是有过的。他有着明确喜欢的类型：身高最好在一米六五左右，披肩黑色长发，笑起来有一对小酒窝，皮肤是健康的小麦色，喜欢运动，最好是打网球之类的……

江潮怎么也没有想到，现实中真的有这么一个人，就连她说话的声音都和他想象的一模一样。

女孩名叫张檬，除了年纪，她几乎完全就是照着江潮设想的模样出现在他面前的。

他见到她那天，蓝天白云，鸟语花香，连风都是温柔的。

江潮第一次知道什么叫作心动。

于是，江潮不但没有拒绝给她当家教，还努力在她面前表现得让自己不要看上去只是一个十七岁的毛头小子。

接触之后，江潮才知道为什么他们让他给她补习了——她对学习确实没什么天赋，确切地说，因为以前成绩不好留过级，所以和他一样，还在读高三。

这样一来，事情就更加好办了。

年年考第一的江潮给许多同学补习过，现在自然是信手拈来。他拿出全部的实力给张檬讲课，后者完全被他学霸的样子迷倒了。两个月相处下来，江潮更加发现张檬人如其名，整个人都有点萌萌的，完全没有姐姐的样子。从一开始的心动到日久生情，高考之前，江潮终于控制不住自己，向张檬表达了自己对她的爱慕之情。

然而，让他意外的是，张檬拒绝了他，理由是，她早就有男朋友了。

是的，张檬的男朋友考到了首都上大学，这也是她为什么要补习，她要考到她男朋友的大学里，和他再也不分开。

江潮从来没有想过事情的结果会是这样，被她拒绝之前，他做好了打持久战的准备。可是她有男朋友，并且谈了三年……江潮第一次体会到什么叫心碎。

然而，心碎的江潮并没有因此放弃。

他也来到了首都，来到了她所在的城市上大学。

这是江潮第一次喜欢一个女生，他迷恋这种爱上一个人的感觉。有时候，他会在周末去她的大学偷偷看看她，有时候会假装不经意和她来一场偶遇。

可是，他能做的也仅此而已，张檬有男朋友，他懂得要保持距离。

他唯一能做的，只有默默地守护。

3

老傅最近对女队的表现特别满意，他特别点名表扬女队队长童谣，说她寒冬腊月依然坚持这种高强度的训练，明年首都高校游泳友谊赛势在必得。

老傅说得没错，童谣最近对自己的训练确实是高强度的——跑步 2000 米，牵拉、腰腹正反 25×20 组，拉力 50×20 组，400 米仰泳，400 米蝶泳，400 米蛙泳……简直不要命了。

我本来想陪着她一起的，但累得喝了几口水以后，我不得不承认，要一次完成这么高强度的训练，我的水平还远远不够……

童谣没有向老傅解释她为什么这么拼命训练，我也没有。

只有我知道，痛失所爱的童谣也只能以此来发泄心中的不快了。

那天听完顾清明说的关于江潮的事情之后，童谣没有说话。

她的神情从落寞到无助，我们都看得出她内心的挣扎。

谁也没想到，看着吊儿郎当的江潮，居然还有这么深情的一面。

我在震撼之余，却还是为童谣打抱不平：“既然他有喜欢的人，为什么还来招惹我们童谣？”

“招惹？”顾清明疑惑地看着我，“难道你们没发现他对每个女生都一副没正经的样子？”

他的言下之意，是童谣自己想多了……

我想再说点什么，但一想到他都敢天天当着顾清明的面调戏我，更何况其他女生……

第二天，童谣就变成了老傅嘴里的模范。

我知道她心里苦，原本想拉着她出去散散心，但她拒绝了。用她的话来说，水里才是她觉得最安全舒适的地方。

不过说起来也算是因祸得福，虽然我跟不上童谣的节奏，但在她这种精神的感染下，我也训练得更加刻苦，做不到跑步 2000 米，我就跑个 800 米；牵拉、腰腹正反做不到 25×20 组，我就做个 25×5 组；拉力做不到 50×20 组，我就来个 50×4 组……

几天下来，我明显感觉自己在水里更加自如了。

“进步神速啊旱鸭子……”

那天训练结束时，我刚准备离开泳池，一个声音就从不远处传来，不用看也知道是宋子屿。

我继续朝更衣室走，不打算理他。

不过宋子屿似乎习惯了我的态度，他走到我面前对我笑笑：“既然你赶时间，那我就长话短说。今天我就是特意来告诉你，经过几天的慎重考虑，我打算正式向你发起追求攻势了。”

我：“……”

“宋子屿，你能不能别胡闹了？”

“胡闹？李淼，难道你看不出来我喜欢你吗？”宋子屿目不转睛地看着我，“我从来不认为喜欢一个人和认识他的时间长短有关系，而且，李淼，你相信一见钟情吗？”

看着宋子屿认真的样子，我有点不知所措，前一秒的底气全被他的眼神抽空了一样。

我本来很想质问他喜欢我什么、知不知道什么叫喜欢……但他的眼神好像一个人，一个曾经也用这样的眼神看着我的人。

所以我丢下一句“相信你个大头鬼”便急忙跑进了更衣室……

老话常说，怕什么来什么。

我以为宋子屿就和我开个玩笑调戏我一下，没想到第二天一下课，我就看到他在教室外面等我。

宋子屿因为常年运动，身材很好，加上棱角分明的脸，很像当红游泳健将宁泽涛小哥哥，虽然之前只是小范围在游泳队被称为男神，但出现在教室外面的时候引起了不小的关注。

好多女生看他的时候眼睛里都冒着星星。

童谣看到他的时候，正问我中午吃什么。经过这些天的忙碌，她没有再提过江潮，似乎那晚的事只是一个梦。虽然我知道她晚上有时候会失眠，一个人站在阳台上出神，但她不提，我也就当她是真做了一个梦吧。

每一个勇敢的女孩都不该被辜负，但如果真的被辜负了，能做的，也只有坚强。

昨天童谣因为有事没训练多久就先离开游泳馆了，所以她不知道宋子屿昨晚对我说的话。

但看到他之后，童谣立马对我挑了挑眉：“这二货不会是来找你的吧？”

我看了看宋子屿，才知道童谣为什么说他二。宋子屿嘴巴里叼了一枝玫瑰，嘴角还有一点血，似乎有点疼，他的表情有点委屈……那样子……让人有点想笑。

“你嘴巴不疼啊？”童谣走到他面前对他笑了笑，“你这是要用带血的玫瑰演出悲情大戏吗？”

“是有点疼，我正要拿下来擦擦嘴，这不你就出来了……”宋子屿叼着玫瑰含混地说，说着眼睛直勾勾地看着我，“怎么样，帅吗？”

“帅你个大头鬼，疼你还不拿下来？”我对他无语。

“这样不是显得我有型嘛。”宋子屿说着这才拿下来，“送给你，刺已经被我咬掉了。而且你放心，这不是在游泳馆摘的，是我特意去花店买的，喜欢吗？”

他这一动作立马将我推进了火坑 。

因为顾清明早先拉着我的手在校园里转过几圈，很多人都知道我和他的关系。顾清明虽然低调，但架不住他实在太受女生欢迎，所以知道我是他女朋友之后，很多女生并不看好，据说暗地里还有人打赌我们多久会分手……

现在又一个帅哥当众对我示好，有些人自然不高兴了。

所以我还没来得及接宋子屿的话，就听到人群里有人在嘀咕——

“这个狐狸精，她是不是给人下药了？怎么好看的男人都喜欢她这一款了？大家的审美都变成这样了吗？”

“不是大家的审美变了，是大家压根不会喜欢你。”那个不和谐的声音刚落下，宋子屿就朝她望了过去，说话的时候还笑了笑。

我没敢转头去看，但可以感受到她的声音就此消失了。

“宋子屿，别胡闹了，求你以后别来我们教室了。”我有些不好意思，想赶紧让他在我眼前消失。

可我明显低估了宋子屿的脸皮，他见我没接玫瑰花，手就一直停在半空中，有种我不接下就不收回的架势，然后对我挑了挑眉：“我说过我要正式开始追求你，李淼，你是我从小到大第一次喜欢的女孩，你可不能辜负我对你的一片痴情啊！”

“你是不是对痴情有什么误会？你对我了解吗？你……”

“从距离第一次看到你，我们已经认识 67 天了，几乎每天都在同一个游泳池游泳。”我的话还没说完，宋子屿就打断了我，“而且我都打听清楚了，你三围是 86、60、88，喜欢甜食和美剧，喜欢……”

我：“……”

“打住！”眼看着宋子屿滔滔不绝地把我的隐私全爆出来，我急忙打断了他，“好，你不走，我走……”

说完我就拉着童谣溜之大吉。

身后的宋子屿却像是吃定我一样，他也不追，只是兴奋地对着我的背影高喊：“李淼，有没有人告诉过你，你跑起来像一只小兔子一样可爱？”

我：“……”

我造了什么孽……

童谣一边被我拉着跑一边对我笑：“李淼，咱俩是不是好朋友？”

“这还用怀疑？”

“那和你商量个事呗。”

“嗯？”

“把你的桃花运分我一点吧！你这也太旺了……”

“……别闹了！”

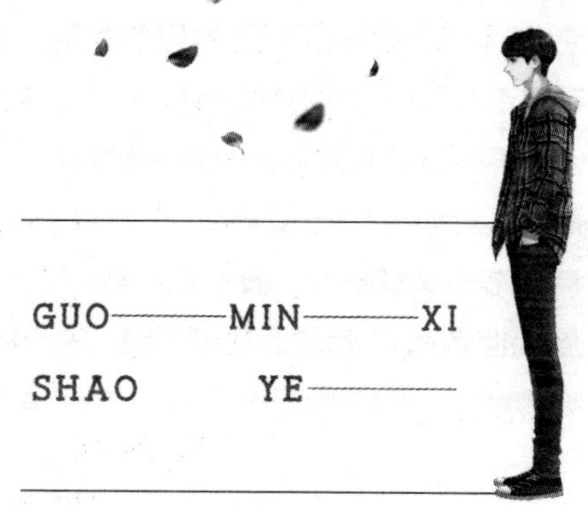

第七章 她从小就觊觎我的美色

1

元旦来临之际，对于顾清明来说，最大的事应该就是用于参加全国高校智能大赛的无人机终于制作完成。

经过几个月的研究和筹备，在欧阳教授的带领下，他们的实验小组和国内知名科技公司 DC 科技共同制作了参赛用的 AI 无人机。

这款 AI 无人机可能有着国内最先进的智能内芯和最时尚的造型，区别于市场上最新款的 AI 无人机，可能融合了国内目前尖端的技术，之所以是“可能”，是因为这要在全国高校智能大赛上验证过后才能知晓。

学校在校官网上公布这个消息的时候，我第一时间跑去顾清明的宿舍找他。

但我还没有走到他们宿舍，就在电子工程学院的外面碰到他。顾清明正和一个中年人交谈着什么，我走近才发现那居然是欧阳教授。

欧阳教授是留美海归，据说是学校电子工程系历届最年轻的系主任。官网上他的履历显示他已经有四十多岁，但他保养得不错，看上去比实际年纪要年轻，有着儒雅的气质，而且潜心研究学术，不喜欢抛头露面，是本校最神秘的教授。我只在网上看到过他的相片和视频，没想到本人比相片上更有气质。

我还没有走到他们面前，顾清明就已经看到我了。本来我还想等他们交谈完再过去，却看到顾清明对我招了招手。

等我走到他们的前面时，就看到欧阳教授正微笑着打量着我。

“这就是你和我说的你那个和你青梅竹马的女朋友？”不知道为什么，我觉得欧阳教授看我的眼神有点奇怪。

果然，他的话刚落音，我就听到顾清明说：“是啊，她从小就觊觎我的美色。”

我：“……”

顾清明说话的时候已经拉住了我的手，又对我说：“李淼，这是欧阳教授。”

我羞涩一笑：“欧阳教授好，你比相片上帅多了！”

“早就听顾清明说过你们的故事了，郎才女貌，真让人羡慕啊！”欧阳教授欣慰地看了看我们，“好了，就不耽误你们年轻人谈恋爱了，你们忙吧，有事再找我。”

欧阳教授一离开，我就假装生气地看着顾清明：“你和欧阳教授说我什么了？”

“说你是天底下最可爱的女孩。”顾清明的求生欲很强。

我这才满意地笑了笑：“恭喜你呀，我在校官网上看到你们的成果了。这次比赛势在必得吧？”

“没到最后，谁也说不准。”顾清明说着像是想起了什么，我知道他说的是高中受校长之命参加全市的无人机比赛但最后落选的事。

我抬头看了看他：“那次难道不是你故意的？”

听到我的话，顾清明忽然侧头看着我，过了半晌才缓缓开口：“你知道就好。”

某人这是在邀功啊！

“嘿嘿，为了弥补你上次的遗憾，这一次我一定全力支持你拿下第一名。”说完我又补充了一句，“精神加肉体双重支持！”

“肉体支持？”顾清明的眉毛轻挑了一下，“肉体怎么个支持法？”

顾清明的话刚说完，我就踮起脚亲了他一下：“这样支持。”

顾清明可能没有想到我的吻来得这么突然，他一把将我搂住：“光天化日之下耍流氓，看我怎么收拾你……”

我还没有反应过来，就感到一个炽热的吻落在我的嘴唇上。

“你这才叫耍流……呜……”

当天下午，顾清明骑车带我飞奔在校园，我问他要带我去哪儿，他一脸神秘地对我说到了我就知道了。然后真到那儿的时候，我傻了眼。

因为出现在我面前的，是一片玫瑰花田，红玫瑰、白玫瑰、粉玫瑰、黄玫瑰……各种颜色，应有尽有。

“顾清明，这是……”我一脸不解地看着他，没想到学校里还有这么一个地方。

“听说你喜欢带刺的玫瑰……”顾清明一脸平静地看着我，“我特意花了时间才找到这里，这里的玫瑰最鲜艳，品种也最齐全，还是植物学的同学亲自在实验田里种的。怎么样？喜欢吗？”

“所以这是植物学同学的实验田？”我抓住了顾清明话里的重点，“你疯了？被他们发现，他们会打死我们的！”

说着我就拉着顾清明要离开。

“不会的，我出了钱的。”顾清明示意我停下来，“眼前的玫瑰都是我为你买下来的，你可以随便摘。”

我完全愣住了：“啊？这……这么多，你全买下来了？这得要多少钱啊？”

顾清明却温柔地看着我：“你喜欢吗？”

“喜欢。”我情不自禁地点了点头。

“只要你喜欢，再多的钱也是值得的。”顾清明将我搂在怀里，“就是不知道这玫瑰花上的刺够不够锋利，能不能扎破嘴……”

听完他的话，我才恍然意识到什么，一下子从他的怀里挣脱出来。

“顾清明……你……你是不是听说什么了？”

刚刚太激动，这时候我才发现顾清明说的是前两天宋子屿在教室门口叼了一枝玫瑰把嘴巴扎出血的事……他都提醒了两遍，这么明显的话我再听不出来，我就是个傻子。

“你说呢？”顾清明抬了抬下巴，“我女朋友都要被人拐跑了，这么大的事，我怎么能不知道呢？”

“你听我说，我根本就没搭理他。”我对他嘿嘿笑着解释，“那家伙根本就是闲的，我两天不理他，他就自知没趣了。”

“连你的三围这种我都不知道的事，他都能查清楚，我看他可不止是闲的这么简单吧。”

原来某人吃醋的点在这里。

“那你也相信？他完全是瞎掰的，你看看，我发育得这么好，胸围何止 86 厘米啊！不信，你亲自来量一下，嘻嘻……”我对他笑着说完就抓起他的手，但他的手还没有碰到我，他忽然紧紧地搂住了我。

我听到他柔声在我耳边说：“李淼，我从来没有这么害怕失去你。”

顾清明转变太快了，我完全没有反应过来。

我顺势也紧紧地搂住了他，将头埋在他的怀里，心里一甜：“原来我在你心里这么重要啊！”

“嗯，比你想象的还要重要。”

“以前怎么没发现你这么迷恋我？难道我变漂亮了？”

"不是，是我更加爱你了。"

顾清明的话刚说完，风中飘来一阵玫瑰花香。

我从来没有闻到这么香的玫瑰花，像青春，像爱情。

2

我从来没有想过顾清明所谓的"更加爱你"不只是嘴上说说，他居然还有相对应的实际行动，只是那行动……感觉似乎有点幼稚。

这天结束了正常的训练，我正要逃离游泳馆—因为害怕宋子屿又抽风，我已经接连几天没有陪童谣加强训练了。

事实上，这天我也平安无事地离开了游泳馆，但我并没有来得及庆幸，因为刚回到宿舍楼下，就看到宋子屿骑着一辆自行车停在了我面前。今天的他好像特意打扮了一番，衣服穿得很有时尚感，头发好像还特意做了造型。

"宋子屿，你要干吗？"我满心防备地看着他。

宋子屿只对我笑笑："别紧张，今天是我生日，我邀请了全队队员晚上一起在火鸟聚聚。"

我不相信："那你刚刚怎么没在队里说？"

"谁说我没说？就是我说的时候发现你已经跑了，才特意过来通知你……"

我保持警惕："全队都去？"

"一个不少。"宋子屿玩味地笑笑，"一个也不能少。"

我立马打电话给童谣，求证之后心里才放松了一些。如果是全队都去的话，我不去好像才有问题……

"既然是全队为你庆生，我当然不会缺席，晚上我会和童谣一起准时到的。”怕他继续纠缠，说完我急忙转身跑开。

但宋子屿还是喊住了我：“今天你就没什么要对我说的？好歹我们也算是师生一场啊！”

看着宋子屿期待的眼神，我愣了一下，才想起他是什么意思，于是脱口说道：“生日快乐。”

宋子屿对我挑了挑眉：“只要看到你，我就会快乐。”

我：“……”

就不能不给我这么大压力吗？

说起来可能没人相信，因为老傅曾是国家队退休教练的弟子，所以我们学校的游泳队一直是按照国家队的训练标准来训练的，加上学习又忙，时间异常紧迫，所以借着宋子屿的光，这居然是游泳队的队员第一次聚会。

偌大的包厢里，三个大圆桌全都坐满了。

既然是第一次，气氛自然活跃，加上队里的男男女女本来都心怀鬼胎，还没吃多少，大家就开始推杯换盏、觥筹交错，特别兴奋，而人一兴奋就容易喝多，一喝多就容易出事。

一晚上都对我没有关注的宋子屿，终于在几杯酒下肚之后突然跑到了我面前。

本来我特意选了一个宋子屿最不容易注意到的角落拉着童谣一起坐着，结果喝开了以后，大家你来我往，渐渐混乱了起来。

“李淼，我真的很高兴今晚你能来，穿得这么漂亮，还送给我那么贵重的礼物，我很喜欢。来，我们干一杯！”

“你别臭美了，我天天都这么穿，那礼物也是随便选的。”说是这样说，但好歹今晚宋子屿是寿星，我还是和他碰了碰杯，“祝你生日快乐。”

宋子屿扯着嘴角一饮而尽：“所以说，你穿什么在我眼里都这么漂亮，送什么我都觉得贵重。”

“就没有人注意到这旁边还有第三个人坐着，而且她刚刚吃饱饭，听到这么恶心的话会吐的吗？”宋子屿的话刚说完，我还没来得及接，一旁的童谣就对宋子屿做出呕吐的动作。

童谣因为是女队队长，一开始就被队员们灌多了，此时的她说话都有点迷糊。

“我就是喜欢李淼，你嫉妒啊？”宋子屿端着酒杯跟童谣碰了碰杯，“童谣，和你商量个事呗。”

“有屁请放。”

“要不我和老傅商量商量，以后咱俩混着带队吧，就是你带男队，我带女队……”

宋子屿的话刚落音，原本混乱成一片的众人忽然齐声尖叫——

“我第一个同意！支持宋队！”

“宋队英名，童队威武，我保证在童队的带领下，成绩会更上一层楼的。”

“啊啊啊，真的吗？宋队以后带我们？我的天……我要幸福得晕倒了……”

……

就在大家齐声欢呼时，童谣一巴掌拍在宋子屿后脑勺上：“你说什么梦话呢！宋二王子，你就仗着老傅喜欢你为所欲为是吧？你见过哪个队是男队长带女队，女队长带男队的？”

“事在人为嘛！”宋子屿对童谣挑眉，“我们都是老傅的心头肉，一起争取争取也不是没有可能，而且这有助于大家的热情和干劲，民意难违啊！”

“狗屁民意难违，你就是想占我们家李淼的便宜。”童谣的酒也醒了，说着忽然撇嘴一笑，“不过没看出来呀宋二王子，你还是个痴情种。可惜呀，我们李淼早就名花有主了，你呀，就别癞蛤蟆想吃天鹅肉了。”

“李淼，你看，连童谣都看出来我对你的心意了……”宋子屿话锋一转，又看向我，“要不然你就从了我算了。”

宋子屿说完还不等我回应，将他刚刚一饮而尽的酒杯在我面前晃了晃，眨眼之间，一束玫瑰花从酒杯里跳了出来。

这一动作虽然不算行云流水，倒也很是惊艳，看得我连刚刚要说的话都忘了。

“你还会变魔术？”

“为了你特意学了两招，怎么样，帅吧？”宋子屿说着把玫瑰递给我。

不知道为什么，看到他递过来的玫瑰，我脑海里情不自禁地蹦出前两天顾清明骑车带我去那个玫瑰花园的样子。

所以我立马对他摆手：“你爱送谁送谁，我不要。”

“我知道你在顾忌什么，要是我强迫你喜欢我，显得我太小人……”宋子屿收回玫瑰，也不生气，只是很玩味地看着我说，“所以为了不让你心里有负担，也为了公平起见，今天——在我生日的这天，我觉得是时候来个公平的开始。”

“你在说什么啊？”我还在疑惑宋子屿是什么意思的时候，就看到顾清明突然敲门走了进来。

“顾清明？你怎么来了？”我站起来朝他走去。

顾清明拉着我的手对我笑笑，便径直走到宋子屿面前。

“你还真来了？算你是个男人，够资格做我的对手。”宋子屿站起身来直视着顾清明，我正想问这到底什么情况时，就听到宋子屿说，“顾清明，让你就这样放弃李淼，你肯定不愿意，不如我们公平竞争吧？”

他的话刚落音，包厢里所有的人都停止了嬉闹，大家都感到空气中弥漫着一股剑拔弩张的火药味。

“哇哦，帅哦，咱们泳队的男神要对咱们学校的校草正式发起进攻了……哦不，他们是要公开竞争了！”

人群里不知道谁高喊了一声，场面立马热闹了起来。

“我睹咱们宋二王子赢，痴心男，我顶你！”

“我看好顾清明，顾清明，加油哦。”

“我的宋二王子……你怎么这样……我是不是没机会了……呜呜呜呜……”

“顾男神，不要怕，要是你真失败了，我嫁给你啊……”

……

我：“……”

场面瞬间一片混乱，我完全蒙了。

“你们这是在搞什么啊？”

可惜顾清明和宋子屿在我面前针锋相对，完全没有理我的打算……

“青梅竹马遭遇史上最强危机，为护‘青梅’，校草‘竹马’敢不敢应战呢？谜底即将揭晓……”

人群里又一个声音响起，我也紧张地看着顾清明。

我拉了拉他的手：“顾清明，别闹，咱们走……”

然而，我的话还没有说完，就听到顾清明轻轻地对宋子屿说：“好，我答应你。”

我：“……”

3

皓月繁星下，学校游泳馆的楼顶上夜风吹过，微冷。这里是我找东西时意外发现的地方。游泳馆不高，楼顶周围高树挺立，很有私家小院的感觉。有几次我拉着顾清明就坐在这里吹风，还对他说这是我们约会的秘密基地。

算起来，我和顾清明已经很久没有来过这里了。

“顾清明，你怎么那么幼稚，答应他那么无理的要求？”坐在护栏上，我看着安静如树的顾清明，他正抬头望着天上的明月。

“无理吗？”顾清明低头看了看我，“我不这么觉得。我确实不能阻止他喜欢你，如果公平竞争可以解决这个问题，那未免不是一个办法，我觉得很合理也很公平。何况以前是你主动的，现在换我来重新追求你一次未尝不可。”

我：“……”

顾清明说得冷静，我却完全无法理解。

“你什么时候变得这么感性了？”

“当发现你开始招蜂引蝶的时候。”

我：“……”

“顾清明，你真的没必要……”

“好了，今晚月色迷人，就不提这些了。”我的话还没说完，顾清明就淡淡地打断了我，“李淼，我们多久没有这么安静地在一起过了？”

“是有段日子了。”不知道是不是被顾清明的安静感染，本来有一肚子话想说，但看着顾清明静静地看着月亮，我终于还是没有说出口。

时间一分一秒地过去，我感到顾清明将我的肩膀搂得越来越紧，心里一暖。我怎么也没想到，前两天说“更加爱我”的人，会用和别人公平竞争自己的女朋友这种事来证明这一点……

都说人生苦短，可风花雪月，四季更迭，只要能永远这样陪在你身边，我就知足了。

“对了顾清明，现在你们的AI无人机制作完成了，是不是很快就可以进行比赛了？”

“还早，目前只是有实体，AI无人机真正的难题是程序，现在硬件是达到了国内先进的水平，但软件还要花大量的时间来设计和操作。而且很多东西都是前所未有的，要一步一步实验进行……”

顾清明说着忽然低头看了看我：“怎么了？”

“没什么。”我痴情地看着他说，“就是觉得你讲这些东西的时候最迷人。”

“那就准许你多看一会儿。”

“嘿嘿。”我对顾清明笑笑，看着顾清明淡然的样子，我心里忽然冒出一想法，然后就脱口说道，“顾清明，你有没有想要我啊？”

“嗯？要你？”顾清明皱了皱眉，“什么要你？”

原本我也没觉得怎样，但顾清明这一皱眉，我反倒脸红了起来：“就是……就是生米煮成熟饭，这样你就不用担心我被人抢走了……”

其实我完全不知道自己为什么会有这个想法，完全是脑子一抽。如果说顾清明答应宋子屿所谓的公平竞争是他对我的爱的一种表达方式，那么我想，这可能是我表达对他的爱的最好的方式。

可惜顾清明并没有领我的情。

顾清明反应过来了，我看到他的脸也微红：“李淼，少看点日本爱情动作片……”

我：“……”

老实说，我完全不知道他们所谓的公平竞争具体是要干吗。我唯一能确认的是，经过昨晚对顾清明献身未遂一事，我更加爱他了。

很明显，宋子屿并不懂这一点。

所以没过几天我就在学校操场上看到了让我震惊的一幕。

我之所以震惊，是因为篮球场上两个人摆好了阵势，眼看着就是一场腥风血雨。

那两个人，一个是宋子屿，另一个居然是顾清明。

看到这一幕，我完全呆住了。

这是什么情况？这两人怎么会在这儿？

“游泳你太吃亏，我们来场篮球比赛，输的人一个月不能见李淼，怎么样？听说你篮球打得不错，敢应战吗？”宋子屿对顾清明笑笑。

“你约我出来就是为了这个？”顾清明似乎有点意外。

“对，要办什么事，在适当的场合体验一下才最有感觉，怎么样？”宋子屿环视了一圈周围，“你要是怕了，我可以当你认输。”

顾清明却在他说完之后径自开始脱外套：“不用。”

“你干吗？你现在脱衣服干吗？今天只是约定好比赛的日子……还要组队呢……”宋子屿完全被顾清明的举动搞晕了。

“那太麻烦了，我也没有那么多时间。”顾清明清冷地说，“不如速战速决，单挑吧。”

看着顾清明，宋子屿终于笑了笑：“也好，单挑，一对一，很公平、很酷……”说完宋子屿摸了摸头，“我怎么就没想到呢？”

顾清明：“……”

人群就在他们说话的时候，不知不觉间围了过来。

想来这也难怪，顾清明虽然低调，但从进学校起就被评为今年的校草，加上宋子屿在游泳队训练的照片曾被女队的花痴队员发到过校网上，他也被评为游泳男神……校草对男神，好戏快要开始。更何况他们又针锋相对，大家自然很期待这场热闹，虽然很多人根本不知道他们为什么要开打。

而我完全没有大家看热闹的心情。

眼看着他们就要动起手来，我急忙冲了过去。

“顾清明，宋子屿，你们别闹了……”

“哟，李淼，你怎么也来了？”宋子屿看到我，对我笑了笑，“这是男人的对决，场面太过血腥，本来怕你太担心不想你知道的。既然你来了，那就看看我是怎么让你的‘竹马’对我俯首称臣的吧。”

“李淼，别担心。”顾清明走到我面前，也对我笑笑，说完他转过头对宋子屿说，“输了的人一个月不能见李淼，时间太短了，有没有兴趣一局决胜负，省得麻烦，输了的人永远不准骚扰李淼？”

“有魄力，我喜欢！”宋子屿没想到顾清明会这么说，嘴角扬了扬，“但是一场篮球赛就要一决雌雄，未免有点太过草率。既然一个月你不喜欢，那就两个月吧？输的人，两个月不准骚扰李淼，而且要见到她躲着走！”

顾清明没想到宋子屿这么难缠，但想来两个月总比一个月的时间长，所以他朝宋子屿靠近了一些，淡淡地说：“君子一言……”

“驷马难追！”

我：“……”

就没人问问我这个当事人的意见吗？

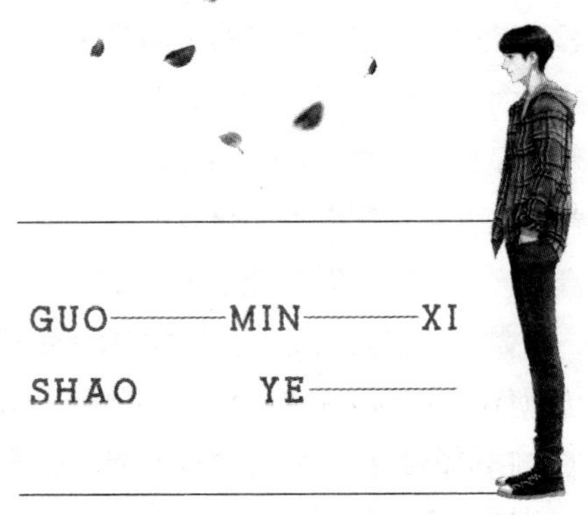

第八章

你的魅力只对我一个人散发就好

1

校内网那几天最火爆的消息是“校游泳队男神挖墙脚失败，每日泡在泳池里迷失自我”。

附图是宋子屿在水里的颓废样子……

童谣对此的评价是：“李淼，你又伤了一个痴情男儿的心，于心有愧吗？”

这几天，宋子屿确实不再像之前一样在我面前神出鬼没，而且情绪显得异常低落。我不知道会游泳的人是不是都喜欢用长时间游泳的办法来排解自己的烦恼，反正之前童谣确实是这样的。

我看着专注训练的宋子屿，有时候也觉得不太好意思，毕竟我没想到这件事对他打击还挺大。虽然一开始我很高兴可以不被他骚扰，但一想到他失魂落魄的样子全都是我造成的，我多少有点愧疚。

上次我鼓起勇气很想对他说点什么，但刚走近他时，他却大手一挥：“愿赌服输，咱们两个月之后再相见。”

我：“……”

事实上，我一想起那天的情形，还心有余悸，毕竟差一点，可能就是顾清明要两个月这样对我了……

顾清明和宋子屿的篮球单挑，一开始宋子屿就有着压倒性的优势。

和游泳一样，宋子屿的打法很强势，率先拿下了五分。

顾清明不知道是不是进了大学以后专注学术，很少打球，在宋子屿强势的攻势下，不但防守有些不稳，攻击的时候也常常被宋子屿拦住。宋子屿是运动型的男生，弹跳力和冲撞力都很强。

在宋子屿接连不断地进球，眼看着比分要彻底被拉开时，我完全为顾清明捏了一把汗。

顾清明，你可千万不能输啊！

但显然在场围观看热闹的人并不这样想，大家见此情形，齐声欢呼了起来——

“宋子屿，你可不能把咱校草虐得太惨啊！”

“你们这是比赛吗？我怎么感觉你们的动作有点暧昧啊？哈哈，不好意思，刚刚看你们打球的样子，我脑补了一篇小说……”

我没心情听他们胡扯，因为宋子屿又进了一球……形势越来越严峻，要是真是顾清明输了……

“顾清明，加油啊！”我情不自禁地高喊了一声。

顾清明回头望了我一眼，他还没有开口说话，宋子屿就对我笑了笑：“李淼，别怕，我有分寸的，我不会让你的‘竹马’太没面子的。”

不知道是不是宋子屿的这句话刺激了顾清明，下一秒，我忽然发现顾清明的眼神变了，清澈的眼眸闪过一丝寒意，如同冰山上的冰锥一样锋利。

这种眼神我见过，那还是在高中时，有一次顾清明和别人比赛，也是面对拉开的比分，最后他反败为胜，扭转了乾坤。

果然，下一刻，顾清明如同猛兽一般，几次冲过宋子屿的防守，飞扑而上，以惊人的命中率渐渐将比分拉回。宋子屿有点意外，他像被感染一般，越来越拼， 但不知道是不是前期他的攻势太猛，将体力几乎耗尽，有几次防守的时候，他明显中气不足。好在他前期拿下不少分，即使顾清明如猛兽一般紧追，他们还是难决胜负。

场上的气氛越来越紧张。

眼看着时间一分一秒过去，在两人只相差两分的情况下，时间也到了最后一分钟。

大家全都屏气凝神，特别是我，屏住了呼吸，握紧了拳头，不知道顾清明会不会再造奇迹……虽然我已经想好了，即使顾清明输了，我也不会理宋子屿，但心还是悬了起来。

“进了！”

当顾清明手里的篮球随着他起跳落进篮圈中，我终于忍不住尖叫了起来，一个箭步冲过去，紧紧地抱住了他。

“顾清明，你赢了！你赢了！”说完我还不忘激动地给了他一个香吻。

“我都输了，你不用这么残忍地对待我吧。”顾清明还没来得及说话，宋子屿已经走到了我面前，他的眼神有点落寞，但还是对顾清明扬了扬下巴，“你打得不错，出乎我的意料。”

“你也不错。”顾清明看了看他。

“愿赌服输……”宋子屿的视线从他身上移到我身上，“这两个月你们最好多培养一下感情，两个月以后，我会再来的。”

“不用，我们的感情好着呢。”我鄙视地看了宋子屿一眼。

没想到宋子屿只是笑笑，没有再说话，便转身留给我们一个潇洒的背影。

说真的，我曾一度以为宋子屿即使输了也会耍无赖，没想到从那之后，他除了勤加训练，真的对我敬而远之了。

“这都是你的功劳啊，顾清明。”那次在游泳馆，我想安慰一下宋子屿，他却挥手表示不用之后，我心里便有点感激顾清明。要是宋子屿一直那样骚扰我，我还真不知道该怎么办，于是拉顾清明出来请他吃肯德基表示感谢。

“这不是男朋友应该尽的义务吗？”顾清明看着我，紧接着嘀咕了一声，“就是没想到你这么会招蜂引蝶。”

见到顾清明吃醋的样子，我开心一笑：“难道这不是侧面说明你的女朋友——我很有魅力？”

“你的魅力只对我一个人散发就好。”

“遵命！”

说完话，我忽然看到店员拿着迷你小甜筒免费发放给前面坐成一排的小朋友。

“还有没有小朋友没有分到？这是那个哥哥特意为大家做的哦。”

店员甜甜地看着那个可爱的小朋友，小朋友们全都开心地大叫：“分到了，谢谢大哥哥。”

“这里，这里还有一个小朋友。”就在店员要离开时，我忽然高喊，说话的时候，手指了指旁边的顾清明。

顾清明发现了我的异常，他皱着眉看着我：“我是小朋友？”

“嗯，你吃醋的样子，和小朋友一样可爱。”

顾清明：“……”

没有宋子屿的骚扰，我感到前所未有的轻松，至少在游泳队和大家一起待着的时候，不用老担心宋子屿会对我做出什么奇怪的事了。

在童谣和老傅的指导下，我的训练也步入了正轨。

对于游泳，我不像童谣是天才型，但努力型的我也在日复一日的刻苦训练当中赶上了他们的基本水平。

我还对童谣说：“作为好姐妹，等明年参加首都高校游泳友谊赛的时候，你来打败你的对手陶嘉慧，她下面的小喽啰就交给我吧！我保证让你很有面子。”

然而，还是老话说得好，话不可以说得太满，小心被打脸。

我这样对童谣保证完没两天，老傅就为了测试大家训练的成绩，打算和隔壁的 B 大来场小型的友谊比赛，实测一下大家的水平。

训练了这么久，有比赛，大家都很兴奋，这当然也包括了跃跃欲试的我。

只是没想到，第一次参赛，我会那么丢人。

2

说来这也是传统，很多校游泳队在正式参加大型的比赛前，都会进行一场这样的小型切磋比赛，一来测试大家的训练成绩，发现问题就及时调整；二来可以保持两校的友好关系。

不过据说这是我们学校第一次和 B 大进行切磋，加上高校游泳队里的强队一直没有关于 B 大的传说，大家的信心就更满了。

因为这次和 B 大的比赛是女队项目，男队还哀呼一片。不过他们要是知道后来的结果，可能就会庆幸了。

除了我，大家都是身经百战的老选手，之前更是拿过不少市级、省级冠军，甚至还有全国冠军。因为信心满满，而且定的比赛地点又是我们学校的游泳馆，所以直到比赛到来，大家都没有将这次比赛太放在心上。

切磋比赛，顾名思义只是意思意思，所以连观众都没有。本来我是邀请了顾清明和江潮一起来看看的，但因为欧阳教授有事安排给他们，他们也就失去了一睹我们失败的机会……

比赛那天是周末，等我们到游泳馆时，才发现 B 大的队员已经到了，并且在教练的带领下正在热身。我们好奇地看着她们在我们平时训练的游泳池里游来游去。

本来我想问问童谣能甩下她们多远，结果旁边的王小慧抢了我的话：“童大队长，有信心把比分拉成历史纪录吗？”

童谣一边看着在水里游泳的 B 大队员一边笑笑：“同志们，见证奇迹的时刻——将由我们创造……”

虽然是切磋比赛，但依旧按照正规赛程进行。

最先比赛的是 100 米仰泳，双方各派 5 名选手。在各个冠军面前，老傅第一局没让我上场。我也可以理解，所以我就在一旁给大家加油打气。

100 米仰泳一直是我们校游泳队的强项，也是童谣的强项，当初她就是靠这项比赛获得过国家二级运动员的称号。世界冠军最好的 100 米仰泳成绩是 53 秒 04，童谣这个业余选手小小年纪就游出了 1 分 5 秒 48 的好成绩。

童谣排第三赛道，哨声一响，她就如鲤鱼入水，跃入水中之后摆动着身体，更是如蛟龙潜海。时间很快过去，最后的加速才是赢得比赛的关键，童谣自然懂的。然而，就在她想冲向前将身后的人甩开时，第四赛道的队员、第一赛道的队员、第七赛道的队员同时发力。

她们有一个共同的特点：在最后时刻猛地加速，如同上了发条一般，速度之快，让人不可置信，瞬间就狠狠地将其他人甩在了身后。

她们还有一个特点：都是 B 大的队员……

看着冠亚季军都被 B 大摘得，而且自己被第一名甩开的时间超过 8 秒，童谣在水池里完全愣住了。

“这怎么可能？”

事实上，不单单是她，我们所有队员都傻了，连老傅也一脸不可思议地看着比分。大家全都不相信刚刚发生的一幕是真的，但事实摆在眼前，由不得我们不相信。

再看B大的队员和教练，好像这一切都很正常一样。

大家互相带着疑惑的眼神看着对方：怎么回事？是不是情报有误？B大不是在游泳方面一直很弱的吗？她们这速度赶上职业运动员了都！

这一切转变得太快，简直让人措手不及，所有人都傻了眼。

然而，没有答案，也来不及寻找答案。

一定是错觉……大家都坚信事实如此，于是在接下来的200米蝶泳比赛中，参赛的几位全都聚精会神，哨声一响，都拿出最快的速度在水中畅游。50米过去了，100米过去了，我校几名队员拼尽全力远超B大队员；然而，150米的时候，第二赛道的队员加速了；160米的时候，第八赛道的队员加速了；180米的时候，大家全都加速，只是明显不同的是，第二赛道、第八赛道、第四赛道的队员，速度明显快了很多。

最后结束的那一刻，所有人再次傻了眼。

第二赛道成绩2分46秒36，第八赛道成绩2分43秒21，第四赛道成员成绩2分42秒47……

和100米仰泳的结果一样，她们有一个共同的特点：B大队员。

后来，50米蛙泳、400米自由泳……结果全都一样，我们连第三名的成绩都没追上……

更加搞笑的是我，老傅好不容易给了我一个上场的机会，在50米蛙泳的时候，我为了一雪前耻，想让B大队员看看我们的实力，结果不知道是不是第一次正式比赛太紧张，刚要加速时，我就感到脚一抽筋游不动了……

我着急得想哭，可是脚非但用不上力，还有点难受。

这是一个游泳队员的耻辱，但没有人笑我。

准确地说，是没有人有心情笑我。

我们败了，而且败得体无完肤……

和最开始的嚣张跋扈、不可一世有着明显的对比，比赛结束时，大家如同丧家之犬一般看着狠狠地给了我们一个响亮的巴掌的 B 大队员，感觉他们好像在嘲笑我们。

不用老傅批评，所有人都沮丧得像是鸵鸟，恨不得将头埋在水里不出来。

大家你看看我，我看看你，谁也没有说话。

“傅教练，看来你们还需要多加练习才行啊！”B 大教练和老傅亲热地握了握手，然后又认真地看了看站成一排的我们，“其实她们底子不错，就是在技术上还有一些欠缺，我相信只要攻破一些难点技术，这届的首都高校游泳友谊赛，你们一定能取得不错的成绩。”

“谢谢穆教练，我们下次有机会再向你们学习。”老傅说完热情地送走了 B 大游泳队。

她们的背影没有丝毫得意的样子，但我们每个人都有一种感觉：好扎眼。

这是校游泳队耻辱的一天。

我们每个人都在心里记下了这一天。

后来我们才知道，B 大因为常年在游泳上毫无建树，校长觉得脸上无光，今年终于醒悟，为了一雪前耻，特意请来了刚刚从国家队退役的世界冠军作为教练，每天对游泳队队员进行魔鬼训练，于是……小小的一场试水后，B 大游泳队就在我们面前宣告了他们的霸主地位。

对于这件事，最受打击的，是童谣。

如果我们连 B 大都游不过，那更不要提传奇泳队 D 大了。更何况身为女队队长，她一直以为自己的水平已经追上了职业运动员，怎么也没想到，B 大会将我们虐得毫无招架之力。

“童谣，我们去喝酒吧？”我也很难受。

童谣垂头丧气：“喝酒能解决问题吗？”

“不能。但是……可以暂时忘记耻辱。”

3

首都大城市，夜生活丰富。学校不远处就有酒吧一条街，不过说起来这是我第一次进酒吧。原本我是打算和童谣找个大排档的，结果童谣同意喝酒之后，大方地说她请客，还拉我来到了这里。

看着灯红酒绿、各路穿着妖艳时尚的人群，我……既紧张又激动。

“你经常来这种地方？”我有点羡慕熟门熟路的童谣，要是顾清明知道我来这种地方，估计又会摆出一副老干部的样子批评我了。

“第一次。”童谣的情绪已经比先前好了很多。

我不信：“怎么感觉熟得像你家？”

“这你就不懂了吧，来这种地方，一定要装得很熟、经常出来的样子，不然会被骗。”

我：“……”

你这社会经验还挺丰富。

虽然情绪比先前平复了不少，但我们仍然十分郁闷，所以刚坐下就直奔我们此行的目的：喝酒。

童谣叫了两杯鸡尾酒，我们都不懂，为了不让别人看出我们太㞞，点的时候很有底气，结果喝了一口后差点没吐掉。

“这什么味道，也太难喝了吧？”我们同时看向对方。

“很贵的，不要浪费。”童谣虽然也咂了咂嘴，但还是端起酒，有模有样地喝了起来。

“接下来你打算怎么办？”我有点担心地看着童谣，生怕这次打击对她太大，她会想不开。

“还能怎么办，当然是比以前更加努力地练习了。”童谣喝掉最后一口鸡尾酒，继续说，“以前在小城市，觉得自己就是天才，今天才知道什么叫天外有天。人呀，永远都要保持谦卑才行。”

我点头同意：“以后我一定跟着你勤加练习，绝不偷懒。”

因为鸡尾酒太难喝又贵，我们最终还是换了黑啤，但没喝两杯我们就有点晕了，酒量实在太差。

“哎，你还喜不喜欢江潮啊？”一喝多我就容易兴奋，一兴奋我就喜欢把心里的话说出来。自从上次撮合童谣、江潮失败，我一直心怀愧疚。此景此情，我终于没忍住又想为童谣出主意。

“喜欢又怎么样，他心里有人了。”听到江潮的名字，童谣的神色有一点恍惚。

“就算不能成为情侣，至少可以成为朋友吧。”听到童谣的回答，我立马积极地说，“我打电话喊顾清明带江潮过来，再给他一次机会让他看看我们的童大美女有多可爱、多迷人……”

童谣听完我的话后，忽然笑了笑：“我也觉得我很可爱、很迷人……”

说完我们双手一拍，击了个掌。

击完了掌，我就掏出电话打给了顾清明：“顾清明，我好想你。”

“比赛结束了？”顾清明的话还没有说完就发现我的声音不对，“你在哪儿？怎么这么吵？”

“我在 AK 酒吧，这里有两个美女正想找两个帅哥陪，你和江潮有没有兴趣啊？”

“你喝酒了？”我能想象到顾清明的眉头都皱了起来，还没有来得及回答，顾清明又说，“你在那儿别动，我马上过去。”

为了防止一会儿顾清明和江潮看出我们的窘相，我和童谣准备手拉着手前去洗手间清醒一下。

然而，我们都没有想到，真正让我们清醒的，并不是洗脸水。

“你们干什么？救命啊……”

洗脸的时候，一个声音隐约传来，我抬起头皱了皱眉：“童谣，你听到了吗？”

童谣愣了愣：“什么？”

“好像有人在喊救命。”

“你喝多了吧，哪有……”

“你们能不能放尊重点？！”那个声音再次传来。

“真的有人在喊。”童谣瞬间清醒了过来。

我和童谣完全被这尖叫声吓醒了。洗手间的旁边就是酒吧的后门，我们推开门，但并没有看到我们脑海里想象的一群臭流氓调戏良家少女的画面。我们还在思考是不是我们喝多了出现了幻觉时，那个声音再次响了起来。

“滚开啊！”

我和童谣迅速折回酒吧，就看到靠近洗手间不远处的卡座前，一个穿着服务员衣服的女生正和几个座位上的男人拉拉扯扯。

我和童谣对视了一眼，虽然知道这不是我们能管得了的，却还是将那个服务生从那堆男人里拉了出来。

“喂，你们在干吗？光天化日之下，未免太过分了吧！”拉开了服务生，我们才看清，卡座上的男人并不是我们想象的那种虎背熊腰、凶神恶煞的硬汉子，相反，他们很年轻，看上去最多三十岁，而且每个人衣着干净，气质非凡，活像小说里描写的那种总裁大人。

但事实是他们和想象中有出入，顿时我们很气愤。当时我脑海里出现的只有八个字：斯文败类，衣冠禽兽。

“我们请这位美丽的女士喝杯酒，我想并不是什么过分的事吧？”坐在我旁边的男人说话的时候嘴巴里有一股酒气，说完他上下打量着我，“如果不介意，我们也可以请你喝一杯。”

“人家不同意，就是过分。不同意还硬要拉扯人家，就是更过分。”我对男人翻了个白眼，“对不起，我更没兴趣。”

“所以你是要为这个服务员出头了？”男人说完对着卡座里面笑了笑，“贺少，看到没有？今天多有意思，碰到美女救美女，真是千年难遇啊！”

“你确定要为她出头？”昏黄的灯光下传来一个声音，这时候我才看清，卡座的最中间坐着一个身材挺拔的男人，他戴着金丝眼镜，从昏暗的灯光下伸了伸头，玩味地看着我。

“我……”

“贺先生，钱我会自己赚，就不劳您费心了。”我的话还没说完，被我拉在身后的服务员突然走到前面打断我，说完又看着我说，“谢谢你……”

然而她的话还没说完，我们就同时愣住了。

“陆晓晓？怎么是你？”

“李淼？！”陆晓晓也震惊地看着我。

“你怎么在这儿当服务生？”我不可置信地看着她身上的衣服。

“哟，还是熟人？”先前对我说话的黑衣男子打断了我们，他饶有兴趣地笑了笑，“那刚好，你来评评理。我们贺少今天心情好，出一万块钱一杯让这位美丽的女士陪我们喝酒，好让她可以赚够钱早日离开这种是非之地，你说我们是不是好意？”

“赚钱？陆晓晓，这到底怎么回事啊？”听着他的话，我越发不解地看着陆晓晓。

“这事有空再说。”陆晓晓说完对那个被称为贺少的人说，“谢谢贺少的好意了，我们就不打扰你们玩了。”

说完陆晓晓拉着我们就要走。

“慢着，事情还没有解决，怎么能就这么离开呢？”贺少从卡座上缓缓地站了起来，看着我们扯了扯嘴角。

看着他要朝我们走过来，童谣顺势掏出电话来，厉声朝他喊：“你们再乱来，我就报警了！”

“对，我们报警。”

我的话刚落音，一个声音就从我的身后传开：“不让她们走，所以，你们是想怎么解决？”

我一回头，就看到顾清明高大的身影出现在我面前。

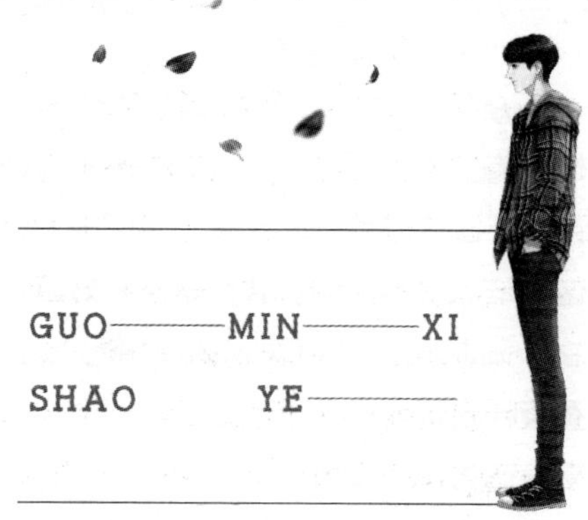

第九章
我希望你第一个通知的是我

1

如果要说近期一件特别后悔的事，那肯定是今晚来酒吧喝酒。

而如果说近期一件最不后悔的事，那应该也是今晚来酒吧喝酒。

如果不是我和童谣脑子抽风要来酒吧喝酒发泄郁闷心情，也就不会碰到麻烦，但如果不是来这里发现陆晓晓，今晚她的情况可能就难以想象，我也就发现不了顾清明原来还有我不知道的一面。

顾清明出现在我身边时，我从来没有在哪一刻感到那么心安过。

虽然面对贺少他们，我们勇敢地站了出来，但毕竟我们是女孩子，又是第一次碰到这种场景，嘴上很硬，心里其实虚着呢。万一他们真的动起手来，吃亏的肯定是我们。

顾清明走过来之后就紧紧地拉住了我的手，他看了一眼旁边穿着服务生衣服的陆晓晓，也是一惊。但他没有问，看到我们面对的情形，大概也猜到了事情的原委。

顾清明的话刚落音，对面贺少就笑了笑："怪不得底气这么足，原来是有救兵啊。"

看到顾清明和江潮，贺少身边的人也都从卡座上站了起来，但他挥了挥手，示意他们全都坐下。

看他这架势，我心里有点不安。

他们不会是黑社会吧？

一想到这些，我扯了扯顾清明，还是先走为妙。

顾清明却目视前方，拍了拍我的手，示意我没事。他对贺少说：“救不救兵的不重要，重要的是你究竟要怎么样。”

“看来让她们陪我喝一杯是不太可能了。要不然，你把这桌子上的酒喝完？”贺少笑着指了指桌子上的两瓶白兰地。

我为顾清明捏了一把汗，正要说些什么，顾清明拉了拉我的手，然后淡淡地对贺少说：“不好意思，我不会喝酒。”

“你看看，我提出了解决办法，你又不执行，那你说怎么办？”贺少摆出一副无奈的样子。

“我来喝吧。”顾清明正要说点什么，江潮忽然走到了贺少面前，“不过丑话说在前面，你们几个大男人欺负几个小女生，即使我喝完了这上面的酒，你们也觉得很有成就感吗？”

江潮和顾清明差不多高，但比顾清明看上去壮实，他站在贺少面前，立马气势上有几分压倒的架势。

贺少看了看江潮，又扫了眼一脸视死如归的我们，忽然笑了笑：“有点意思，好久没有碰到这么热血的年轻人了。算了，你们走吧。”

众人：“……”

虽然我们没想到贺少这么轻易放我们走，但这毕竟是好事，于是大家急忙转身离开。

顾清明特意走在后面，生怕贺少耍什么花招。

果然，我们没走两步，就听到贺少的声音再次响起：“你叫李淼是吧？很好，我记住你了。”

我：“……”

顾清明回头看了贺少一眼，贺少却不惧他的目光。我也回头看了看，昏黄的灯光下，贺少看上去异常魅惑……

离开是非之地，我们立马对陆晓晓进行了拷问：“你怎么在这儿当服务员啊？”

陆晓晓有点不好意思：“这个……说来话长。”

自从三年前陆晓晓的妈妈出车祸意外身亡，她就彻底失去了所有的依靠。

在这个世界上，她变成了真正的个体。虽然警察后来抓到了那个逃逸的肇事司机，但那个司机家里也很穷，除了垫付了医药费，并没有真正赔付她多少钱。虽然政府也算多少救助了她，但无依无靠的她，早就知道这个世界上唯一能靠的只有自己，所以在学业之外，她除了坚持自己热爱的写作，还抽时间找了这份兼职工作赚点钱。

陆晓晓说的时候尽量语气轻松，但我们能想象出她这些年的艰辛。

在她说完以后，我紧紧地握了握她的手，如果她不是这样的身世，她这么漂亮的女孩子，一定会过得很幸福吧。

而那个贺少，本名贺言，是首都有名的富二代。那家 AK 酒吧，他就是股东之一。据说他游手好闲，有钱任性，专爱调戏良家少女。

今晚他正在喝酒时，不知道怎么知道了陆晓晓的身世，特意拿出一沓现金让陆晓晓陪他喝酒。陆晓晓虽然长得甜美温柔，骨子里却有股傲气，不食这种嗟来之食。

“你还是辞职吧，这种地方不适合你。”顾清明平静地看着陆晓晓，听语气似乎有点生气。

我知道他在气那个贺言。

“我也知道这种地方比较混乱，但是，待遇很高。”陆晓晓有点不甘心地说。

“工作的事就交给我吧，过两天我给你介绍一个。”顾清明目不转睛地看着陆晓晓说，“女孩子要学会保护自己。”

看着顾清明的样子，我心里一紧——你怎么能当着自己女朋友的面这么关心别的女孩子？

但顾清明并没有给我吃醋的机会，他马上看着我担心地说："李淼，以后我不准你再这么鲁莽行动。你知不知道刚刚多危险？"

我这才一笑："这不是没事吗？对了顾清明，你刚刚面对恶势力临危不惧的样子帅呆了！"

"弟妹，光夸你家男人是不是有点不公平啊？"一旁的江潮假装不满地甩了甩头发，"刚刚我的表现难道不够帅？"

听到江潮这样说，我终于逮住了机会纠正他："你还有脸叫我弟妹，你比我和顾清明小了整整一岁啊！是不是以后要叫我嫂子？"

"糟糕……"江潮尴尬一笑，"上次怎么把身份证号码也告诉你了……"

他不提上次还好，一提上次，我看到童谣的脸色有点尴尬。

其实上次表白失败之后，两个人算起来也好久没见了。似乎那件事成了两个之间的鸿沟，但我总觉得这么般配的两个人就这么错过……似乎太可惜了，正准备再说点什么让他们恢复一下往日的热情时，忽然顾清明认真地看着我问："对了，今天你们不是和 B 大有比赛吗？怎么跑酒吧来喝酒了？难道比赛不顺利？"

提到这个，我和童谣对视了一眼："还真不是一般的不顺。"

当我把今天和 B 大的比赛添油加醋地说了一遍之后，顾清明和江潮同时不可置信地看着我们。

"B 大这么强？弟妹……哦，嫂子被虐我可以理解，可你不是什么全国二级运动员吗？还获得过全国冠军，怎么也被虐得这么惨？"江潮有些着急地看着童谣。

虽然江潮对我的形容让我很不爽，但看到一整晚心情都很郁闷的童谣在江潮热切的目光下好像有点脸红了，我就没有和他计较……

我推了推他：“你也知道我们的童大小姐被虐了，所以你还不赶快关心关心我们这位失落的全国冠军！”

我的话刚落音，忽然感到手心一紧，扭头看到顾清明紧紧地拉起了我的手，他刚刚还带着责备的严厉目光蒙上了一层温柔的光，然后淡淡地对我说：“以后遇到烦心事，我希望你第一个通知的是我。”

2

B 大完虐我们的事，对整个游泳队来说，都是一次引以为耻的经历。第二天老傅给我们全体开会，他倒没有说什么特别丧气的话，反而是鼓励我们。但我们每个人心里都知道这次失败对我们意味着什么，所以之后一段时间里，除去上课时间，我们几乎都在游泳馆认真训练。

原本男队队员听闻我们被虐之后还十分不服气，觉得如果是他们出战，必须虐得 B 大队员哭爹喊娘。但宋子屿一常反态，没有和他们站在一队，反而是和我们一样，勤加练习。在他的感染之下，男队队员才一起奋发图强。

在我们和 B 大比赛前后，要说宋子屿有什么变化，那就是之前为了守和顾清明的赌约——两个月不准骚扰我，他就对我避而远之，如今他看上去有点想安慰我却碍于那个赌约只能干着急。

我被他的脑回路搞得无语，就差直接告诉他安慰同队队员不算骚扰了，但想一想还是觉得不要招惹他为妙，也就作罢了。

不过没想到，这紧张的训练生活，反倒加深了我和顾清明的感情。

顾清明知道最近我的生活太过紧张，这几天都提着东西在游泳馆外等我。

“这是什么？”以往顾清明提的是一些营养餐，但今天提的是一些印着英文字母的易拉罐。

“这是美国专门为他们的运动员研制的功能性饮料……”顾清明打开一罐递给我说，“我托朋友在美国买的，你身体消耗大，多喝一点补充体力。”

我对他笑笑：“你在美国还有朋友？我怎么不知道？不会是女的吧？”

顾清明点头：“是啊！”

“还真是女的啊！”我眼睛一瞪，“姓甚名谁？身高、样貌如何？什么时候认识的？从实招来……”

顾清明一脸认真地回答：“她叫苏静瑶，身高应该在一米六五左右，是在幼儿园认识的……”

顾清明的话还没说完，我就笑了：“顾清明，你变坏了，我都忘了静瑶阿姨在美国了。”

顾清明说的苏静瑶，是我们幼儿园的老师，也是我们楼下的邻居。不过几年前，他们一家全都搬去了美国。

我喝了一口饮料，对顾清明点头：“这味道还挺不错，就是不知道会不会太补，喝完之后我会不会变成绿巨人哦？”

说完我学着绿巨人的样子对着顾清明张牙舞爪……

顾清明却一把将我这个“绿巨人”搂在了怀里：“每天要上课还要进行这么高强度的训练，你一定很累吧？”

我对顾清明摇头：“不累，因为我喜欢和你一起变优秀。”

顾清明对我宠溺一笑：“你在我心里已经很优秀了。”

我在忙，顾清明最近也很忙。

欧阳教授的实验小组关于 AI 无人机的智能开发没有想象中的顺利，很多技术还只在研制阶段，所以实际操作起来遇到了很多实际的问题。从实验小组成立到现在，也有好几个月的时间过去了，为了这个项目，过年放假大家都没有回家，全都待在实验室里研究。

虽然欧阳教授对大家说不要有压力，这个项目的最终目的也不是高校智能比赛，而是最终能和 DC 科技合作开发出国内应用最广泛的 AI 无人机，所以即使赶不上参赛也没关系。但此次进实验小组的都是学霸中的学霸，哪里愿意错过这次全国高校智能比赛。所以大家在不影响正常上课的情况下，基本都泡在实验室里，誓要在比赛当中技压全场。

欧阳教授对大家的表现很满意。

不过我听完顾清明说的话之后，怎么感觉这是欧阳教授的激将法……

这天下课后，我赶来游泳馆训练没多久，就有队员在我游到岸边时对我说外面有人找我。

我愣了愣：“顾清明今天来这么早？”

以往都是训练结束时顾清明守在游泳馆外等我，我以为顾清明今天是有什么急事要第一时间找我。从游泳池爬上来，看着身上性感的比基尼，我忽然冒出一个想法。

顾清明从来没有见过我游泳的样子，加上最痛苦的冬天已经过去了，于是我连衣服都没有披就直接从游泳馆跑了出去。

“顾清明，你看我性感……”

我欢心雀跃地想给顾清明看看我穿泳衣性感的样子，但是我的话还没说完就愣住了。

因为出现在我面前的不是顾清明，而是……

“贺……贺言？怎么会是你？”

“连我的名字都知道了，看来你也在期待着我的到来啊！”贺言说着推了推鼻梁上的金丝眼镜。

“你……你怎么找到我的？”他的出现让我很意外。

“就在同一个城市，想找个人还不容易？是不是后悔我没有早点到来？”贺言扯了扯嘴角，“哦，对了，很性感。”

他的话说完，我才想起他是回答我的第一句话。我想起自己正穿着泳衣，立马双手护胸。

“不用捂了，看都看了。”

“你……你浑蛋。”说着我转身就要往回走，可是刚转身，一只手却拉住了我。

“别着急走嘛，我找你有事。”

“你能有什么事？！”我甩开他的手，“离我远点，不然我报警了！”

“胆子这么小了？这可不像那晚的你哦。”贺言收回手，“再说了，这光天化日之下，我能干吗？”

“你究竟想干吗？”我防备地看着他，“有屁快放。”

“既然你已经知道我的名字了，想必也已经知道我的身份了。”贺言摘下他的眼镜用衣袖擦了擦，“说实话，我这个人哪里都好，就是英语很烂。但是英语烂也没什么，只是最近一段时间我要出国谈个项目，我们家老爷子也发话了，让我在短时间内必须把英语补上来。所以，我想特别聘请你做我的英语老师。”

“那贺大少爷真是高估我了，我只是英语系一年级的学生，我的水平当老师还差得远呢，你还是另请高明吧。”说完我转身就要走。

“我出高于市场价一百倍的价格，请你做我的英语老师。”贺言高声喊住我。

“呵，不好意思，你看错人了，我不缺钱。”

“哦，对了，我忘了，你家在 W 市也是有头有脸的人物，你确实不缺钱。”

听了他的话，我停住脚步，皱着眉头看着他：“你调查我？”

“怎么，你很感动？”贺言笑笑，“我还知道你的英语成绩每次都是所有成绩里最高的，所以我相信，做我的英语老师，你很适合。”

“我再说一遍，我没兴趣。”懒得和他废话，说完我就大步回游泳馆了。

贺言倒也没有再追上来，只是我听到他轻笑一声：“拒绝我的人，你还是头一个。”

我：“……”

你们首都少爷说话都这么玛丽苏吗？

3

顾清明说我这两天有点心神不宁，我只对他笑笑：“接连半个月高强度的训练实在太累了，我看我是高估我的身体了。”

顾清明心疼地喂我吃饭，说这样可以让我节省点体力。

我心满意足地张开嘴装植物人，心里却在打鼓。

我没敢告诉他贺言来找我的事，多一事不如少一事，我只希望贺言只是一时无聊。虽然这么安慰自己，但不知道为什么，我心里隐隐觉得不安。

童谣看到我状态不佳也以为我是累的，刚好这天是周末，男队员们只训练了不到半个小时就在老傅离开之后也溜之大吉了。童谣也对我说放松一天，于是就拉着我去逛街了。

我这个人懒，其实对逛街没什么兴趣，幸好没逛一会儿，童谣便想撤了。理由很简单，中途她收到一条微信之后，便眉飞色舞起来。

“怎么了？昨天你买的彩票中五百万了？”昨晚我们买水路过彩票站时她非要买张彩票，当时我还嘲笑她想发财想疯了……

“江潮约我晚上一起吃饭……”童谣兴奋地对我说。

“江潮约你？这是什么情况？”这对童谣而言，确实比中五百万还值得高兴。

因为上次表白失败，童谣失落了好一阵。但我看得出来，她并没有忘记江潮，前不久刚想找机会再让他们彼此多了解一下，结果因为陆晓晓的事又给耽误了。

现在江潮能主动约童谣，我也替她高兴。

“该不会他忘了那块金砖，想通了，要送上门来了吧？”想来想去，也只有这个理由。那次顾清明也只是说江潮暗恋那个比他大三岁的学姐，但我觉得暗恋都是一时的，现在发现童谣这个更好的，他想换换口味也说不定。

“谁知道呢。”童谣嘴角一扬，“不过既然要吃饭，我是不是得先回去好好打扮一下？”

“那是必须的。”

于是我们迅速撤离商场，回到宿舍开始捯饬。

只是当童谣打扮得清纯可人地出现在江潮面前时，她多少还是有点失落。因为这个约并不是他们两个人单独的，而是江潮的生日聚会，邀请了很多朋友。

当然，这其中也包括我。

我是在童谣出发以后才收到顾清明的短信的，说晚上一起吃饭。我们经常一起吃饭，我也就没有多想。按他说的时间赶到这儿，我才发现童谣也在，然后我们面面相觑。

“江潮，你过生日，怎么没有和我说啊？”我看着一桌子见过的和没见过的人，严肃地质问他。

“你和顾清明都快形影不离了，还用我跟你说？再说了，我要是单独给你发消息，你们家那个醋王还不得对我有意见？”

这个理由……我还真是无从反驳。

“那你生日这么大的事，怎么没和童谣说清楚啊？她还以为……”我还没说完就被一旁的童谣拉住了。

江潮看着我们愣了愣：“这有区别？”

我：“……”

唉，我忘了他是个钢铁直男。

总而言之，以为能和江潮有进一步发展的童谣，白白激动了一场。

不过童谣仅仅在一开始的时候小小失落了一把，后来看上去没受丝毫影响。整个吃饭的过程中，她都以一种迷妹的眼神望着在场上活跃气氛的江潮。

我替她惋惜，对旁边的顾清明说：“你看童谣多喜欢江潮，眼睛里几乎都是江潮，她人这么漂亮，可惜江潮是个木头……”

我没有想到，我的话刚说完，顾清明就对我道歉了。他抱歉地看了看我，说：“李淼，对不起。”

“啊？你给我道什么歉？”我被顾清明这一句“对不起”搞

得莫名其妙。

“如果以前我早点意识到我们之间的感情，你那时候也就不用那么辛苦了。”

“你知道就好。”我假装生气，“你不知道我当初追你追得多辛苦。特别是分开的那两年，我一个人在外地那么想你，却不敢联系你，你……”

我的话还没说完，忽然一个温柔的嘴唇堵住了我的嘴巴。

“顾清明，这里可全是人……”我不好意思地推开顾清明，却发现大家都被江潮讲的一个笑话吸引了过去，根本没人注意我们。

“不过，你接吻的技术好像进步了哈。”发现没人注意，我偷笑。

“以前的事已经过去了，以后我慢慢想办法弥补吧……”

“哈哈，顾清明，是你！”顾清明的话还没说完，就被江潮突然高声打断了。我们俩愣愣地看着他，这才发现大家不知道在玩什么游戏，此时全都望向了我们。

“什么？”顾清明愣愣地看着江潮。

“当然是回答真心话啊，哈哈。”有人已经迫不及待地回答。

“回答什么？”

“我来抽，我来抽。”江潮抢在那个人之前，在一个空碗里摸出一张小字条来，打开之后自己先淫荡地笑了起来，“哇，这个真心话很劲爆。顾清明，你真走运！”

“快念啊，别磨叽。”大家被他的淫笑吸引，加上喝了不少酒，此时全都骚动了起来。

看着江潮的样子，以我对他的了解，那肯定不是什么好问题。果然，下一刻江潮就奸笑着说：“请回答：你的第一次，是在什么时候发生的？”

他的话一落音，全场起哄：“哇哦，顾清明，必须回答哦。”

我的脸一下子就红了。

童谣发现我的异常，凑到我耳边小声对我说：“你们不会还没有过吧？”

我的脸更红了：“其实我也主动过，不过……未遂。”

童谣看我的眼神立马带了几分同情。

大家都盯着顾清明看，我不好意思地抬头，下一秒就听到顾清明铿锵有力地回答：“在最合适发生的时候发生的。”

“嘁——”虽然我很满意顾清明的回答，但大家并不满意。

不过可能因为知道顾清明的性格，大家也就没有强迫他，直接开始玩下一轮了。

因为这个游戏，场上氛围特别活跃。

但我正准备看下一个倒霉鬼是谁的时候，顾清明却拉着我示意我离开。

“去哪儿？”

“为了避免下一个轮到你，我们先撤为妙。”看着顾清明紧紧地握着我的手的样子，我心里一暖。

我从来没有想过，在这个世界上，会有一个人将我保护得这么好。

走之前，我给了童谣一个加油的眼神，没想到她回了我一个加油的眼神。我不懂她的意思，直到出了饭店，走到街上，路过一家 7 天酒店……

我拉了拉顾清明的手，对他坏坏一笑：“顾清明，其实……我们都是成年人了，有些运动是可以做一下的……”

结果我的话还没说完，就看到不远处昏暗的地下车库入口，几个人争吵了起来——

“浑蛋，有本事你过来单挑！”

下一刻，我就看到一个身穿格子衬衫的高个男生跟几个混混模样的男生走进了地下车库。

看清那个高个男生时，我心下一紧：“顾清明，是不是我花眼了？刚刚那个人不会是宋子屿吧？”

GUO——MIN——XI

SHAO YE——

第十章

以后你离她远一点就好了

1

江潮庆祝生日选的饭店，是学校两条街之外的一家川菜馆，地方还算繁华。但因为我喝了两杯酒，顾清明想早点送我回去休息，便带我走了一条比较近的小道。

小道比起大路，人烟稀少，连酒店都带着一层朦胧的粉红色。

那群穿着花哨的男人拉扯着那个高个男生进地下车库时，我瞬间就清醒了过来。因为不但我发现那人是宋子屿，顾清明也看清了。

“是他。”顾清明眉头紧皱，“应该是出事了。”

“那怎么办啊？”想到电影里这种场景，我立马慌乱了起来，“他会不会有危险？我们快去救他！”

我刚要跑过去，却被顾清明一把拉住了。我以为这个时候顾清明是在嫉妒我比较关心宋子屿，但他完全没有那么小心眼。

“太危险了，你就待在这儿别动，快报警。”顾清明说着将我推到一辆汽车后面，便朝前走去。

“你干吗？”我急忙喊住他。

“我去看看。”顾清明说着转头看了我一眼，“你千万不要过来。”

虽然我也很着急，但顾清明都这样说了，我便立马打电话报警：“喂，110吗？我要报警……”

等我和警察大概说了下情况再挂掉电话，顾清明已经没有了踪影。

虽然警察和顾清明说的一样，让我在原地等他们来，但我不知道怎么就想起以前看过的古惑仔电影，刀光剑影的血腥画面一幕一幕跳进我的脑海。越想越怕，我终于还是没忍住，猫着腰朝地下车库走了过去。

刚到地下车库的拐角，我便发现顾清明并没有过去，他正在拐角看着里面的情况。

“顾清明……”我走到他身边，小声喊他。

看到我来，他皱了皱眉：“不是不让你过来吗？”

“我已经报了警，就是担心你……”

见赶不走我，他无奈地皱眉：“你站在这儿别动，他们还没动手，先看看情况再说……”

说话的同时，我看向车库里面，看到了四五个小混混，有两个手里还握着钢管，正将宋子屿团团围住。

“年轻人，你有种，敢破坏老子的好事。”其中一个小混混挥舞着手里的钢管，恶狠狠地对宋子屿说。

“不是单挑吗？怎么，怕了？”我没想到宋子屿面对这种情况，非但没有害怕，还很强硬。

我知道宋子屿也算是半个体育生，肌肉发达，身材高大，想来以前也没少打架，但他这个时候还敢说这种话，我真替他捏了一把汗。

“行啊，小子！单挑？”小混混像是听到什么好笑的笑话一样笑了起来，“都什么年代了，你以为这是在拍电影啊？让你下来不过是方便揍你！你不是喜欢英雄救美吗？我就让你救个够！”

宋子屿没想到混混说完话就直接给了他一脚。

这一脚着实不轻，我看到宋子屿疼得差点没栽倒。

“宋子……”我紧张得差点喊出声来，幸好及时捂住了嘴巴。

我刚刚捂着嘴巴，就看另一个混混也朝宋子屿踢了过去。不过宋子屿反应很快，那人的脚还没离开他的身体，他就弯着腰直接将那个人扛在了肩膀上，用力地朝墙壁撞了过去。

“该死，还敢还手，兄弟们，给我打！”

随着被摔倒的男人凶神恶煞的喊声，其他几个人同时出手了。

其中一个混混抡起手里的钢管就朝宋子屿身上砸去，我看到他狠狠地挨了一记闷棍……

“看来警察一时半会儿赶不过来了。”顾清明皱起眉头对我说，“你快出去。”

“那你呢？”

“打架，是男人的事。”顾清明一边朝里走去一边将外套脱掉缠在了胳膊上，他的背影挺拔，竟然有几分利落帅气。

不过此时我并没有心情欣赏他的帅气，我担心地看着他，回头望向车库入口，那里却还没有我期盼的身影出现。

“顾清明？”宋子屿当然没有想到在这里会看到顾清明的身影，撂倒一个混混的时候惊讶地看着他。

“小心身后。”顾清明一拳打倒朝他过来的小混混。

不知道是不是同样没有想到宋子屿会有帮手，小混混越发暴躁。

“好啊，怪不得叫你下来你就敢下来，原来还有帮手啊！今天就让你们这些毛头小子知道一下逞英雄的后果！”

小混混说完，抢过同伴手里的钢管就朝顾清明砸去。

幸好顾清明用缠在手上的衣服接住了，要不然这一棍砸在身上，后果不堪设想。

场面瞬间更加混乱了起来……

看着他们扭打在一起，我心里越来越不安。虽然顾清明和宋子屿都人高马大，但比起这些混混，他们打架的经验明显不足，没多久就吃了不少亏。

眼看着一个混混要从背后偷袭顾清明，我再也管不了那么多，正要冲过去，期盼已久的声音终于在我耳边响起——

“警察，不许动！都给我住手！”

从派出所出来的时候，夜已经很深了。

看着顾清明缠着绷带的胳膊，我有点心疼：“还疼吗？”

“还好。”

“果然还是更关心你的‘竹马’啊！”顾清明的话刚落音，额头和胳膊都打着绷带的宋子屿故作吃醋地看着我。

“你不疼啊？这个时候还有心情开玩笑。”

“怎么不疼啊，可是我就没有顾清明这么好命了，没人关心啊！”宋子屿说完又故作一脸悲伤。

我很想打击他一下，但一想到他的行为，还是忍住了。

在派出所里，我总算知道了宋子屿为什么会被几个小混混围攻。

好不容易不用训练的宋子屿今天一早就回家了，直到吃了晚饭才赶来学校。看着时间还早，他就跑去网吧过了一下游戏瘾，玩爽了这才想起回学校早点休息。为了早点回学校，他抄了条近道。结果没走几步，他就看到几个小混混正要在一片草丛里对一个不省人事的女孩动歪脑筋。

小道人烟稀少，宋子屿想也没想就冲了过去。

第一次碰到这种事，宋子屿根本没时间想报警的事，就被小混混们忽悠进地下车库单挑去了。

听了他的叙述，连警察都为他捏了把汗：“我说这位小同志，见义勇为是好事，但也要动动脑筋，没有第一时间报警就算了，你一个人和他们去地下车库，这不摆明了很危险吗？”

宋子屿当时的回答很搞笑：“我看他们挺瘦弱的样子，又是单挑，根本不可能是我的对手，谁知道他们会耍赖。”

我：“……”

警察：“……”

好在顾清明和宋子屿都只是皮外伤，不算太重，要不然，宋子屿还真要为他这次见义勇为付出代价。

而那个被宋子屿救下的女孩子也确实是不省人事，从被宋子屿发现，到被警察带回警局，再到我们做完笔录出来，她都在昏睡。警察初步判断她是喝多了，所以睡在草丛里一动不动，怪不得我和顾清明当时根本没看到人影……

“下次碰到这种事，还是先报警。你看你现在一身的伤，训练怎么办？”看着宋子屿的样子，我多少有点替他不值，万一真出事，那可不是闹着玩的。

“训练倒是没什么，你忘了我可是全国冠军。就是明天老傅看到了，不好交代。”宋子屿说着看了看顾清明，“真是奇妙，没想到救我的人会是你。”

“不客气，你不用感谢我。”顾清明静静地看着他，“以后你离她远一点就好了。”

顾清明说话的时候用没受伤的左手紧紧地拉着我的手。

宋子屿没再说话，只是看着我的眼神有一点复杂。

不过我想顾清明的担心有点多余了，因为宋子屿根本没有时间再骚扰我了。

2

宋子屿第二天出现在游泳馆时，看着他被包扎起来的脑袋和胳膊，我们都以为老傅会大发雷霆。毕竟之前女队被B大完虐，老傅下了死命令让我们勤加练习，现在宋子屿受了伤，至少要耽误十天半个月的训练。

但出人意料的是，老傅非但没有责备宋子屿耽误了训练，还对他异常关心。

“这几天你就好好休息，好好养伤，有时间多学习学习，训练的事就不要管了。”

看着老傅关心地看着宋子屿的眼神，我们都以为一向严厉的老傅这是走上了慈师的道路。直到那个被宋子屿救下的女孩出现在游泳馆，我们才发现事情并没有那么简单。

因为那个女孩，是老傅的女儿……

傅若溪出现在游泳馆时，男队队员都被她吸引去了目光。我们女队也好奇地看着她。

因为训练期间，游泳馆是禁止外人进来的，而这个人不但可以进来，还大摇大摆。而且她身材高挑，肤白貌美，我们都好奇这是何等人物，然后我们就看到她停在了老傅和宋子屿面前。

“宋子屿，谢谢你昨晚救了我。”傅若溪对宋子屿感激地笑了笑。

“若溪，不是让你在家好好休息吗，你怎么还是来了？”还没等宋子屿说话，老傅就有些责备地看着她。

“爸爸，人家救了我，我总要亲自来感谢一下，你说是吧？”傅若溪对着老傅撒娇。

“本来是想等你和小溪都休息好了再告诉你的，但是若溪现在过来了，我也郑重地表示一下，昨晚的事，非常感谢你。”老傅说着对宋子屿深深地鞠了一躬。

宋子屿完全被眼前的事弄蒙了："我昨晚救的是你？你是傅教练的女儿？"

宋子屿有这样的疑惑是情有可原的。因为昨晚在草丛里看到傅若溪时灯光昏暗，加上她醉得一塌糊涂，宋子屿根本就没有看清她的长相，更不可能知道她是老傅的女儿。

傅若溪点了点头："昨晚我失恋了，太难受就多喝了几杯。要不是你及时出现，后果真是难以想象……"

傅若溪在警局醒来听完警察的话，顿时直冒冷汗，现在想起来，似乎还有点心有余悸。

"你的胳膊和头没事吧？"傅若溪看着宋子屿，不安地说，"我还是从警察那里知道你的消息的，没想到你还是我爸的学生。也幸好你是我爸的学生，要不然，我真不知道去哪儿找你。"

"没什么，我只是恰好路过。那种情况，不管谁看到都不会不管的。"宋子屿说，"不过以后还是少喝点酒吧。"

"不会了，我已经决定戒酒了。"傅若溪的脸上又挂起了笑容，"对了，今天你有时间吗？晚上我想请你吃饭，表示一下感谢。"

宋子屿还没来得及说话，一旁的老傅就已经开了口："去，这顿饭必须去。你救了小溪这么大的事，我们必须好好感谢你一下。"

看着老傅和傅若溪热情的目光，宋子屿终于没有再推托。

傅若溪和宋子屿那顿饭吃得怎么样，我们不知道，但我们发现她在那之后经常往游泳馆跑。

虽然老傅让宋子屿好好休息，但宋子屿长期训练，在游泳馆待惯了，而且他说皮外伤并不严重，多加一些器材配合的运动还好得快一些，老傅也就没有再勉强。

傅若溪不是空手而来，每次都提着一个保温桶，有时候是鸡汤，有时候是鸭汤，有时候是猪肝汤……说是她亲手煲的，热情地要给她的救命恩人宋子屿喝。

宋子屿一开始是拒绝的，但架不住傅若溪的热情，而且她一口一个“子屿哥哥”，还为宋子屿端茶倒水，就差没有直接扑倒了。我们都看到傅若溪看宋子屿时双眼放光，意图再明显不过。

听说傅若溪没有考上我们学校，现在在D大念书，照她这热情的架势，好像荒废了学业也要挤时间多多报答她的子屿哥哥。

面对这一幕幕，女队很多队员看在眼里，“恨”在心里。

她们特别纳闷，为什么不是自己喝醉了被宋子屿亲手搭救，然后就可以光明正大地以身相许？

更让她们郁闷的是老傅的反应。一向严厉的老傅，自己家的女儿这么上赶着贴着人家，他非但没有阻止，还对宋子屿比先前更加关爱，大有默许自己女儿倒追的意思。

但大家想了想，又觉得无可厚非。这两人，一个是老傅的得意门生，一个是他的心肝宝贝，简直天造地设，根本就是命中注定的一样。

还有人说老傅一开始就对宋子屿特别喜欢，大有想招之为婿的冲动。但是现在时代变了，不像他们以前一样，婚姻由父母做主，他担心自己的女儿不喜欢，就一直没敢撮合。现在倒好，傅若溪不但被宋子屿亲自搭救，还对他一见钟情，老傅连做梦都没有想到事情会发展得这么完美，想想都开心。

所以大家再不服气也只能叹息。

就连童谣都打趣我说：“你有没有发现，自从傅若溪天天往我们这儿跑，这里天天都散发着一股少女怀春的气息啊？”

我纠正她：“不是怀春，是发春，谢谢。”

童谣看着我：“宋子屿可是你的桃花啊，看这架势，可能很快就被别人摘跑了，你不嫉妒？”

“我谢谢你，我感谢她还来不及，就差给她烧高香了。”

宋子屿天天被傅若溪这样缠着，哪里还有时间骚扰我，我简直做梦都能乐醒。

不过我到底没有乐醒，因为顾清明的伤还没有好。

在傅若溪每日一汤地给宋子屿送时，我受了她的感染，打算给顾清明弄点汤来补补。不过我条件有限，没地方亲自煲，只得去饭店打包回来。

我和他讲了傅若溪想要对宋子屿以身相许的故事，他听完之后笑了笑。

“你笑什么？”

顾清明一边喝汤一边嘴角微扬：“意外少了一个情敌，这个伤受得很值。”

我：“……”

“顾清明，你真担心我被人抢跑啊？”我有点心虚地看着他。

“不是担心，是不许。”顾清明说着将我揽在怀里，“你只能是我的。”

“嘿嘿，不过说真的，我没想到你看到他被欺负会立马不顾一切地冲上去，我还以为你会顺便先让别人教训一下他……”

“当时我确实有这个想法……”

“啊？”

“……不过他在成为我的情敌之前，也算是我的校友，我不可能见死不救。”

“我就知道你在逗我。”

“怎么，难道刚刚你在为他紧张？”

“哪有。”

“没有吗？那你脸红什么？”

“你把嘴都贴我脸上了，你说我脸红什么。”

“那我就再贴紧一点吧……”

3

最近一段时间的生活，我觉得才应该是真正的大学生活。

上课、训练，和顾清明谈情说爱，比起刚刚入学那会儿担心被退学造成的慌乱，这种充实而幸福的生活，让我第一次体验到什么是完美。

如果我没有再次看到贺言的话，那就更完美了。

那天中午从食堂吃饭回来，我刚和顾清明分别没一会儿，一辆拉风的红色超跑就毫无征兆地停在了我面前。

我正想绕道而行，就看到贺言从车上下来。

“李老师，好久不见。”贺言探头出来，对我笑笑。

贺言长得英气逼人，超跑又十分拉风，更重要的是，学校里根本就不能开车。所以他一出现，立马引起了不小的骚动。

“什么李老师，别乱叫。”看着对我行注目礼的人群，我有点尴尬，“你怎么开着车就进来了，你不知道学校不准开车吗？”

“我和你们学校有合作，开车进来算什么。再说了，不开车来接李老师，怎么能表现我的诚意呢。”

“接我？”我愣了愣，“什么接我？”

“你是不是以为上次我是给你开玩笑？那我就郑重地说一下，请你做我的英语老师，我是非常认真的。”贺言说着已经推门下车走到我面前，“古有刘备三顾茅庐拜诸葛，今天我贺言也一定让李老师看出我的诚意，不知道李老师给不给个机会，赏光一起吃个便饭呢？”

“我已经吃过了。而且就算没吃过，也不打算对你这种人渣赏光。”想起那晚在酒吧他为难陆晓晓的丑恶嘴脸，我气不打一处来。

“怎么听李老师的话，好像对我有什么误解？”贺言扯了扯嘴角，完全对我的气愤不感冒。

“误解？”我听了更加来气，“你们这些有钱的公子哥，不要觉得有几个臭钱就可以为所欲为，再让我看到你调戏良家少女，我绝对报警。”

“哦，原来你说的是那次啊，但是那次我真的在帮她啊！”贺言笑笑，“你想想，她做服务生能挣多少钱，陪我喝一杯酒就能赚一万块，随便喝几杯酒而已，就能尽早从那种危险的地方脱离出来，你难道不觉得我这是善举？”

听完贺言的话，我差点没吐血：“黑的都能被你说成白的，我也是佩服。”

“不用，要说佩服，我更佩服你。那晚你虽然误会了我，但你英勇的表现，还是成功引起了我的注意……”

“你脑残偶像剧是不是看多了？”我实在忍不住打断他，“你的日常对话都是这样的吗？”

“没办法，看到你以后，心神有点凌乱，好像话确实不太会说了。”

我：“……”

我懒得理他，只好直接赶人：“你赶快走吧，我再说一下，我一不会和你吃饭，二不会当你的英语老师，好走不送。”

说完我才发现路人纷纷对我们侧目，还指指点点，顿时一阵尴尬。

贺言明显看出了我的短板，他非但没有走，还朝我走近了一些："被大家这样看着，是不是觉得有点尴尬？我告诉你，现在你有两条路可以选，一是上我的车，我们赶快离开……"

"你想也别想……"我打断他，他却保持微笑。

"别急嘛，你听我说完。另一个就是，我就开车跟着你，你走到哪儿，我跟到哪儿，想想那个画面……"

他的话还没说完，我脑海里随即就浮现了那幅画面……

"卑鄙！"

我咬牙切齿地看着他，但比起一直这么尴尬地被大家看着，上他的车确实是目前相对好的选择。

思来想去，我最终上了他的车，愤愤地关上了车门。

我看到贺言缓缓地走进驾驶位，然后得逞地扬了扬嘴角。

"李老师，坐好了，这车的速度可很快哟。"

贺言说得没错，他的车开得确实快，转眼之间我便发现我们已经出了校门。

"你要带我去哪儿？"

"到了你就知道了，我保证，你会很喜欢。"贺言看着一脸慌乱的我笑了笑，"难道你还担心我把你卖了？告诉你吧，就算你想，我还舍不得呢。"

我："……"

我没心情和他闲扯，但下一秒我就觉得哪里不对劲。

对，我为什么就上了他的车？

当时真是被气疯了，我才被他带到沟里，明明除了他说的那两种选择还可以直接拐回食堂，那他肯定就不可能开车追上来。

“贺言，我就是一个学生，没时间陪你们这些游手好闲的公子哥玩，你也别在我身上浪费时间。”看着他加速开着车，我心里有点害怕，硬的不行，我只得说点软话，毕竟珍惜生命，远离人渣。

然而，看到我的样子，贺言却更加来劲了：“时间嘛，不就是用来浪费的。我有的是时间……”

“你是不是有病啊？”果然是软硬不吃的臭石头！

“我不知道啊，要不你帮我检查一下？”

“我……”

我正要再说点什么，贺言一个急刹车停了下来：“到了，李老师。”

走下车我才发现眼前是一座明显经过翻修的四合院，高门楼、红木门，院内一棵古柏，门窗都经过精心的雕刻绘制，很有诗情画意，一看就价值不菲。

我愣了愣：“这是什么地方？”

“这是以后你给我补习英语的地方。”贺言说着拉我进了客厅，房间很大，装修很奢侈，和外面的风格不一样，我在心里只有两个字的评价：没品。

贺言明显不是这样想的，他有些得意地对我说：“怎么样，对这里的环境还满意吧李老师？是不是特别适合咱们一对一的教学？”

我：“……”

“我并没有答应你。”

“你会答应的。”

“你想多了。”我不知道他哪来的自信。

贺言走到我面前，认真地看着我：“本来我想以诚意感动你，但看李老师的样子，也不屑我的诚意，而且我的时间也不多了，再耽误下去，肯定在出国前完不成老爷子交代的任务。所以……”

“所以你要干吗？”我心里有点紧张。

“所以我只能换一个办法了。”贺言看着我，笑得特别自信。

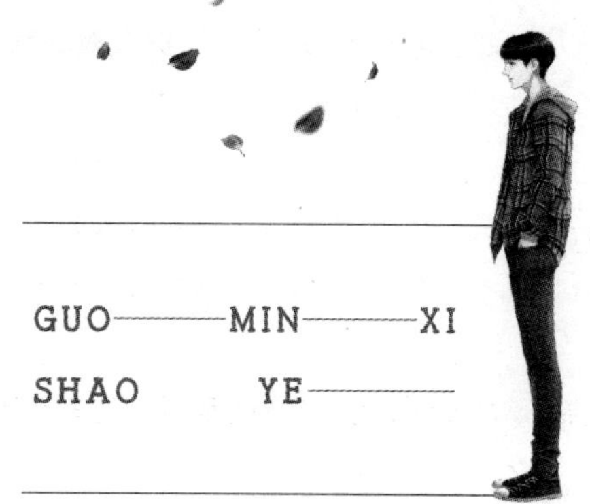

第十一章

你是不是觉得上次对你太宽容了

1

第二天我才知道为什么贺言那么自信。

当时下课了，我正要和童谣一起去游泳馆训练，才发现那辆红色的超跑就停在游泳馆门前。队员们看到它时，都忍不住纷纷多看了两眼，只有童谣觉得奇怪："哪个二货把车开到这里了？也不怕被拖走！"

火眼金睛如童谣，没有发现我看到这辆红色超跑时心虚了一下。

要是她知道这车里坐的是贺言，还是来找我的……估计顾清明马上就要知道了。我倒不是怕顾清明知道，可我不想因为这样的事，再给顾清明添堵。所以我对童谣说："糟糕，我好像有东西落在教室了，我去拿一下，你先去馆里吧。"

童谣也没多想，就让我顺便给她带瓶水。

童谣一走，我才走到超跑面前。看到贺言下来，我十分嫌弃："你怎么又来了？"

贺言却答非所问："你好像很怕我被人看到，不会是想金屋藏娇吧？"

我："……"

和这种人说话早晚会被气死。

"你到底想怎么样？昨天我都和你说清楚了，我不管你用什么办法，我都不可能教你的，也没这个时间和你闲扯……"

"凡事不要说得这么绝对嘛。"贺言轻笑着打断我，"反正我是很有诚意的，但要是我的诚意强迫你做了你不愿意做的事，希望你看到我的诚意的分上不要怪我。”

“你什么意思？”贺言的话让我感到背脊一凉。

“没什么。”贺言用手指了指我手里的手机，“现在几点了？”

“你自己不是有表？”我盯着他手腕上的手表提醒他。

“我就是确认一下你的手机是不是还有电，有没有关机……”

我被贺言说得莫名其妙，正懒得和他废话准备走开时，手机忽然就响了，然后就看到手机屏幕上的人名是我们的系主任。

“喂，郭主任。啊？可是我……这不太好吧……但是……可是……我……”

挂完电话，我彻底傻眼了。

系主任说：“李淼啊，是这样的，我一个朋友的孩子最近需要补习英语，指名要你来教。他现在去找你了，你应该看到了吧？这个朋友我没办法得罪，还希望你能理解一下。而且这关系到你毕业的学分问题，所以你一定要做到最好，拜托了……”

看着正一脸自然地看着我的贺言，只有两个字能表达我此时的心情：卑鄙！

“贺言，你要不要这么卑鄙？居然找主任来压我！”

“卑鄙不卑鄙的没关系，只要目的达到了，手段不重要。”贺言推了推鼻梁上的眼镜说，“而且我提前给你打了预防针哦，我说过我是很有诚意的，看到我的诚意的分上，你千万不要怪我。”

“怪你？我……我恨不得杀了你！”

“杀人犯法哦，为了我不值得。”贺言说着走回超跑那里，对我笑笑，“那李老师，你先去游泳馆训练，我在这里等你结束，咱们再一起去补习啊！”

我咬牙切齿地看着贺言，恨不得用眼神杀死他。

可惜眼神并不能真正杀死一个人，所以，面对贺言这无耻的行为……我毫无办法。

虽然心里有一百个不情愿，但因为系主任那句“这关系到你毕业的学分问题”，我在训练结束后，还是坐上了贺言的车。

为了避人耳目，我让他的车停在校门外，他不同意，理由是从游泳馆到校门外至少有 1.5 公里，等我走过去得耽误不少时间。最终他将车停在了游泳馆旁边一条很少有人去的小路上，我才敢偷偷摸摸上他的车。

我一上车就催促他赶紧离开，生怕别人发现，结果就看到他正一脸兴奋地看着我。

“我怎么感觉有点像偷情啊？还挺刺激……”

我：“……”

“如果不是因为系主任，我马上下车你信不信？”

看着我的白眼，贺言却不生气，他好奇地打量我：“老实说，你一直都是这么暴躁的女孩吗？”

“是又怎么样？”

结果我的话还没说完，顾清明就打来了电话。我这才想起来答应给他带猪肝汤。

“顾清明，我忘了和你说了，我们郭主任这几天让我给他侄女补一下英语课，所以不能和你一起吃饭了……”我有些心虚地和顾清明说，幸好他没有多问，只叫我结束后早点回去休息。

挂掉电话，我便看到贺言对我挑了挑眉：“也不是对谁都那么暴躁的嘛，刚刚就很温柔。”

“你还要不要学英语？不学我下车了。”我作势要下车。

贺言当然不给我机会，脚下油门一踩，超跑就飞了出去。

“对了，是那天在酒吧将你拉到身后的男生吧？”贺言拿眼扫我。

“关你屁事。”

“你很喜欢他？”

“关你屁事。”

“不过比起你的温柔，我还挺享受你这么暴躁的。”

我：“……”

来到昨天来过的四合院，推开房门，一切都和昨天一样，就是餐桌上多了一桌丰盛的食物。

“不是学英语吗？这是干吗？”贺言将我带到餐桌前，我一脸防备地看着他。

“当然要先吃饱饭才有力气学习啊，怎么，你不饿？”

现在确实是吃饭的点，着急和他出来了，怎么忘了吃饭的事了？早知道我在学校吃完再来了，但现在说什么都为时已晚。

见我不动，贺言率先坐下来，夹了一块肉吃了起来：“没迷药也没有毒的，不用担心。”

我被他看得无奈，只得坐下来。

老话说得好，既来之，则安之。

“这就是了嘛。”见我肯坐下，贺言显然很高兴，“这都是我平常的正常菜品，不要被它的丰盛和精致吓倒，我完全没有特意为你准备，没办法，我的生活就是这么奢靡。所以你可不要有压力，放开了吃……”

我：“……”

我并不是很想说话。

让我意外的是，真正开吃以后，贺言吃得很安静，而且很有礼貌地将有些我夹不到的菜端到我面前。

吃完了饭，他又带我来到一间书房，连要学习的资料都准备好了。

“李老师，这是我要用到的资料，你先看看。”贺言笑着把资料递给我，“这段时间就拜托你了。”

我还是有些防备地看着他：“你要是借着这个机会动歪脑筋，别怪我……”

“不会不会，我保证我是你见过最认真学习的学生。”我的话还没说完，贺言就打断了我，向我保证，“我会让你发现是你一直以小人之心度君子之腹的。”

“那最好不过了，我也希望是这样。”

其实给人补习，我也是大姑娘坐花轿——头一次，还好想起以前顾清明给我补习的样子，可以照葫芦画瓢，加上贺言的资料都是一些常规性的东西，虽然是一些商业资料，但并不是很难，所以真正开始以后，还算顺利。贺言也明显有不错的底子，只是发音有些不标准而已。

值得欣慰的是，贺言还算信守承诺，整个过程中，他都认真地按我的要求做，基本上我说什么他就做什么，除了有时候会看着我笑得有些意味不明。

“怎么样李老师，我说过我是很有诚意请你来为我补习的吧，我是真的有需求。”结束今天的学习之后，贺言第一时间向我邀功。

我勉强点头：“继续保持。”

“谢谢李老师的赞赏，那我送你回学校吧。”贺言一脸期待地看着我，生怕我拒绝一样。

这里离学校确实有段距离，而且时间也不早了。虽然我不想坐他的车，但看他补习时没什么坏主意，也就没再推托。

“行是行，但是你能别开进学校吗？”

“了解，还像来的时候偷情那样，对吧？”

我：“……”

2

因为贺言的规矩和守信，一周下来，我也将最初对他的防备渐渐放下。这一周相处下来，我发现他学习还算认真，心里不禁疑惑是不是真的误会他了。总而言之，面对贺言，也算是虚惊一场。

加上顾清明胳膊的伤已经好了，我虽然奔波得有点累，但心里还算踏实。唯一的遗憾是，顾清明问我郭主任的侄女好不好教的时候，我有一点心虚。

“还行。”我对他咧嘴笑，生怕他知道什么。虽然我和贺言没什么，但一个谎话说出去，就要用无数个谎话来弥补，这种滋味还挺不好受的。

顾清明明显没看出我的心虚，很欣慰地看着我笑：“真没想到，你也能当人老师了。”

“主要是你当初教得好。”我对顾清明甜甜一笑。

因为我们都比较忙，这天好不容易逮住了机会，我就和顾清明多相处了一会儿，在食堂一起吃了饭又去未名湖边散了散步，结果还没有散一会儿，就看到那辆拉风的红色超跑从我身边缓慢地经过。

它是真的很慢，几乎只比我走路的速度快一点。

也因为它比我们走路的速度快一点，我们并不能直接从外面看到里面的人。

但我能想象出驾驶位上的贺言正噙着一抹坏笑盯着我。

顾清明不知道这辆红色超跑的主人，只是疑惑学校里怎么进了车。我跟着他一起疑惑，顺便拉着他迅速撤离现场。

当天再去四合院给贺言补习的时候，我还没来得及对贺言问责，他的狐狸尾巴就露出来了。

我推开平时补习的那间房的门，映入眼帘的，是满屋子的玫瑰花。

“你在搞什么？”我一直很怕他来这一招。

“送给你的。”贺言一直盯着我看。

“你又在动歪脑筋……”说着我就转身准备离开，这课教不下去了。

但我还没挪动一步，贺言就拉住了我：“仅仅是想对你这一周的辛劳表示感谢，还有……就是看到你紧紧贴在他怀里的样子，有点嫉妒。”

我“……”说话还真够直接。

“他本来就是我男朋友，你嫉妒什么？！”我生气地挣开他说，“我还没来得及说你呢，你今天是不是觉得开个超跑在学校里很帅？就那么慢悠悠地跟在我们身边，什么意思？！”

“没什么意思啊，就是……很羡慕他。”贺言说着对我挑了挑眉，“李老师，我什么时候也能有那种待遇，被你挽着胳膊在湖边散步啊？”

我没想到贺言这么直接，一时有点无语。

“贺言，你家人是不是没教过你什么叫要脸？”

“教是教过，可是我怎么一直听说男人不坏，女人不爱啊？”

“那你就去找爱你的人，我不打扰了。”说着我转身离开。

贺言急忙追了上来：“喂，李老师，你不喜欢玫瑰花，我可以换呀，你别走啊……今天的课咱还没有上呢。”

“以后的课也不用上了！”说完我逃也似的离开了四合院。

“哎，今天回来这么早，郭主任的侄女不在啊？”

回到宿舍，童谣一脸好奇地看着我。因为这几天一训练结束我就走了，为了防止露馅，我只得对她撒了和顾清明一样的谎。

我对她讪讪一笑：“补习得差不多了，明天我就不用去了。”

童谣十分开心：“那真是太好了，我正要找你帮我再出谋划策一下呢？”

“听起来，我没陪着你的这几天，你有什么事瞒着我。”

“嘿嘿，你给郭主任侄女补习的这几天，我都和江潮看了三场电影了。”

这还真是让我大吃一惊：“哇哦，都是他约的你？”

“那就好喽。”童谣笑笑，“不过我每次约他，他都没有拒绝，你不觉得这也是一种进步吗？”

听完童谣的话，我刚刚为她感到高兴的心又沉了下去，想到之前的事，我还是有点替她担心：“你不介意他心里……以前他也没拒绝过你，但你一表白，他就给吓跑了。”

“说真的，我感觉这次和之前不一样。以前他可能就把我当成了女汉子类型的朋友，但自从那次之后……”说到这里，童谣的脸有点红了，“哎呀，反正我觉得有希望。”

“那就好。”听完童谣的话，我这才放下心来，然后对她笑笑，“其实经过上次的表白失败，我觉得感情这种事，顺其自然就是最好的追求方式。仔细想想，你们现在这样不是挺好的吗？说不定哪天就自然而然地在一起了，可能连表白都不需要了。”

童谣低头想了想：“好像是这么回事。”

“那我就祝你们的顺其自然……早点到来喽。”

“哈哈，借你吉言！争取早点像你和顾清明一样可以天天腻歪在一起。”

提起顾清明……我忽然想起贺言。想到他今天说的话，我的心又悬了起来。

果然，如果这么容易就放过我，那他就不是贺言了。

第二天，贺言再次来学校找我。这一次，他再也没有像之前一样躲躲藏藏，而是直接开着超跑停在了我们游泳馆前，而且他的怀里还抱着一束百合。

看到我的到来，贺言直接拿着花走了过来。

我立马感到头大，但我还没有来得及说话，一旁的童谣就警惕地看着他。

“贺言，你来干什么？”童谣戒备地走到了他面前，忽然像是想起了什么一样，厉声说，“光天化日之下，你居然跑到我们学校来骚扰陆晓晓，你胆子也太大了吧！李淼，报警！”

“看来你的朋友还没有告诉你啊，我哪里是来找陆晓晓的……”贺言微笑着打断她，然后望了望我，“我是特意来找她的。”

说着贺言直接将花朝我递过来：“李老师，你不喜欢玫瑰花，所以今天我买了百合。”

“买你个大头鬼呀。”因为发现很多人看了过来，我很不想和贺言废话，立马拉着童谣往游泳馆跑去。

身后的贺言没有追过来，他的话却悠悠地从背后传来：“跑慢点呀，不急的李老师，我就在这儿等你训练结束啊！”

我：“……”

刚走到游泳馆，童谣就甩开了我的手，一脸疑惑地看着我：“李淼，这到底怎么回事啊？贺言怎么说是来找你的？”

被童谣看得不好意思，思来想去，知道纸包不住火，我终于还是选择了坦白从宽。

“老实告诉你，其实这几天我并不是给郭主任的侄女补习英语，而是给他。”

“什么？！”听了我的话，童谣差点没跳起来，“去给他补习英语？李淼，你是不是吃错药了？你忘了他是什么样的人了？”

“我也希望是，可这是郭主任亲自下的命令。”

“郭主任？”童谣完全蒙了，“这到底怎么回事啊？”

3

如果用两个字来形容我最近的心情，那一定是：糟心；用四个字的话，那一定是：非常糟心。

不得不说，贺言果然是一个信守诺言的人——那天他说在门外等我，就真的一直抱着花等到训练结束。虽然我从后门溜了，但躲得过初一，躲不过十五。他狐狸尾巴彻底暴露，连遮遮掩掩都懒得做了，直接在学校里对我明目张胆地进行骚扰……想想就后怕。

那天我一五一十地将这几天的事情告诉童谣之后，她听完只有一句话：“那个禽兽王八蛋，还真是够变态的，连郭主任都敢威胁。我们报警吧。”

“我也想过报警，可是报警说什么？说有人送花给我？”

童谣：“……”

“那怎么办？看样子，贺言可不止送送花这么简单。”

童谣一语中的，贺言第二天准时出现在游泳馆门前，这次除了手里捧着一大束百合花，还给路过去游泳馆的每一个女队队员给了一枝玫瑰。

贺言身材修长，金丝眼镜下的笑眼让他看上去带有几分魅惑。而且能开超跑进我们学校的，一看身份就不简单。

有几个花痴队员原本就因为傅若溪最近对她们的男神宋子屿热情过头而深感绝望，此时看到贺言，心里那只快因绝望而窒息的小鹿重新乱跳了起来。

甚至有个男队队员也忍不住跑上前去对贺言笑笑说："帅哥，我也想要一枝。"

贺言来者不拒，但对每个收了他花的人都说了一句话："那你们待会儿要给我助威。"

"一定的！"所谓拿人手软，吃人嘴短，大家回答得很笃定。

笃定归笃定，任谁都看出来这位斯文公子大费周章是想追求游泳队的某个队员，但究竟是谁呢？大家好奇地拭目以待。

然后，我和童谣就出现了。

远远地，我和童谣早已看到贺言的架势，童谣对我小声说："不得不说，这贺言虽然讨厌，但这套路，一看就是撩妹高手啊！"

我给了童谣一个眼神：求你闭嘴。

贺言看到我的到来，嘴角上扬，同时朝我缓缓走了过来。

因为这个动作，谜底揭晓。身后的队员有人嘀咕："居然是李淼！可是李淼不是有男朋友吗？"

"那是因为没有遇到我。"贺言的耳朵很尖，他看着我，轻声回答那个质疑，然后目不转睛地对我说，"李淼，既然窗户纸都捅破了，我也就不藏着掖着了，我确实喜欢你。虽然这喜欢来得莫名其妙，但我忘了哪位哲学家曾经说过：'只有这种毫无缘由的纯粹的喜欢，才是真正的喜欢。'所以，我想请你接受我的这份喜欢。"

贺言说完就将手里的那束百合朝我举了举。

我当然没有接。

“贺言，贺先生，贺公子，贺大少爷，你知不知道违反意愿，不断给对方造成困扰等于骚扰？我是可以告你的！”我气得当场就想掉头走人。

“哦，照你这么说，追求喜欢的人，还成了罪犯了？”贺言饶有兴趣地看着我，“那我倒很期待哪个法官对我判刑，最好把我这个罪犯判无期关到你心里。”

我：“……”

“我没兴趣和你在这儿浪费时间，我还要训练，你不要影响我行吗？”说完我就拉着童谣要往游泳馆走，可是没走两步，贺言的声音就又响了起来。

“我知道你不会轻易接受，但我想告诉你，我每天都会在这里等你，每天都会送你一束百合，一直到你接受我为止。忘了告诉你了，我这个人没什么优点，但如果非要说一个的话，那一定是坚持不懈的精神……”

“那还真是让你破费了。不过，我女朋友要是喜欢百合，我这个男朋友会送，就不劳你操心了。”贺言的话还没说完，一个熟悉的声音就打断了他。

“顾清明！”

我从来没有哪一刻像此时这般渴望看到顾清明，对贺言这种无赖，我实在有点招架不住。

顾清明比贺言还要高一些，但因为年纪相差了将近十岁，在贺言面前，顾清明在气场上还是稍显弱了一些。

我急忙走到他身边，算是精神支持他。

“顾清明，你怎么来了？”

“你说呢？”顾清明低头小声对我说，“晚点我再和你算账。”

说着，顾清明重新看向贺言：“上次在酒吧明目张胆调戏我们校友就算了，这次居然跑到学校来骚扰我女朋友。你是不是觉得我上次对你太宽容了？”

在顾清明出现的那一刻，我就发现贺言的眼睛里多了一丝看不清的东西。

贺言大费周章让我充当他的英语老师，创造两个人单独在一起的环境，一周的时间都平安无事，但因为前两天看到顾清明和我腻歪的一幕，他按捺不住了。

很明显，他对顾清明也心存芥蒂。

果然，在顾清明说完话之后，我担心的事情发生了。

“我感兴趣的女人，还从来没有失手过。”贺言对顾清明淡淡一笑，“既然你来了，刚好，我劝你尽早主动离开她，免得以后……太受伤。”

这简直是赤裸裸的挑衅和对我的羞辱！所以顾清明还没有说话，我就直接怒视着他。

“贺言，你少自作多情，我告诉你，逼急了我……我就和你拼命！”

贺言却对我的怒视感到很兴奋：“李淼，知道我为什么那么喜欢你吗？你不知道你暴躁的样子有多迷人。”

我：“……”

人至贱则无敌，我还真是从来没有见过脸皮这么厚、胆子这么大的人。贺言真是刷新了我的认知。

我正想再说点什么，顾清明却一把将我拉到了身后。他冷冽地斜睨着贺言，嘴角扯了扯：“我想你可能搞错了，不是我要离开她，而是你以后能离她多远，就离她多远，免得让自己太难堪。”

从顾清明出现开始，大家一直驻足在原地没有离开。看得出来，在贺言说完那些话之后，大家都为我和顾清明捏了一把汗，还一度担心我们在贺言那么不要脸的威胁下会有所惧怕，特别是童谣，她可是亲自在酒吧看到过贺言嘴脸的人，现在听完顾清明的话，这才稍微放松下来。

“后生可畏啊，如果你不是李淼的男朋友，或许我们还可以做朋友。”贺言迎着顾清明的目光推了推鼻梁上的眼镜，笑了笑，“可惜了，现在只能让你对真正的生活多一点了解了。”

GUO——MIN——XI

SHAO YE——

第十二章

我听说，你命犯桃花

1

大钟寺，庙宇威严，香火鼎盛。

这里是我来首都之后和顾清明清单上的必去之地，但因为一直比较忙，我们还没有来得及来。我从来没有想过有一天真正来这里，不是和顾清明一起来游玩，而是和童谣一起来烧香拜佛。

其实我这个人不太迷信的，但想起以前高中那个“谁向我告白谁就倒霉”的所谓的“诅咒”引发的事情，最终我还是拉着童谣一起来了。

当然，我们来这里，主要是因为童谣。

那天她对我打趣：“李淼，快让我看看，你这是不是锦鲤附身，让我也沾沾你的好运，哦，是桃花运。”

“我都快烦死了，你还有心情开玩笑。”

“哈哈，既来之，则安之。不过，你是不是也觉得你最近的魅力变大了？先是咱们泳队男神宋子屿，高大威猛又帅气，现在又来个霸道富二代。虽然贺言那人看上去讨厌，但凭良心说，长得还是不错的。”

“打住……”我对她摆手，“你再说，我就要和你绝交了……等等，刚刚你说我是锦鲤附身？”

“是啊，不然你这运气也太好了点吧。”

“运气好？”

既然这事都是运气造成的，那我拜拜菩萨，让菩萨把我这运气收回去不就完了？

跪在大钟寺的正殿里，看着一尊尊佛祖，我在心里默念：“各位佛祖大大，小女子李淼在这里诚意祈求我平平安安、普普通通地度过我的大学生活。特别是桃花方面的好运，是不是大家弄错了？我就想和顾清明简简单单地长相厮守，千万不要来一些乌七八糟的人来考验或者破坏我们的感情。让那些烂桃花离我有多远就躲多远，最好赐给那些有需要的人……要知道，单身男女可不少啊，他们迫切需要爱情的滋润。小女子在这里给你们磕头了，你们一定要听到我的心声，拜托了……"

磕完了头，许完了愿，我这才站起来，心想佛祖看在我诚意满满的分上，一定会让我别再这么糟心了吧？然而我还没走出正殿，一旁的看相师父忽然喊住了我。

"这位姑娘，且留步。"

我愣愣地看着大师，指着自己的鼻子问他："我？"

"对。"大师朝我招手，"这么多年了，我还从来没有见过面相这么神奇的人。"

大师好奇地打量着我。

我还没来得及问，童谣已经开了口："神奇？怎么个神奇法？"

"命犯桃花，都犯到面相上呼之欲出了，实在是太旺了。"

"哈哈。"大师的话刚说完，童谣就忍不住轻笑了起来，"大师，你还真是慧眼如炬。我这个朋友最近的桃花都旺得让她不知所措了。"

"大师，那有没有解？"我像看到希望一般，立马渴望地看着大师。

"嗯？"大师皱眉，"什么解？"

"解除桃花运啊！"我有点苦恼地说，"我……我不需要这种桃花。"

"果然是神奇啊！人家都是求桃花运的，你可倒好，是来解桃花运的。”大师对我微微一笑，“不过，所谓既来之，则安之。有些事情，要顺其自然才好。”

我：“……”

“就没有办法解除一下吗？这对我而言真的不是什么好事。”

“唉，人和人的差距怎么这么大啊？我这求还求不来，有些人却不想要。”大师还没说话，童谣就兀自感叹，随即像是想起什么，激动地看着大师，“大师大师，那我呢？我的桃花运怎么样？”

大师认真地打量了一下童谣，微微一笑：“你嘛……有情人终成眷属。”

听了大师的话，童谣眼睛一亮：“哇，所以我和江潮还是有希望的？李淼，那还真是沾了你的光。”

“大师，我这就真没办法解了吗？”此时此刻，我对江潮和童谣是不是有希望兴趣不大，我只希望这烦人的桃花运早点消失。

可大师依旧只对我淡淡地笑笑：“缘分都是注定好的，该是你的，跑不掉；不该是你的，你也别烦恼。”

“可是……”

“好了李淼……”童谣拉了拉我，“你还没听出来吗？大师这话的意思是，别急，你的那些烂桃花总会烂掉的。”

烂桃花会不会烂掉我心里真的没底，不过再次看到顾清明，我心里倒是打起了鼓。

因为昨天贺言的话，再去游泳馆时，我还真担心又看到他的红色超跑和手捧百合的他再在游泳馆门前等我。而今天的游泳馆门前确实有人等我，只不过不是贺言，而是顾清明。

不同于昨天，今天的顾清明有点兴师问罪的样子。

我当然知道他会问什么。昨天因为火药味太重，他没来得及问，今天我一走过来，他就迫不及待发出心中的怨气了。

“如果我昨天没有及时出现，你打算怎么办？就一直不告诉我贺言的事？”

“其实我是打算告诉你的，只不过还没有找到合适的机会。”我对顾清明讨好地笑笑，“我也不知道他发什么神经，对我来那一出。”

“我说的不是这个事。”顾清明盯着我的眼睛看了看。

“那是？”

“你都和贺言单独相处一星期了？”

“这个啊……”我突然有点心虚，“这个是我们系主任给我的任务，而且他也确实只是想学习英语，加上我怕你担心，就……”

“以后不管什么事，都不要瞒着我好吗？”我的话还没说完，顾清明就恢复了以往温柔的眼神，揉了揉我的头，“你不告诉我，我才会担心。”

看到顾清明这样的眼神，我心里一软：“我错了，以后一定第一时间告诉你。”

“那你快去训练吧，结束后我来接你一起吃晚饭。”顾清明看了看手表，知道我快到训练时间了。

但看着他这样子，想到这段时间一直忽略了他，我心里忽然一酸，拉着他的手没松开。

“今天不去了。顾清明，我们好久没一起吃饭了，现在就去吃烤鸭好不好？”

看着我的样子，顾清明轻笑了一下：“好……”

然而，他的话刚说完，我还没来得及高兴，他的电话就响了。

“欧阳教授……好，我马上回去。”挂掉电话，顾清明的脸色有点凝重。

“怎么了？什么事啊？”

“欧阳教授说项目出了点问题，我得去实验小组一下，今天可能没办法和你一起吃饭了。”

“没事，那就改天吧。你快去看看吧。”

看着顾清明着急离开的背影，我并没有多想，只当是他们项目遇到正常的小问题，也就去游泳馆继续训练了。

谁知道，接下来发生的事，比我想象的严重多了。

2

欧阳教授实验小组筹备了将近一年的 AI 无人机项目被停掉了。

顾清明第二天说完这句话，没有因为付出了将近一年的心血付之东流而感到难过，更多是有些不可思议。

昨天欧阳教授召集实验小组全部成员回实验室宣布这个消息时，连欧阳教授也觉得很不可思议，但今天多方确认之后，确定消息属实。

说起来，欧阳教授的实验小组一直都在和有实力的公司进行合作，毕竟科研实验是很耗费资金的一件事。虽然他们是合作关系，但对于实验项目，最重要的就是资金和硬件技术的支持。

而因为背后的金主出资金、出设备，很多时候他们的话语权自然要比一线的研发人员高很多。此次的 AI 无人机项目更因为是 DC 科技牵的头找到欧阳教授，所以他们的话语权就更少了。这一次就是 DC 科技直接叫停了项目，而且是毫无缘由地叫停。

AI 无人机项目虽然是今年全国高校智能大赛的参赛项目，但这个项目真正的意义是创造出国内最先进的 AI 无人机，并在全国进行推广和应用，将最新科技应用于人们的生活，提升生活水平。所以这种毫无缘由的叫停，自然让大家觉得很诡异。

连 DC 科技公司负责和欧阳教授直接对接的负责人都疑惑，他在欧阳教授的实验小组人员面前宣布完这个消息之后，有点不可置信地看着大家说："我说句不该说的呀，欧阳教授，你们是不是得罪了我们总经理？因为这个项目是总经理直接叫停的，理由也给得很模糊，好像是有意为之，而且赔偿什么的我找他谈，他给的答案也很模糊。"

可惜听了他的话，大家面面相觑，全都一脸茫然。作为一些在校学生，又是常年埋头在实验室里的书呆子，大家完全接触不到 DC 科技公司的高层。欧阳教授为人更是谨慎，在业界口碑甚好，所以 DC 科技才会直接找上他进行合作。

甚至他连 DC 科技的总经理都没有见过，又谈何得罪？

"那就奇怪了……"项目负责人一脸疑惑与歉意地离开。

大家完全没有头绪。

听完顾清明的话，我很为他感到不值。

我知道这个项目对他的重要性。从开学知道欧阳教授今年实验小组的项目课题是 AI 无人机之后，他就为进实验小组完全舍弃了自己的课余时间，除了上课，几乎都在为这个事情做准备，连我们约会都是在图书馆。

看到顾清明一脸的疑惑，我很想安慰他，却又不知道该说什么。这种事我完全帮不上忙，唯一能做的，也只有陪着他。

"贺言这两天没有再来骚扰你吧？"我没有安慰到他，他反倒关心地看着我。

"没有。"我摇头，"他肯定就是一时无聊，你不用太上心。"

顾清明又问："那你们傅教授的女儿还会经常往你们游泳馆

跑吗？”

听完他的话，我立马知道他是什么意思，对他嘿嘿一笑：“顾清明，你什么时候变得这么八卦了？”

“四面环敌，不得不防。”顾清明静静地看着我，“而且我听说，你命犯桃花。”

我：“……”

童谣出卖我！

“胡说八道的你也信，你忘了当年那个‘谁向我告白谁就倒霉’的诅咒了？还不都是假的吗？”

“没有啊，我觉得挺真的。你看，我现在不就倒霉了，项目说没就没了……”顾清明这样说着，眼睛一直盯着我看。

“……”看来某人这是把责任推在我身上了，我正要反驳，抬头却看到顾清明紧盯着我的眼神和平时有点不一样，“顾清明，你干吗用这种眼神看着我？”

“我在考虑你上次说的成年人的床上运动……”

我老脸一红：“你这是开窍了还是要……”

“我是想早早把你拴住。”顾清明打断我，拉住了我的手，“李淼，为什么我感觉你进了大学以后变化很大？”

“嗯？”我疑惑地看着他，“哪方面？”

“好像越发漂亮了。”

嘻嘻，顾清明，我宣布你的情话一百分！

虽然顾清明一直不提项目被停的事，但我知道他心里是不想我为他担心。躺在床上，我翻来覆去睡不着，期盼能为他做点什么。

童谣也很纳闷：“你说他们这项目停得是不是太诡异了？江潮说连DC科技的人都乱了，这个项目可是他们公司的重点项目，结果就总经理一个通知，连会都没开一下就停了。”

“真是抽风，那么大的公司做事这么草率。”我愤愤地咬牙切齿。

“不过江潮对我说，有小道消息说他们总经理也是受命于人，幕后主使并不是他，他也是不得已而为之。”童谣思考着说，“这种可能也不是没有，很多大公司一般都是请职业经理人，总经理占的股份并不多，说白了就是给股东们打工的，而真正的老板一句话就能拍板的事……可惜不知道真正的老板是谁，要是我知道，肯定提着礼物去说说情。我看江潮因为这个项目被停掉，也失落了很多……”

要是平时，我肯定损一下童谣这是爱夫心切，但此时的我并没有这个心情。

不过我没有想到，童谣倒一语中的：那幕后股东，我倒是认识的。

第二天，我正想问问顾清明情况怎么样，掏出手机时却刚好接到了贺言的电话。看着屏幕上的人名，我并不想接，所以想都没想便挂掉了。可贺言保持了他的一贯作风，不达目的誓不罢休。考虑到我的电话会被他打到没电，我还是不耐烦地接了起来。

“贺言，你有完没完？”

“几天不见，你有没有想我啊？”电话那头的贺言一如既往地轻佻，“不过你应该也没有心情见我吧。”

“我谢谢你，我就从来没有想见你的时候！”

“你确定这么肯定吗？”贺言语气轻快，“我说过，凡事不要太绝对哦。”

我懒得理他：“我挂了，以后别来烦我，连电话都不要打！”

“等等，你不好奇我今天为什么打电话给你？”贺言在我即将挂电话的时候喊住我。

“我没兴趣！”

“那要是关于顾清明的事呢？”

“……”我皱了皱眉，“贺言，你什么意思？”

“虽然顾清明也算是条汉子，但他现在毕竟也是我的情敌，实不相瞒，我的情敌……一般都没什么好下场……”

我：“……”

“贺言你要是敢动顾清明一下……”

“难道他现在还没有被动？”贺言疑惑地打断我。

“你什么意思？”我愣了愣。

“哈哈，李淼，你在某些方面是不是反应有些迟钝？我的话都这么明显了……”

“李淼，查到了。”贺言的话还没说完，我就见童谣突然气喘吁吁地朝我跑了过来，她没有看到我打电话，径直朝我高喊，“查到了，DC 科技的大股东名单当中有贺言。”

听完童谣的话，我直接愣住了：“贺言？等等，你是 DC 科技的人？所以顾清明的项目被停是你搞的鬼？”

“什么我？是贺言。”童谣没发现我在打电话。

但我完全没有心情和她解释，对着电话正准备破口大骂就听到电话那头的贺言笑了笑：“不错，我低估了你，没想到你还是有手段的，看来我打这个电话多余了。”

“浑蛋，你到底想干吗？”

“这个时候，不应该是你问我，应该是我问你了——李淼，你想让顾清明的项目恢复吗？我在哪儿，你知道的。”

3

贺言，英国一所二流大学毕业，年方三十，首都十大富豪之一的贺山的独子。

从英国留学归来，靠着贺山给的一笔资金，他开始了投资之路。也不知道他是走了什么狗屎运还是背后有高人指点，他所投的项目每一个都有着超高的回报率，让他短短时间在风投界声名鹊起。

DC 科技就是他最早投资的几个公司之一，几年前的小科技公司，短短几年已经发展成为首都知名的科技企业。

贺言性格不喜约束，在英国又深受外国文化的熏陶，游手好闲惯了，平时最大的爱好就是泡妞。据不完全统计，他已经交往不下三十个女朋友。而且贺言泡妞很有一套，只要是他看上的女人，基本上没有逃得掉的……

听完童谣打听的消息，我心里一紧。

他还不是一个简单的富二代啊！

“你怎么查到这些的？”

“我也是看着江潮最近情绪比较低落，就想出点力，所以就抱着试试的态度找了我爸以前的一个战友帮忙。”

“那你还没有告诉江潮吧？”我生怕江潮知道之后，他们整个实验小组的人都知道项目被停是我的“功劳”，那我可真是千古罪人了。

“一听说 DC 科技幕后的大股东是贺言，我就立马跑过来告诉你了……”

“那就好，千万不要说，这件事，我来想办法。”

“可不得你想办法……”童谣说完无奈地看了我一眼，“唉，红颜祸水啊！”

我：“……”

“不过你想什么办法，不会真像他电话里说的，要去找他吧？他这摆明了是鸿门宴啊！”童谣有些担心地看着我。

“事情都到这一步了，别说是鸿门宴，就算是刀山火海，我也非去不可了。”想起贺言电话里挑衅的语气，我就知道他是故意的。只是我万万没想到，他的手段会这么歹毒，竟然直接对欧阳教授的项目下手。

“那我陪你一起，他要是敢对你来硬的，我就帮你一块揍他！”童谣跃跃欲试，也对贺言的行为感到愤怒至极。

我知道童谣是好意，但我也知道，贺言就是针对我的，所以我对她摇了摇头：“我会处理好的。”

话是这样说，可一直到四合院的门前，我心里还是没底。

从接到贺言主动打来的电话开始，我就知道他有备而来，而我除了愤怒，居然毫无办法……这是我第一次感到这么绝望和无助。

我就是带着绝望和愤怒，推开四合院的大门的。

“李老师，好久不见，十分想念。”客厅当中，贺言坐在沙发上，像是在一直等着我来。

还没等我说话，他又走到旁边的餐桌前坐下，餐桌上的菜肴像我第一次来这里一样丰盛，他示意我坐下：“李老师，该饿了吧？来，快坐下来趁热吃。上次我记得你最喜欢吃这个扣肉，今天特意让厨师又做了一份，来尝尝……”

贺言说话的样子像我们是熟悉的老朋友一样，丝毫没有电话里的嚣张跋扈，但我完全没有心情陪他玩这种游戏。

“别费这种劲了，我来了，说吧，到底怎样才让他们的项目恢复？”我怒视着他，站在原地不动。

“李老师就是着急。”贺言从餐桌上端了一杯红酒喝了一口，“既然如此，我们就把话说开。不过，我想李老师你应该知道我要什么吧？”

贺言说得没错，我当然知道他这一切的目的，可是就是因为知道，我才越发觉得他卑鄙。面对贺言这种目光，我心里那点绝望此刻全都化成了愤怒。

“要是我不愿意呢？”

“你的意思就是忍心看他们的项目被彻底停掉了？”贺言笑，“既然你忍心看着他们努力的心血就这么付之东流，看来你也不是很喜欢顾清明嘛。既然如此，你更该和他分手了。”

“贺言，有没有人说过，你就是一个卑鄙无耻的小人？”

“骂得好，骂得痛快吗？”对于我恶言相向，贺言也不生气，“我承认，我的手段有时候确实有些卑鄙，但没办法，这确实好用。”

我彻底无语：“你才见过我几面，你到底喜欢我什么？！是不是非要满足你这种无耻的征服欲你才肯罢休？”

“你错了，这一点我就要纠正你了。那些见过很多很多面才喜欢上的，就不是真正的喜欢了。喜欢就该是第一眼看到就不能自拔……我对你就是。而且，我承认，我这个人花心，但我不滥情啊！我对每一个女朋友都是真心喜欢的。”

我：“……”

如果不是没有吃饭，我想我可能都要吐了，贺言无耻的样子真让我作呕。

“我没心情和你扯这些，我们的事我们来解决，请你不要殃及无辜。就算你要刺激我，也没必要停掉欧阳教授的整个项目。你知不知道那花费了多少人的心血？这和他们又有什么关系？”

“对啊，和他们又有什么关系？只要你答应和顾清明分手，和我在一起，这一切我可以马上就恢复，只要我一个电话……”

我：“……”

我从来没有哪一刻像现在这样感到绝望，毕竟在不要脸这一方面，我根本没办法和贺言相媲美。

“你老实告诉我，你根本不需要学习什么外语对吧，你在英国上的大学。”我想先转移一下话题，结果贺言总能把话题再扯回来。

他有些得意地看着我笑笑：“怎么样，我表演得是不是还挺像的？其实我还是想直接向你表白的，但是又怕你接受不来，只能用这种和你日久生情的套路，可惜……是我高估自己了。我发现自己已经迫不及待想和你在一起了……”

“贺言，你就这么吃定我了，是吧？”看着贺言轻佻的样子，我皱了皱眉。

“也不能这样说，只是你也看到我的手段了，如果今天你还不同意，我就继续用这种所谓的卑鄙手段，直到你发现我的好……”

“是吗？发现你的好？我看很难了。如果你敢动李淼一根毫毛，我保证让你后悔。”一个熟悉的声音打断了贺言，下一秒，顾清明推门而入。

“顾清明？你怎么来了？”我激动地跑过去，完全无法形容在这一刻看到他的心情。

在我如临深渊时，一只手紧紧将我拉住。

顾清明没有回答我的话，只将我拉到身后，然后看着贺言，冷冷地说：“贺先生，我想我有必要给你提个醒，任何人都是有底线的，如果你觉得可以随意践踏一个人的底线，那么这一次，我想你找错人了。”

顾清明的声音不大，却铿锵有力，每个字都像一块石头一样落在我心间，让我感到无比的心安。

“看样子，你愿意为了她，放弃你的项目了？”面对顾清明的示威，贺言有些玩味地和他对视。

我在心里捏了一把汗。

贺言果然是老江湖，知道什么是要害。

可顾清明似乎早有准备，他不问反答：“贺先生，你难道没有考虑过，你在用这一招逼她离开我的时候，我会为了她放弃让她为难的事吗？”

说完，顾清明不再和贺言废话，拉着我的手便往外走。

我从来没有哪一刻觉得顾清明像今天这样有魅力，如果说以前他只是和我并肩作战的战士，那么这一刻，他就是我的整个后方，是我全部的依靠。

但出了四合院，我就又紧张了起来：“顾清明，如果贺言真的不放过我们，那你们的项目怎么办？欧阳教授会不会怪你？”

顾清明却紧紧地拉着我的手安慰我：“别担心，一切责任，我来承担。”

“可如果这都是我造成的，我……”

“如果我连自己女朋友都保护不好，就算我的项目成功了，你觉得我会开心吗？”顾清明打断我，“还有，李淼，以后再有这种事，我说过一定要第一时间告诉我，不要再一个人来逞强，你这样显得我很没用。”

“可是……”

“好了，别说了，相信我，我会处理好一切。”

顾清明的眼睛里仿佛有光，将我整个人全部笼罩其中，护我周全，免我受到伤害。

我终于没有忍住，紧紧地抱着他：“顾清明，我喜欢你，不是指我十年、二十年、一辈子都喜欢，而是指我在这一刻喜欢你的程度，让我有勇气说出来我永远喜欢你。”

其实这句话是我在书上看到的，但这一刻如此贴近我的心声。

下一刻，我的头上传来了世间最有力量的温柔声音。

“傻瓜，我也是。”

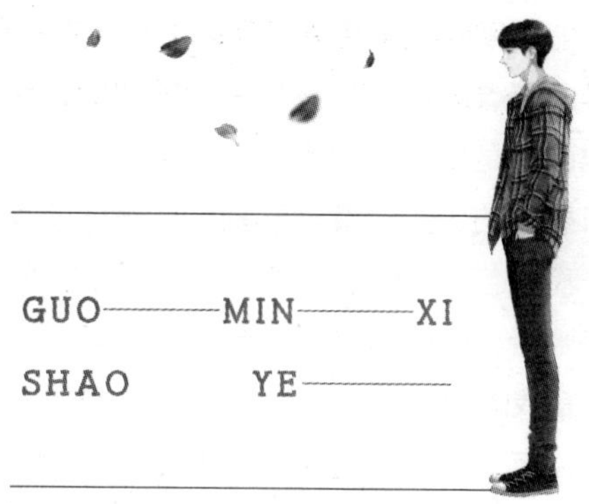

第十三章
你包养我都可以

1

老傅最近点名批评了我，说大赛在即，而我的状态明显有点迷糊。他说的是事实，我也就无力反驳。童谣有点想替我辩解，但我拉了拉她的手，示意她不要说。童谣便反拉住了我的手，不再说话。我知道，她在心疼我。

除了她看我的眼神有些心疼，不远处的宋子屿也看了看我，和先前他看我的眼神不同，我发现他的眼神好像有点……歉意。

我听说了他的事，傅若溪好像把他的初吻夺走了。但他完全没必要对我有歉意，因为我还听说傅若溪夺走他的初吻时，他觉得吃亏，便回吻了一次傅若溪……

欧阳教授的实验项目还没有恢复，但顾清明让我不要过问也不要插手，他说他会处理，可一周过去了，项目还没有任何动静，我确实没心情训练。

但老傅强调，距离比赛只有一个月了，谁也不能因为个人问题影响到时候的比赛。为了不拖大家的后腿，我只好咬牙坚持。

值得庆幸的是，贺言像失踪了一样，失去了消息。童谣说没有消息就是最好的消息，我想想也对，只期望能有机会早点去大钟寺还愿。

最近的训练强度加大，除了水里训练，陆上训练又恢复了，老傅要求大家开始早起跑步。和最开始不同，现在的我已经不需要闹钟就能在早上五点准时起床了。我是第一个到操场跑步的，我一边跑一边想，这可能就是我这一年最大的成长。

宋子屿在第二天发现了我的异常——早到，于是他很快加入了先锋部队。

“李淼，你这是定了几个闹钟？”宋子屿跑到我身边，对我笑笑，“现在这么自觉了？”

我没想到他会出现，自从上次救了他，加上傅若溪的热情，我确实很久没有和他有过交集了。而且他和顾清明两个月的赌约早已过去，我也没见他像以往那般，所以再次看到他，我心里有种奇怪的感觉。

“我当是谁呢，原来是我们的全国冠军宋二王子哇。”看到他，我也不知道为什么心底几天的郁闷稍稍缓解了一些，如果非要给一个理由，可能是他今天穿的运动装有点搞笑吧——一身绿。

但宋子屿并没有像以前一样和我逞嘴上功夫，他对我笑了笑：“听说你最近遇到点麻烦？”

贺言先前那么明目张胆地开着风骚的超跑在游泳馆前找我的行为，大家早就看得一清二楚。加上上次顾清明救了宋子屿之后，好像两个人之间的关系也变得有点微妙……而且想到宋子屿之前也像贺言一样……所以他提到这个，我反倒有点不好意思。

“是有点棘手的事……”我支支吾吾，不知道该怎么说，却见宋子屿给了我一个加油的眼神。

“总会过去的。”

宋子屿说完便加速朝前跑去，他一身绿，跑起来像只会飞的虫。

我不知道宋子屿这是唱的哪一出，直到看到傅若溪不知道什么时候朝我们跑了过来，她穿的是和宋子屿款式一模一样的衣服，连颜色都是绿色的。

我：“……”

是不是有个词叫天生一对？

顾清明是在三天以后主动约我吃饭的，我一看到他就紧张起来。

“项目恢复了？”我期盼地看着他，看到他沉默了一会儿，然后轻轻地点了点头。

“嗯。”顾清明看了看我，我却并没在他的眼里看到项目恢复带来的喜悦，想必一定费了不少功夫。

“你肯定费了不少心思吧？对不起，都是因为我……”

“说起来，这事还要感谢宋子屿。”顾清明打断了我。

“嗯？”我不解地看着他，“感谢宋子屿？这到底是怎么回事？”

“你是不是一直以为宋子屿家是开奶茶店的？”

“难道不是？”

“他老爸是宋亚南，首都最大的互联网公司老板，DC 科技是他老爸公司旗下的一家子公司。不知道宋子屿是怎么和他老爸说的，反正现在项目恢复了。”

听完顾清明的话，我瞪大了嘴巴：“哇哦……这可真是一山比一山高啊！”

看着我夸张的表情，顾清明的眉毛挑了挑：“我也觉得这真是一山比一山高，不过我的上一个情敌把这一个情敌摆平，这事怎么听起来都让我高兴不起来。”

我：“……”

现在我终于知道为什么他的眼睛里还蒙着一层薄薄的阴郁了。

见我没说话，顾清明又看了看我：“怎么，你是不是后悔没傍上这个富二代？”

我：“……”

“顾清明，你这是在吃醋吗？”

顾清明刚想说话，抬头就看到食堂里走进来一对熟悉的人。

宋子屿和傅若溪手牵着手去打饭，傅若溪甜甜地看着宋子屿，好像她的眼里只有宋子屿，其他的全都入不了她的眼。

顾清明看了看我："本来是有的，但现在看来，没什么必要。"

本来听顾清明这样说，我是很有必要感谢一下宋子屿的，但看着他们甜蜜的样子，感谢只能留在心间……

同时愿天下有情人终成眷属，永不分离，特别是傅若溪和宋子屿，我总有一种他们越恩爱，我就越安全的错觉……

AI 无人机项目恢复这件事，结局太意外，虽然也算圆满，解决了一件大事，但我心里还是有点惴惴不安。事实也证明，我的不安是有原因的。因为我们只治了标，没有治本。

果然，当天训练结束从游泳馆出来时，我就又看到了贺言。

今天他没有开那辆超跑来学校，也没有捧着百合花，穿着一身清爽干净的衣服，倒像个斯文的教授。

看到他，我立马神经紧绷："贺言，你又想干吗？"

"我呀，是来恭喜你呀。我帮你考验了你男朋友对你的爱，你不感谢我一下？"贺方说得轻佻，听得我浑身发抖。

"我谢谢你全家，我们的爱情，不需要任何的考验。"我怒视着他，"还请你以后离我远点，最好永远不要让我再见到你。"

"我不相信你这么讨厌我。"贺言笑笑，"不过你确实会有一段时间想见也见不到我了。上次和你说的出国谈项目并不是在骗你，我明天的飞机，可能要在英国待一段时间，所以还希望这段时间，你不要太想我哦。"

"那我真是要去烧高香了！听到这个消息，我高兴还来不及。我不仅讨厌你，而且看到你就想吐，特别是你的那副眼镜，斯文败类！”

“是吗？”贺言说着将鼻梁上的眼镜取了下来，“真是英雄所见略同，其实我也很不喜欢这副眼镜，正准备换掉。”

说着贺言忽然将眼镜一扔，直接扔到了旁边的垃圾桶里。

“哎，你……”我不知道他这唱的又是哪一出。

贺言重新凝视着我：“不用太感动，毕竟这是我最近能为你做的最后一件事了。”

听到他的话，只有两个字可以表达我的心情：“有病！”

说完我越过他，径直离开，只希望离他越远越好。贺言没有追上来，我正要庆幸，却听到他在身后高喊：“李淼，你是我第一个没有拿下的女人，我想我可能会记住你一辈子。”

我：“……”

不过我没有想到贺言说的是真的，他在第二天真的飞去了英国。确认了这个消息，我心里的一块石头这才放下了，久违的愉悦心情终于涌来。

我打电话给顾清明约他出来吃饭，远远地看着他就朝他跑了过去，一头扎进了他的怀里。

“顾清明，今天我心情好，我可以请你吃大餐吗？”

“可以，你包养我都可以。”

“哈哈，行，多少钱一晚？”

“不好意思，本人一辈子起包，一晚不包，但是少一晚都不行。”

“包了包了，我就先包个十辈子八辈子的看看你的表现吧。”

说完我哈哈一笑，给了顾清明一个香香的吻。然后在这种愉悦的心情当中，我迎来了人生中第一次正规的游泳比赛。

2

首都高校游泳友谊赛是各个高校之间每年七月底进行的一场规模较大的比赛，已经有十几年的历史了，旨在加强各高校之间的互动和学习。

正式比赛这天，我们都很激动。

因为之前 B 大给了我们一个耻辱柱，为了从耻辱柱上下来，这段时间在老傅的技术指导下，我们都拼了命地训练，真赶上职业运动员的训练强度了。大家都想在这一场真正的比赛中一雪前耻，更何况童谣还将迎来她苦等的宿敌陶嘉慧。

因为这场比赛也算是首都高校每年的一件大事，所以比赛这天，首都游泳馆也算人山人海。我第一次看到这种大场面，不免有些激动。

“童谣，这么多人看着，要是太紧张又抽筋游不动了怎么办？”

“我教你一招不紧张的办法：当他们全是空气。比赛最重要的不是战胜别人，而是战胜自己。游泳是一种极考验自己意志的运动，特别是最后一段距离，你只要相信自己，就一定行的。”我没想到童谣一口气对我说了这么多话，而且她的气场明显和先前训练的时候不同，就像一只蓄势待发的豹子。

老傅也给我们做战前动员：“大家辛苦了好几个月，为的就是这一天。我不渴望你们都拿到最好的成绩，但我相信，你们会发挥出自己最好的水平。因为我知道你们不会愧对自己这么长时间的艰苦训练，你们知道自己的强项在哪里。而且比赛从来不是目的，战胜自己才是我们日夜训练的最终原因。大家都加油！”

“加油加油加油！”我们也给自己鼓气加油。

顾清明和江潮也都来现场为我们打气。不过江潮的打气，明显带着偏见。

“嫂子，不行别硬撑，我们不会觉得你丢人的。有童谣在，咱们学校稳操胜券，你可别给自己太大压力啊！”

“江潮，你这讨好是不是讨好太明显了？我以前怎么没发现你是这种见色忘义的人呢？”我对他翻白眼。

“是吗？我在讨好某人吗？我怎么不知道？”

一旁的童谣没有说话，却笑了起来。

“不过江潮有一点说得对，不要给自己太大压力。”顾清明拉了拉我的手，“重在参与。”

“嗯。”我点头，“不过你们也不要太对我的实力有所怀疑，你们就瞧好吧。”

事实上，我还真不吹牛。

在第一天的女子 100 米蝶泳半决赛中，我就真的赢得了个第二名。

虽然跳进水里的那一刻我有点慌，但我马上就反应过来了。按照平时的训练，我把自己的速度提到了自己的极限，终于在冲刺阶段超常发挥，紧追第一名的成绩。

作为一个新手，在一群冠军面前得个第二，我简直倍有面子了。

而在男子 100 米蛙泳半决赛中，宋子屿也展现出了他的天才实力，曾经的全国冠军就是全国冠军，一举拿下第一名，并将第二名的成绩甩开了一大截。

男子和女子的 400 米混合泳决赛当中，我们也都取得了不错的成绩，特别是女子混合泳，由童谣出战，一举拿下第一名。这其中就有上次在这个项目上打败我们的 B 大队员。

不过童谣并没有骄傲，因为她的宿敌陶嘉慧并没有参加这一项。

她们真正的交锋是在第二天的女子 100 米蛙泳半决赛上，而我也是在那天第一次见到传说中的陶嘉慧。

和我想象的不同，陶嘉慧并不是我想象中那种女汉子，恰恰相反，她看上去有点娇小，身高大概不到一米六，整个人也很瘦弱。但在她入水的那一刻，我才知道为什么童谣一直将她当成自己的对手。

她的速度很快，入水不过片刻就冲到了最前面，将大家远远甩在了身后。童谣一开始并没追上去，但在最后冲刺阶段，她像是上了发条一样，速度瞬间提升，直逼陶嘉慧的身影。

我因为知道她们之间的故事，所以一直凝神看着她们，心里一直在为童谣默默加油。终于在最后的关头，第三赛道的童谣以 0.01 秒的优势胜出！

"童谣！你赢了！"我情不自禁为童谣尖叫了起来。

已经站到泳池边的童谣与陶嘉慧击了个掌，笑笑："老同学，你好像慢了一点。"

陶嘉慧也给她一个微笑："胜负还未定，我们下场比赛见。"

果然，在女子 200 米混合泳半决赛上中，童谣就以 0.03 秒的差距输给了陶嘉慧。

童谣可能知道这个项目是自己的弱项，只是看到陶嘉慧报了这个项目，她也就报了，所以在一开始她就切换了战术，用最快的速度入水并加速。她想和陶嘉慧来一场硬碰硬的比赛，但每个人都有自己的强项，很显然，200 米混合泳就是陶嘉慧的杀手锏。虽然童谣的速度很快，但陶嘉慧的速度更快。虽然两个人一直不分伯仲，但在最后的关头，陶嘉慧还是以惊人的二次提速赢得了这场比赛。

童谣不可置信地看着比分，虽然败了，但我看到她眼里更多的是敬佩。

“这个项目我好像永远都赢不了你，你的二次提速真不是一般人能做到的。”童谣对陶嘉慧笑笑。

“但是 100 米蝶泳，我也一直是你的手下败将。”

童谣握了握陶嘉慧的手，然后两人又开始为下一场比赛做准备了。

那一刻不知道为什么，我反而有点羡慕童谣。虽然她嘴上说陶嘉慧是她的宿敌，但我一直怀疑，如果没有陶嘉慧，她还会不会一直那么认真地训练。

我一直都在想她们两个见面会是什么情形，按童谣以前给我形容的她们之间水火不容的关系，我都差点以为她们一见面就会打起来，要不然也是对对方做抹脖子的凶狠手势。但恰恰相反，她们更像是久别重逢的战友，一直以对方为目标，从未懈怠过。看到对方的时候，她们想的除了谨慎应对，再无其他。

相互成就，我觉得这其实是她们两个人的幸运。

我正想对她们两个说句加油的话，一阵欢呼声瞬间将我的声音淹没。原来宋子屿在男子 200 米自由泳半决赛当中，同样以 0.03 秒的优势险赢第二名。

大家都为他感到高兴，而叫得最响的，是头上顶着一块“宋子屿加油”牌子的傅若溪。

我也没有想到宋子屿体力这么强，接连两天报了三个项目，全都拿下了冠军。从赛场走回来的宋子屿刚好路过我身边，我对他挥了挥手，忍不住赞叹：“宋子屿，你真棒。”

宋子屿对我挑了挑眉：“也不看看我是谁，全国冠军可不是白叫的哦。不过，你也很不错，能将 B 大的那个强势选手压下 0.01 秒。”

听了宋子屿的话，我才发现他也一直关注着我的比赛。

不过，更让我意外的是宋子屿，因为我认真研究了一下他报的项目，好像 B 大报的什么，他就报什么，似乎故意为之。

“贺言的事……还要谢谢你。”我有点不好意思地看着他，一直没有找到机会和他说声谢谢，这个场合，总感觉不太正式。

“举手之劳，我说过，总会过去的嘛。”宋子屿对我扯了扯嘴角，“你和顾清明冒死救我，我也没感谢你们呢。所以我们之间就不要说什么感谢不感谢的话了。走了，下场你加油哦。”

我确实要加油的，然而，让他失望的是，我不但辜负了他嘴里的“不错”，后来还发生了一件比我在和 B 大切磋的比赛当中抽筋还要丢人的事。

女子 400 米自由泳是我强烈要求要参加的，这个项目也是除去 100 米蝶泳之外，我一直认真训练的项目。为了能发挥出我平时训练的速度，我打算在入水那一刻就以强势的姿势跃入。这个姿势是我看电视时特意从亚运会比赛当中学习的冠军的跳水法。

然而，我怎么也没有想到，我的意外就是在这个时候出现的。

不知道是不是我太着急了，还是我心里一直在想着待会儿究竟怎么游，总之，在枪声响起的那一刻，我奋力一蹬，却感到脚下一滑，瞬间摔了个狗吃屎。我整个人直接从跳水台上滑了下来，脑袋磕到了跳水台上，只觉得眼前一黑，便什么也看不见了。

在失去意识的前一秒，我只有一个想法：这下丢人丢大发了。

3

我睁开眼的第一眼，看到的是顾清明。

对于这个情况，我毫不意外。我打量了一下四周，白色的墙壁、白色的床单、条纹的衣服还有手上正在打的点滴，皱了皱眉：“我在医院？”

“不然你还想在游泳馆？”见我醒来，顾清明有点责备地看了过来，“早告诉过你重在参与，为什么一定要那么逞强？”

虽然语气里满是责备，但顾清明说话的时候紧紧握着我的左手。

“我也没想到会出现这样的意外……”想到昏迷前最后的一幕，我懊悔又羞耻地拍了拍头，不拍不要紧，一拍才发现不仅头很疼，头上好像还裹了纱布……

“我这是怎么了？怎么头还包住了？”

“你要是用力再猛一点，可能就直接躺在床上永远做植物人了。”顾清明及时拉住我去摸头的手，“现在只是轻微脑震荡……”

“啊？脑震荡？！”我惊慌地打断顾清明，“这么严重？！那我的比赛怎么办？”

“都这个时候了还想着比赛，先把你的伤养好再说。”顾清明无奈地看了看我，“而且就算你没受伤，你好意思再去？”

“你这是什么意思？”

然后，我就看到顾清明掏出手机，校内网上热门的帖子里写着一排醒目的大字：我校游泳女队队员首次参赛太过激动，意外跌倒……

附图是我表情狰狞地摔了个狗吃屎的高清照片。

样子丑就算了，我还成为高校游泳友谊赛中首个在跳水台上摔跤摔成脑震荡的选手……

我：“……”

想到我刚刚参加了一个半决赛就以这样的状态退出了赛场，真是愧对童谣带我入行，愧对老傅对我热情的教诲，愧对自己训练了大半年的辛苦日子……

“好了，事到如今，懊悔也没用了，好好养伤。”顾清明看出我的心思，责备的眼神里终于多了几分心疼，“趁热把鸡汤喝了，医生说你只要多休息几天就没事了。”

看着顾清明递过来的鸡汤，我一边喝一边难过：“顾清明，我怎么就这么点背啊？我还以为我是个游泳天才，以后可以为祖国的游泳事业添砖加瓦，怎么会搞得这么狼狈？”

“我倒觉得你没有继续比赛挺好的。”顾清明见我险些把鸡汤洒在床上，拿过我手中的勺子喂我。

我抬头不解地看着他：“嗯？”

“省得你和宋子屿有事没事就交头接耳。”

我：“……”

顾清明，你的醋劲好像越来越大了。

虽然没能完成比赛很遗憾，但躺在床上享用着顾清明亲手煲的鸡汤时，我还是有一些幸福。

而且江潮每天比赛结束后都来向我汇报当天的比赛情况，虽然没有现场观看刺激，但通过江潮的描述，我也能想象出比赛的激烈战况。当然，他来这儿描述的主要原因还是受童谣所托。要不然，他这么热情，顾清明这个醋坛子肯定又要吃醋了。

童谣和教练他们一起来看过我一次，因为比赛还在继续，我不想让他们为我分心，就对他们说：“大家多拿几个冠军，打败陶嘉慧，比总来这里看我好。而且你们越看我，我越是愧疚。”

童谣知道我满怀信心，结果壮志未酬，看我的眼神有点心疼：“放心吧，李淼，机会年年有，这次你已经证明了你的实力，明年你一定可以给所有人一个惊喜的。”

老傅也很为我遗憾，毕竟他从来没有想过我能在首战中就取得第二名的成绩，这对于一个训练不足一年、第一次参赛的新人来说，无疑是个好成绩。我看得出他有一肚子话想安慰我，但他最后拍了拍我的肩膀，除了一句“好好养伤”，什么也没说。

在每天听到江潮说大家谁又获得了金牌，谁又险胜了超强的对手时，我能完全想象出那个画面，激动得跟着他一起手舞足蹈。特别是说起童谣的战况时，江潮每次都将童谣夸得跟仙女一样厉害，比我还兴奋。

不过江潮看我激动的样子，还是吐槽我：“我觉得还是等嫂子好了再一起汇报战况为好，要不然你这么一惊一乍，脑袋什么时候才能好啊？顾清明肯定把责任推到我身上，到时候拿我出气，嫂子会不会来个美女救英雄？”

打水回来的顾清明刚好听到这话，他嗤笑了一声：“她倒是想救英雄，但你这么胆小怕事，真觉得自己配得上‘英雄’二字？”

“配不上英雄的名号没关系，只要你和嫂子感情好就行。”江潮对顾清明挑了挑眉，求生欲很强，“好了，今天我不耽误你们继续谈情说爱了，先闪人。不过顾清明，我还是要提醒你一句，下次我在场的时候就不要亲嫂子了，免得我一推门进来就尴尬……”

说完，江潮对我嘿嘿一笑，一溜烟就跑了。

顾清明看着他的背影扯了扯嘴角：“有本事你别天天在宿舍和童谣打电话聊到半夜影响我睡觉……”

可惜江潮回应给他的只有一道远去的身影。

听了他的话，我笑了笑：“顾清明，听你这么说，他们现在是不是在谈恋爱了啊？”

“你这么在意别人的事？”顾清明重新坐到床边，温柔地看着我，“有时间，怎么不多想想我们之间的事？”

“我们？我们之间的什么事？”

顾清明拉住了我的手，声音和平时有点不一样："李淼，你还记不记得我们是什么时候正式在一起的？"

"什么时候……"我皱着眉头思考了一下，突然惊喜地看着顾清明，"好像就是今天……"

"幸好你的脑子没摔坏。"顾清明对我笑笑，"我还以为你忘了。"

"嘿嘿，要不是你提醒，我确实不记得了。"我有点尴尬地对他笑笑，说着，挑了挑眉，"顾清明，我们偷偷出院吧。"

"为什么？"

"要不然我们的第一个恋爱纪念日就只能在这里度过了，那多对不起你啊！"我有点委屈地看着他。

顾清明却揉了揉我的头："只要有你在，在哪儿都一样。"

说完话，顾清明忽然起身走到门外，再回来时，顺手关了灯，而手上多了一个推车。

推车上，一个不大的蛋糕上插着一支蜡烛，离得近了我才发现，蛋糕上铺满了大红枣。

不知道为什么，看到这些，我的眼眶忽然有点酸："原来你早就准备好庆祝了。"

"庆祝这些，其实我并不擅长，我只是想告诉你，你对我很重要。"

"我知道，我就是你心里的那颗枣嘛。"说完我看着蛋糕上的枣子笑了笑，"这该不会是你自己做的蛋糕吧？也只有你才会把枣铺在蛋糕上了。"

"这些枣是我让我妈前两天寄过来的……"

"这该不会是我们亲手种的那棵枣树结的吧？"顾清明的话还没说完，我就惊喜地看着他，然后就看到他轻轻地点了点头，随即拿了一颗枣递到我嘴边。

“快尝尝，看看甜不甜。”

我像饿狼扑食一般，一口咬到了嘴里，一边嚼一边点头：“甜甜甜，和我每次看到你的时候一样甜！”

顾清明揉了揉我的头，手上的动作和他嘴边的笑容一样温柔。

窗外皎月渐升，月光洒进窗内，一片冷白。

我看着身边的顾清明，心里从来没有如此笃定——

有一个人，他总会时刻守护在你的身边。重要节日的庆祝可以不浪漫，也可以不热烈，但你知道，他永远都不会离开。

GUO——MIN——XI

SHAO　YE——

第十四章

有情人终成眷属

1

第十八届首都高校游泳友谊赛在六天以后结束时，我们学校以 12 金 7 银 4 铜的成绩险胜常胜将军，也就是历届冠军 D 大。他们以11金5银6铜屈居第二名，排在第三的是今年异军突起的B大。要知道，以前 B 大都是垫底的，今年却以 7 金 6 银 8 铜的成绩勇进三甲。

不过 B 大再怎么风光，还是不如我们学校。虽然历届我们学校游泳成绩一向不错，但常年被 D 大碾压，B 大又在切磋比赛中给了我们一个不小的下马威，所以此次我们能夺得第一名也算是个奇迹了。

大家都为这个奇迹感到振奋和高兴，所以游泳队当晚在一家四星级酒店举行了盛大的庆功宴。

比赛结束的那天，我顺利出院，自然不会缺席这么重要的场合，只是办理出院手续时出了点小问题，等我和顾清明赶到的时候，庆功宴已经进行了一半。

只是我没想到，见到我到来，大家居然鼓起了掌。

“我们欢迎我们的李淼同学归队！”正在上面讲话的老傅看到我，忽然高喊，“虽然李淼同学在比赛当中出现了一点意外，但她的精神一直与我们同在。她从一个旱鸭子——完全不会水的人，在不到一年的时间内，学会游泳，坚持训练，首次参加首都高校游泳友谊赛这样大型的比赛就取得了第二名的好成绩，可想而知，她的前途不可限量！我也期待在以后的日子里，李淼你能继续带给我们奇迹。”

原本因为出丑，我来参加庆功宴还担心会尴尬，没想到刚进来，老傅会这样鼓励我，更没有想到大家不但没有嫌弃我，看着我的眼神还都充满了热情。一时间，我心里有点激动，从未有过的一种集体荣誉感让我的眼眶险些湿润。

为了不太丢人，我急忙给大家深深地鞠了一躬："谢谢大家，以后我一定加倍努力，与诸君共勉！"

一旁的顾清明没有和我一起鞠躬，但我能感到他拉着我的手握得更紧了。

我忍住了眼泪，没想到老傅倒是哭了。

据说老傅带队几年，好几次都错过冠军了，这一次大家勇夺冠军，最激动的自然是他。有人说讲话完以后，他甚至在卫生间偷偷掉了眼泪。

我能想象他的心情，大家也能想象得到，所以为了这个来之不易的冠军，大家都频频举杯。宋子屿因为个人就斩获了5枚金牌，成为本届首都高校游泳友谊赛最大的赢家。本来我也想祝贺他一下的，结果发现大家都为他高兴，围着他敬酒。特别是看到傅若溪也在他身边，我就没有过去了。

童谣也喝了不少，不过看上去，她并不是因为高兴。

我听江潮说了，童谣并没有如愿打败陶嘉慧，不过陶嘉慧也没有打败她。

这一次，她们打了个平局，两个人都拿到了4金1银，胜负未分。

我对童谣笑了笑："没打败就没打败，明年不是还有机会吗？而且你也没被她打败，有什么不高兴的？"

听了我的话，童谣愣了愣："啊？你以为我是因为这个不高兴？"

我疑惑地看着她："那你怎么看上去……"

我的话还没说完，就见童谣偷偷凑到我耳边小声说："本来我是打算喊江潮一起来庆祝的，但跑去他们宿舍楼下才发现，他正和一个女生在一起。"

"女生？说不定是他同学或者朋友。"看到童谣的表情不对，我皱了皱眉，"难道他们搂在一起亲嘴了？"

"那倒没有。"童谣摇头，"不过那个女生你知道，叫张檬。"

听到这个名字，我神经一紧。

江潮暗恋的女神，就因为她，上次童谣表白才被拒绝，没想到他们现在倒是勾搭上了。

"江潮居然是这样的人！脚踏两只船！看我不好好修理他。"说着我又朝她看看，"对了，你们两个到底有没有在一起啊？"

"没有。"

"啊？那我看你们天天那么腻歪。"我不可置信地看着童谣，都那样了还没在一起，江潮也太渣了吧。

"自从上次表白失败之后，我就没敢再表白，他也没有说过喜欢我，所以……"

听了童谣的话，我很气愤："你等着，我非得帮你教训这个负心汉。我还以为你们在一起了，没想到江潮这是做起了中央空调啊！"

因为这件事，庆祝活动还没有结束，我就拉着顾清明和童谣直奔他们电子工程系的宿舍，非要找江潮讨一个说法。

只是没想到，最后我们不但没有兴师问罪成功，反倒被江潮将了一军。

江潮这人看上去大大咧咧，没个正形，其实心细着呢，用顾清明的话来说就是，不要被他的表面所迷惑。他的智商高达 124，连欧阳教授都将他视为得意门生。

“听上去，你对江潮的评价很高嘛。”我对顾清明笑笑，“对了顾清明，其实我一直很好奇，以前你很少让别人碰你，但我怎么发现江潮搂你时你也没有拒绝？你们之间……嘿嘿……”

“拒绝过。”顾清明无奈地看了看我，“后来发现越是拒绝他越是变本加厉，为了不给自己添堵，我只能熟视无睹。”

听完顾清明的话，我居然有点心疼。

好吧，既然如此，那就连欺负我家顾清明的仇今天一块报了！

等我气势汹汹地冲到江潮宿舍楼下高喊，看到他下来时，才发现他今天打扮得异常帅气，和平时的打扮大相径庭。

看到这身打扮，我更是气不打一处来。童谣说得没错，他果然是和张檬约会去了！

看这样子，他是刚回来啊！

“江潮！你这个大猪蹄子，渣男！枉我们家童谣对你一往情深，你不接受她就和她直说，为什么一直这样吊着她？吊着她就算了，居然还偷偷和你的女神约会，你还是不是人？你的良心是不是被狗吃了？”

看着江潮今天打扮得人模狗样，他一走到宿舍楼下，我就越来越气，正想再多骂几句，却发现一旁的童谣拉了拉我的手。

“别担心，不就一个臭男人吗？天涯何处无芳草，何必单恋他这根！明天……我答应你，明天我就给你找一个高大帅气威猛还有钱的帅哥，气死他！”但我的话还没说完，就看到童谣的眼神有点不对，顺着童谣的目光再望过去，只见江潮不但没有被我骂得生气，反而一直保持着微笑望着童谣。

更意外的是，江潮不是一个人，他的身后陆续出现许多和他一样穿得正式的男生，每个人手捧一束玫瑰和一支蜡烛。而且人越来越多，渐渐将我们围在了一个圈里。

发觉异常，我愣了愣：“江潮，你这是……”

但我的话还没说完，身旁的顾清明就将我拉到了圈外。

下一刻，我就看到江潮走到童谣面前，认真地看着她——

“童谣，今天的话，我练习了很久，但一直没有找到合适的机会对你说。我不知道今晚是不是最好的时机，但我发现再不对你说出来，我就无法控制住自己了。

“我喜欢你——我承认，这种喜欢来得很慢。我本身并不是一个慢热型的人，之所以后知后觉发现对你的喜欢，是因为我经过了认真的思考。我想你知道，我暗恋过一个女生。她大我三岁，叫张檬。我以前暗恋她，喜欢过她，这一点无法抹去，我也承认。所以今天我特意把她找来，和她做一个了结。我想当面告诉她我喜欢过她，但这份喜欢，在遇到你之后，就彻底消失了。因为我发现，我真正喜欢的人，远在天边，近在眼前。我想，我不能错过你，我也不愿意错过你。所以，你愿意做我女朋友，和我牵手一起走接下来的人生路吗？”

江潮刚说完，就看到童谣热泪盈眶地点头：“我愿意，我愿意。”

说完她就一把扑到了江潮的怀里，她紧紧地搂着江潮，好像那是她的全世界一样。

没有人知道童谣等待这一刻等待了多久，就像没有人知道为什么江潮的话一说完，她就忍不住扑到他怀里一样。

我只知道，有情人终成眷属，是这个世界上最美好的事。

我完全被眼前的这一幕震慑住了。看着他们甜蜜地搂在一起，江潮的后援队齐声高呼。我一时有点激动：谁说江潮没个正形，这情话说得不是很感人吗！

不过激动完了，我才发现旁边的顾清明一脸的淡定。我皱了皱眉："顾清明，你怎么好像一点都不意外？今晚的事，你们不会是商量好的吧？"

"没有，我只是答应他保密而已，完全没有参与。"

我："……"

你们男人果然都是大猪蹄子！

不过，你们工科男浪漫起来，还真是要命啊！

2

童谣最近连上厕所都哼着歌，幸福之情无须言说。我对她嘚瑟的行为表示抗议："瞧你幸福的样子，恨不得让全世界都知道你抱得江潮这个美男归了。这一切还不是因为我，要不是那晚我硬拉着你去找他算账，你说你是不是就错过了那么一场盛大的告白？"

"是是是，最要感谢的人就是你了，淼姐姐，小女子无以为报，只好以身相许了。"说着，童谣将我扑倒在床上……

我知道童谣在和我开玩笑，清楚事情真相的她并没戳穿我。后来顾清明都告诉我了，本来江潮就打算在庆祝活动结束之后打电话借口有事让童谣去他们宿舍的，只不过我前去找碴的做法让那场告白提前了半个小时而已。

童谣幸福了，我和顾清明有事没事也常常腻歪在一起。加上今年的比赛结束，训练也正式告一段落，我们都很享受现在的幸福时光。

一个周末，我忽然想起一件事来。

"童谣，我听说许的愿实现之后，是不是都要去还愿的啊？"

“对啊！”童谣一边化妆一边点头，“干吗？你的愿望实现了？”

想到宋子屿已经被傅若溪收编，贺言也久未出现，我觉得我许的愿应该算是实现了，所以咧嘴笑了笑：“应验了，咱们去寺庙还愿吧。”

“今天？”童谣摇了摇头，“今天不行，我有约会。”

我对童谣咂咂嘴，围着她打量了一圈：“怪不得今天打扮得花枝招展。但是我要奉劝这位小姐姐一句呀，沉迷男色，早晚会毙命！”

听了我的话，童谣却眉眼一挑：“死在江湖的床上……这是我的梦想啊！”

我大跌眼镜：“什么？你们两个不会已经……”

“你猜！”化妆好的童谣突然淫笑，“要不然你亲自检查检查？”

说着，童谣就朝我扑了过来。

我们正打闹着，宿舍的门就在这时突然被推开了。

然后我和童谣望见来人，同时震惊，因为我们看到出现在我们面前的，是夏知心。

夏知心当然没那么可怕，她非但不是鬼，而且温柔贤惠，看上去异常亲切，我一直叫她知心姐姐。

但夏知心在这个时候出现在宿舍，比太阳打西边出来还让人觉得不可思议。因为和她同住一年多了，我们从来没有见过这个时候她会在宿舍。她和宋乔，除了睡觉，几乎就没有待在宿舍里过，就差没住在实验室了。我们有时候都忘了还有这两个室友。

夏知心和宋乔虽然和我们同住一个宿舍，但她们是典型的学术型学生，简而言之，就是书呆子。而且一进大学，她们就被物理系主任选为特别助手，全心研究一项新的物理课题。

物理系很多东西都是纯理论的学术知识，晦涩难懂不说，还特别无趣。当然，这是我的感觉。说不定这对宋乔和夏知心而言就是另一番乐趣了。

这么说吧，她们的学术研究，在她们眼里，就是她们的男朋友。

成为特别助手自然是骄傲的事，所以她们也不负系主任的栽培，不管刮风下雨，她们都泡在实验室里，毕竟知识海洋是她们唯一的追求。

她们比电子工程系的顾清明还要忙上百倍，要不是宿舍的床上有她们每晚睡过的痕迹，我和童谣几乎都忘记了她们的存在。虽然这么说有点夸张，但我和童谣共同的认知是：她们两个是真的忙。

所以此时夏知心突然出现在宿舍，我们自然感到意外。

“夏知心？你……你怎么这个时候回宿舍了？”我推开童谣，拉了拉衣服，生怕她误会我们俩有什么特殊的癖好。

但我想多了，夏知心完全没有在意我们。她有点着急地打开自己的柜子，对我笑了笑：“我回来拿点钱，要去火车站接下我弟弟。”

“你也有弟弟啊，我也有个弟弟。”听到夏知心的话，我心里一喜。

不过夏知心似乎没有心情和我聊天，她翻来覆去，好像就是找不到自己的钱包。而且钱包还没有找到，她的电话就响了。

“啊？现在吗？可是……嗯，好的费教授，我一会儿就过去。”挂掉电话，夏知心面露难色。

“怎么了？”

“有点急事，费教授让我赶快回实验室。”

“现在？他不知道你弟弟来啊？也太不近人情了吧？”

“没办法，最近课题在关键时刻。”

“需要帮忙你说话啊！”热心如我，最喜欢她们这种一心沉迷学术的学霸，总觉得她们和顾清明都是亲戚……

听了我的话，夏知心犹豫了一下。但最后她还是不好意思地开了口：“我弟弟第一次来首都，还真要麻烦你一下。如果你方便的话，能不能帮我去火车站接一下他？”

“完全没有问题啊！把你弟弟的信息告诉我一下，我这就去。”我对夏知心笑笑，“我最喜欢弟弟这种生物了。”

“嗯，好，我一会儿就发给你，我得赶紧去实验室了。谢谢你呀李淼。”夏知心几乎是用感恩的眼神看着我。

“没事，反正今天我也没事。而且咱们可是一起睡了一年的室友。”我示意她不要太在意这种小事。

夏知心对我点头示意，然后用奔跑的速度赶回实验室了。

童谣看了看我：“你还有个弟弟，怎么没听你说过？”

“我弟弟啊，那说起来就话长喽。”说话间，我便收到了夏知心发来的她弟弟的信息，包括车次、时间、姓名、电话号码等，便对童谣挥了挥手，“既然今天我们都有事，那就改天再去还愿吧。”

不过后来的一切证明，那天幸好我们还没去大钟寺还愿，因为我发现，烂桃花运好像并没有结束。

夏知心因为一开学就进了费教授的物理实验室担任特别助手，所以一年都没有回去过了。这一点我们倒是很像。自从加入校游泳队，我这一年也没有着家了，想到这里，还真有点想念我的弟弟李森。所以我打算在夏知心的弟弟那里找一找当姐姐的幸福感。

夏知心的弟弟叫夏明哲，除此之外，我没有更多的信息。

来到火车站，看着人流如织的出站口，我发现要找一个人简直如同大海捞针。看着他的车次快到了，我只得给他发了一条信息，告诉他我的位置，让他来找我。

因为出站口的人实在太多，我就在人稍微少些的肯德基门口站着，正想趁这个机会给李森打个电话联络一下感情，一个清澈的声音就在我面前响了起来。

“你就是李淼姐姐吧？你好，我是夏明哲。”

我抬头，发现站在我面前的，是一个背着一把吉他，头发染成了银色，左耳戴着一个闪闪发光的耳钉的男生。他的皮肤白皙，嘴角上扬，颇有几分当红明星蔡徐坤的感觉，就是年纪看上去还要小一些。

看到来人，我愣了愣——夏知心，你怎么没说你弟弟是一个这么好看的小鲜肉啊？

3

如果你认识我，那么你会发现，今天的我和平时有点不一样。准确地说，我浑身散发着一股嘚瑟的气息。而这份嘚瑟的资本，就来自身边的夏明哲。

从夏明哲出现起，路过我们的无论是大妈、阿姨还是小姐姐，都忍不住朝他看了看。

夏明哲像是习惯了这一切一样，而我则跟着沾光。我对他笑笑：“小朋友，你不会是明星吧？”

“姐姐看我像明星？”夏明哲对我扬了扬嘴角，“不过如果我是明星，姐姐肯定就是大明星。”

“你一直嘴巴这么甜？”我被他夸得眉飞色舞，“一口一个姐姐的……不过你到底多大啊？”

“我家人从小就教育我做人要有礼貌，还要诚实，所以我说的都是实话。”夏明哲说，“姐姐觉得我多大？”

我知道他这个年纪的人都早熟，虽然往成熟的方向捯饬，但眼睛还是会出卖他们，何况他除了打扮，看上去确实不大，所以我上下打量了一下他，便猜测到：“十四？”

“要是真这么年轻就好，我今年刚满十八，明年就上大学了。”

我：“……”

这走眼得有点厉害。

“长得确实不像，不过长得年轻好，我就喜欢小鲜肉。”我对夏明哲笑笑，和他一起往外走的时候，看到大家望着他灼热的目光，我也更加嘚瑟了。

从火车站回学校的路上，我大概了解了一下夏明哲此行的目的。

夏明哲和夏知心的感情从小比较好，这还是他第一次和夏知心分开这么久，所以趁着假期，他坐了十几个小时的火车来首都看她。

听了他的话，我对他挑了挑眉：“高三不都很忙的吗，你怎么还有时间跑出来？老实交代……是不是逃课？”

“嘿嘿，没想到姐姐一眼识破了我。”夏明哲对我吐了吐舌头，丝毫没有尴尬的样子，对我露出如小奶狗一般亲切的微笑。我那原本打算责备的心啊，瞬间就消失了。

我无奈：“我高三的时候呀，忙得连休息的时间都没有，哪还有什么假期啊！所以你看姐姐是假，逃学才是真吧？”

夏明哲却看着车窗外的高楼大厦摇了摇头：“看姐姐是真的。不过，也想顺便看一看首都。”

我想起他之前背着的那把吉他：“你喜欢唱歌？”

“嗯，我是我们麦田乐队的吉他手兼主唱。”说到这个，夏明哲激情满满。

我愣了愣：“麦田乐队？”

“对啊，我和朋友一起组建的，我们打算一起考到首都来。听说这里是摇滚的天堂，机遇很多，说不定我们有机会唱歌给那些制作人听。”

“没看出来，你小小年纪就有这么大的理想。不过你长得帅，成为明星应该轻而易举。”

夏明哲却突然对我笑了笑：“不，我要当创作型歌手。我们已经创作了八首原创歌曲。”

“哈哈，你还挺有志向的。那改天有机会一定要唱给姐姐听听。”

“一定的。”夏明哲说着忽然望向窗外，“首都好大啊！”

我看着他兴奋的样子，心底不知道为什么涌起一股感动，仿佛看到了一年前刚来首都的自己。

少年如风，张扬又热烈。

我回到学校时，寝室里并没有夏知心的身影，童谣出去约会也没有回来。夏明哲打了几个电话给夏知心，却没人接。

我看了看时间，已经下午两点。

“你肚子饿了没？你姐姐应该在忙，实验室好像不让带手机。她看到未接来电应该会打给你的。我先带你吃点我们食堂的饭吧。”

和在火车站的情况一样，从宿舍到食堂的一路上，夏明哲又招惹了不少女同学的注意，其中还有一个女生看到他后特别激动地跑了过来。

“你是那个蔡……蔡……”女生无比激动，可就是叫不出名字。

“不好意思，我不是……”夏明哲微笑着打断她，“我叫夏明哲。”

“哇，长得和他好像，好帅哇。我还以为你是他本人！”

夏明哲礼貌地笑笑：“谢谢姐姐。”

女生离开之后，我看了看他：“是不是经常有人认错？”

“嗯，都习惯了。”

“唉，长得帅就是受欢迎啊！”我不由感慨。

顾清明长得也帅，却鲜少有人敢这样明目张胆地看他，更别提跑过来和他亲切地交谈了。大概是他浑身散发出来的那股冰冷的气息，让人有心无胆。夏明哲就不同了，小小年纪的他，浑身都有一种鲜肉弟弟的感觉，让人忍不住心生疼爱啊！

而且夏明哲吃饭的样子也很乖巧，一小口一小口往嘴里扒，就像一只小兔子，不过这只兔子好像有点叛逆……

“我不爱吃胡萝卜，姐姐喜欢吗？”

我刚点了点头，就看到他已经将自己碗里的胡萝卜夹到了我的碗里……

“那姐姐吃吧。”

除了顾清明，还是第一个男生把自己碗里的菜夹给我吃，我赶紧狼吞虎咽，要是这一幕被顾清明意外撞见，我可真说不清了。

夏明哲看着我吃饭的样子，咧嘴笑了起来：“姐姐，你平时吃饭都这么生猛可爱吗？”

“可爱？”我对夏明哲假意愠怒，“这种词可不是用来形容姐姐辈的，以后要说漂亮！”

“漂亮不用形容，姐姐本来就漂亮。”

哎哟，这小嘴咋这么甜？我咋这么喜欢听？

整个下午，我就带着夏明哲在我们学校转悠，也算是替夏知心带着他参观自己的学校了。夏明哲走到哪儿，哪儿就有女人为他驻足。我虽然不是第一次受到这种待遇，却因为那些目光和看顾清明的眼神是不同的，很有满足感，很有感受了一把明星的风光。

甚至一下午都没有等到夏知心的电话，我也丝毫不着急。

在学校一处草地上，夏明哲抱着吉他和我讲得最多的就是他的乐队。

在他十三岁第一次听到一首摇滚歌曲时，他就为之着迷，从此迷恋上了摇滚，不顾家人的反对，组建了自己的乐队，还在学校和小酒吧演出过。

他给乐队取名麦田，是因为他喜欢一大片绿油油的麦田望过去的感觉，微风吹过，掀起一阵一阵麦浪，会让你的心无比安宁祥和。

听完他的话，我差点一口老血吐出来。

“我还以为你给乐队取名麦田是因为到秋天该收获的季节就会有成绩，没想到你这小小年纪的，悟性快赶上三藏师傅了。”

夏明哲却笑笑：“真的，如果你见过那么一大片麦田，你也会有那种感觉的。”

“好吧，我就不说你早熟了，你和夏知心果然是姐弟。虽然我和你姐姐接触不多，不过我感觉你们姐弟两个的性格倒是蛮像的，都有点与世无争。但这还是摇滚吗？”我印象中的摇滚可都是撕心裂肺、要死要活的。

夏明哲不说话，只是抱起吉他突然拨动了琴弦，虽然只是几个简单的音节，却串起如春雨滴落在屋檐上的藐藐之声，而夏明哲淡淡的微笑，让人内心感到一种从未有过的平静。

微风绿草，蓝天白云。

我正沉浸在他美妙的琴声中，没想到他的琴声忽然停了，然后我就听到他对我说：“姐姐，这几天我可以请你做我的导游吗？”

看着他渴望的眼神，我想也没想就大手一挥：“那当然是 no problem！”

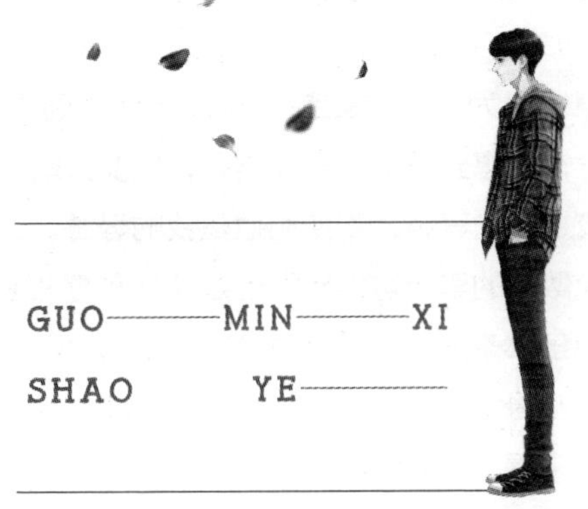

第十五章

我就是想看看你的耐力如何

1

我原本以为，来到首都旅游，自然是要去那几个闻名世界的常规地方，没想到夏明哲一反常态，他要去的地方，我闻所未闻。与其说我是他的导游，不如说他是我的导游。

请我做他的导游这件事，他是这样和夏知心说的。

当晚虽然夏知心还是急忙赶了回来，但也只是安排了一下他在学校附近的住处。

“你来得不是时候，我们的项目出了问题，我要加班补救，所以实在没办法陪你玩了。”夏知心明显很疼这个弟弟，说话的时候满眼都是愧疚。

不过夏明哲对她笑笑：“没事的姐姐，你忙你的，不要耽误正事，而且我已经给自己找了个导游。”也就是在下了。

夏明哲第一个要去的地方，既不是天安门，也不是长城，而是后海边的一个老旧吉他店。我不懂这些，但夏明哲看得起劲，还和老板聊了不少吉他的事。我才知道，这里是国内最著名的手工吉他制作地。

夏明哲第二个要去的地方，是一家不算繁华的小酒吧。酒吧只能容下二三十人的样子，装修走的是简朴工业风。我踏进来之前就表明如果他喝酒我就向夏知心告状，但他来这里当然不是为了喝酒，他来这里真正的原因，据说是国内知名摇滚歌手就是在这里创作了那首绝世经典之曲……

接连去了几个他的目的地之后，我就知道了他的套路。

“我说小弟弟，你该不会来一场首都摇滚怀旧之旅吧？”

夏明哲对我吐了吐舌头："嘿嘿，被你看出来了。不过如果在地图上看，你会发现，我们去过的那些地方，其实可以连成一个心形。"

"嗯？"我不解地看着他，"所以呢？"

"所以叫首都摇滚怀旧之旅不太准确，我觉得叫浪漫漫游更贴切一些。"

我皱了皱眉："我怎么感觉这是情话？"

夏明哲也不反驳，顺水推舟："如果姐姐觉得是，那就送给姐姐。"

我："……"

"小小年纪不学好，这是想往情圣的道路上发展啊！"虽然我假装生气，可是夏明哲说这话的时候，我丝毫不会觉得腻歪。

我就这样陪着夏明哲玩了三天，也算跟着夏明哲学到了不少有关摇滚方面的东西。虽然我对摇滚并没什么兴趣，但听夏明哲一五一十地将每个地方的故事说出来，我还是获益匪浅，也知道了很多摇滚歌曲的意义和由来。

但我没有想到，我的意外就发生在这些摇滚歌曲的意义上。

第三天的晚上，夏明哲告诉我眼前这个装修时尚的酒吧是他此行的最后一站。

他对我咧了咧嘴："淼姐姐，感谢你这几天给我当导游，要不今晚我请你喝点酒吧？"

我伸手轻轻拍了拍他的头："小小年纪不学好，喝什么酒。再说了，我感觉除了我帮你找路，完全是你带我在玩，还是我感谢你吧。今晚姐姐就尽一下地主之谊，请你在这里……喝一杯奶茶吧！"

说话间，我们推门而入，发现这里和之前去过的地方不太一样，感觉就是一间正常的酒吧。

“不过明哲，这里又有什么故事啊？”这几天，我被夏明哲每到一个目的地就说出的特殊意义搞得都有后遗症了。

夏明哲摇了摇头:“完全没有，就是结束了旅游，想感谢你一下。若非说有的话，就是我打听了，今晚有一个我最喜欢的摇滚歌手会来这里驻唱。”

和先前一样，夏明哲一进酒吧就吸引了不少小姐姐火热的目光。

后来我才发现，这里的小姐姐不光目光火热，胆子也挺大的。

找了个位子坐下来之后，因为这里根本没有奶茶，我们还是点了两杯酒精度数较低的鸡尾酒。然而一杯酒还没喝完，两个身材火辣、浓妆艳抹的女人就走了过来，直接搂了搂夏明哲的肩膀。

“小弟弟，长得不错啊！有没有兴趣陪姐姐喝一杯？”女人语气轻佻，手法娴熟。

以前我只见过在酒吧里调戏女生的男人，没想到还有女生调戏男生，还这么明目张胆。

夏明哲却一边拿开她们的手一边笑笑：“喝酒没问题，不过我只陪这位姐姐喝。”

说话的时候，夏明哲看向了我。

“手段不错嘛，这么帅的小伙，怎么骗到手的？”女人顺着夏明哲的视线打量我。

“不要乱说，他是我弟弟！”

“哦？是亲弟弟，还是干弟弟啊？”女人说话的语气异常暧昧。

“你……”

“是干弟弟，就是你们想象的那种干弟弟。”我的话还没说完，夏明哲忽然打断了我，然后还没等我反应过来，他就很不高兴地对那两个女人说，“所以，你们可以走了吗？”

听完夏明哲的话，两个女人这才悻然离开。

“你干吗说我们……是那种关系啊？”女人一走，我就有点不开心地看着夏明哲，我这解释还解释不清，他倒好，直接给我来个诬蔑……

“你没看出来她们就是故意来找碴的吗？”夏明哲讨好地对我笑笑，“多一事不如少一事。”

他说得倒也在理，在这种地方，我要计较就亏了。

然而，我们还是想得太简单了。既然一开始她们就是来者不善，又怎么会轻易放过我们。

听夏明哲喜欢的地下摇滚歌手唱完歌以后，整个酒吧的气氛瞬间被引爆，这也难怪，这个歌手歌曲狂放，加上大家都喝了不少酒，用我们游泳队的话来说，身体已经被打开了，所以全都张牙舞爪了起来。

我很不喜欢这种氛围，夏明哲也看出来了，所以他拉了拉我的手说：“淼姐姐，我们走吧。”我没想到夏明哲会突然拉我的手，手上居然传来一阵酥麻。我拿开了他的手：“走吧，再待下去，我的头都要晕了。”

可惜我们还没有来得及走，就见刚刚调戏夏明哲失败的两个女人再次走到了我们面前。这一次，她们是有备而来，身后还跟着几个长发文身的男人。

“小朋友，听说你刚刚调戏了我的朋友？”一个长相粗犷的男人满嘴的酒气，很不高兴地看着夏明哲。

看到这种男人，我天生有种畏惧感，但总不能让他们欺负了夏明哲，所以我将夏明哲拉到了身后，虽然很怕，却还是开了口：“什么他调戏你朋友，我真是见识到了什么是恶人先告状。明明是……”

然而，我的话还没说完，夏明哲就将我拉到了他的身后，他看着那个粗犷的男人，笑了笑：“这位大哥，刚刚我看出来了，你们也是阿北的乐迷。既然大家是同道中人，我说我没调戏姐姐，你说我调戏了，这样争执下去肯定没完没了。要不，咱们换个文雅的方式解决怎么样？”

“哦哟，看来小屁孩也是搞音乐的。那好，你想怎么个文雅法？”听了夏明哲的话，男人咧嘴笑了笑。

我正在想夏明哲这葫芦里卖的是什么药时，就听到夏明哲淡淡地吐出两个字：“斗琴。”

2

所谓斗琴，就是双方各自弹奏熟悉的曲子，但在节奏上一定要比对方的曲子快。斗琴不但看谁会的曲目多，更看谁的手速更快，音更准更稳。

这是特别考验乐手的功力的。

所以听了夏明哲的话，男人放声大笑了起来：“我没听错吧？小屁孩，你才多大？学了几年琴，就敢跟我提斗琴？”

“比试一下，你不就马上知道了？”

男人很不屑：“你彻底激起了我的兴趣。那就来吧。”

夏明哲耸了耸肩膀：“可惜我没有吉他。”

“吉他？这能算个事？”男人说着转头对旁边比他稍瘦的男人使了个眼色，“去，找老板借几把吉他。”

听到男人这样说，我看到夏明哲的眉头微皱了一下。

“明哲，不要逞强啊！”我有点担心地看着他。

“没事，不过姐姐你就站在我身边，千万不要离我太远。”

我还没反应过来这是怎么回事，只见男人朝夏明哲走近了一些："小朋友，一会儿输了可不要哭鼻子啊！不过咱们是不是先要把赌注说一说啊？就这么干比？"

夏明哲出这一招，原本只是希望他们不要再骚扰我们，没想到男人得寸进尺，还要来个赌注。我发现夏明哲的脸色不太好。

"大哥想怎么个赌法？"

"很简单……"男人笑笑，"要是我输了，你调戏我朋友的事就算了；要是你输了，我可以给你两个选项：一是你陪我朋友喝两杯，二是，你这位干姐姐陪我喝两杯……这是不是很公平？"

"你这是无耻！我说了他没有调戏你朋友！"我被男人丑恶的嘴脸彻底恶心到了，正要再说什么，夏明哲却拉了拉我的手。

"行，这样吧，我先和姐姐商量一下吧，你看行吧？"

"行，我等你们……"男人很是得意地转过头去，催促人快拿吉他来。

"商量什么？这群浑蛋这么诬蔑人，咱们……哎，你不要拉我了。"夏明哲在男人转身的当口就一把拉着我的手往外走，我很气愤地数落他。然而，我的话还没说完，就见他拉着我的手猛然加速，冲出人群，直奔酒吧门外。

"快跑！"夏明哲对我高喊的同时，身后的男人这才反应过来，他们一边挤过人群朝我们追来一边叫骂。

"该死，被那小兔崽子骗了！"

我这才反应过来，原来夏明哲一开始就打算溜。

夏明哲拉着我疯狂地在街道上跑，身后的追兵渐渐被甩开。

"夏明哲，看来我小看你了。"我喘着粗气看着他。

夏明哲却对我笑笑："这叫好汉不吃眼前亏。再说了，我不能让姐姐因为我受到伤害啊！"

不知道是不是因为喝了点酒，我发现夏明哲笑起来很温柔。

看到他这灼热的眼神，我立马扭开了头，然后发现他居然还拉着我的手，急忙甩开了。这里离学校不远，见没人追来，我们打算走回去。

但刚走两步，我发现脚腕传来一阵疼痛。

“糟糕，我的脚好像扭到了。”

我趴在夏明哲的背上，有点尴尬又无奈地被他背着往学校里走去。

脚脖子有点肿，可能刚刚跑太快，不小心扭到了。原本我是打算打车回去的，但夏明哲强调因为他我才受的伤，加上这里离学校不远了，又是条小路，很难打车，他一定要背我回去，否则会于心有愧。

看着他热情的样子，我也就没有再拒绝了。

“淼姐姐，谢谢你，我很久没有这么开心过了。”没走几步，夏明哲忽然说。

“看到姐姐受伤，你这么开心？”我打趣他。

“当然不是。我是说，这几天……”夏明哲犹豫了一下，还是缓缓地开了口，“其实我要对你说声抱歉。我对你撒谎了，我并不是因为想念姐姐才过来的，而是因为我私自退学了。”

“啊？退学？怎么回事啊？”我愣了愣。

“我想走音乐的道路，但我父母不同意，我就偷偷跑了出来。他们不知道我来首都找姐姐。”说到这里，他停顿了一下，“不过现在他们应该知道了。在酒吧里，我收到他们给我发的一条信息，大意是他们不会怪我，如果觉得压力大就出来放松一下，但还是尽快回去读书。”

“你还真是有够叛逆的啊！”我从他的背上下来，严肃地看着他，“追求理想是没错，但每个年纪是有每个年纪应该完成的事的。你这个年纪，就该好好读书，等以后考个音乐学院，再认真地学唱歌追求理想不是更好吗？”

听了我的话，夏明哲笑了笑：“你说这些话的样子还真有点像我妈。”

“……我有那么老吗？！”

“所以我说我很开心。这几天，你让我改变了很多想法，特别是参观完那些地方以后。我想你说得很对，之前我是有点不安分。谢谢你的开导还有这几天的陪伴，淼姐姐。”

“这都是应该的，你是夏知心的弟弟，也就是我的弟弟了。姐姐陪伴问题弟弟，理所应当。”我被他这么正经的感谢弄得有点不好意思，“你能想通就好，我还期待你以后成为大明星呢。”

我的话刚说完，就看到夏明哲正目光炽热地看着我：“可是如果我说我没把你当成姐姐看呢？”

我：“……”

“别闹了，不管你把我当成什么看，我都是你姐姐！”说完我赶紧转身往学校走，但因为脚还很疼，最终还是被夏明哲拉住，背到了背上。

然而，夏明哲还没来得及背着我往前走，我就看到一个熟悉的身影朝我走了过来。

“顾清明？你怎么在这儿？”

“我刚从欧阳教授家回来，去他家拿了点材料。”顾清明一直紧紧地盯着我身下的夏明哲，缓缓开了口，“这是谁？”

我急忙从夏明哲的背上滑下来，对他介绍：“这是我室友夏知心的弟弟夏明哲，她这几天没空，让我帮忙带他玩一下，怎么样，是不是有点像那个当红明星？”

听完我的介绍，顾清明伸手和夏明哲握了握，他清冷地看着夏明哲说："你好，我是李淼的男朋友，顾清明。"

我："……"

这语气，怎么听着有一种宣告主权的味道？

让我没想到的是，前一秒还是可爱弟弟的夏明哲，突然周身气场也全部打开，他回握着顾清明的手，笑了笑："你好，我叫夏明哲。"

看着两人紧紧握着手不打算松开的样子，我急忙将他们拉开，但刚动了一下，脚就疼了起来。

"你的脚怎么了？"发现我的异常，顾清明急忙扶住了我。

"呃，不小心扭到了，所以才麻烦夏明哲背我回去。"

"谢谢你了，不过不用了。"顾清明这句话自然是对夏明哲说的，说完还没等我有所反应，他就直接拦腰将我抱了起来。

顾清明的动作很轻，生怕弄疼了我。躺在他的怀里，我瞬间沦陷了。几天不见，他身上的味道一下便让我沉迷。我笑嘻嘻地对他说："顾清明，几天不见，你有没有想我？"

"我是很想，不过某些人在别的男人的背上，应该早把我忘到九霄云外了吧。"

我："……"

3

"所以你说这几天有事，就是一直陪着他？"回去的路上，顾清明清冷地看着我。

"我怎么听着有点兴师问罪的意思？"我仰起头对他笑笑，"我和你说，那个夏明哲不但人长得帅，而且特别有意思。这几天，他和我讲了很多关于摇滚的故事，不但歌唱得好，吉他弹得更棒……"

“所以，你很喜欢他？”顾清明打断了我的滔滔不绝。

看着顾清明的样子，我对他笑笑：“他才十八岁呢，顾清明，你该不会连他的醋也吃吧？”

“刚刚他背你的时候，样子可不像十八。”

“哈哈，对对对，他也是你的情敌，怎么样？你怕了吗？”

顾清明：“……”

看着顾清明无语的样子，我心里很爽。

我已经发现了，面对顾清明的醋意，除了不要脸，别无他法。

顾清明原本打算抱着我去校医务室包扎一下，结果走到校门口才想来，这深更半夜的，校医务室哪会有人。所以顾清明越过校门口，直接往前走了。

“哎哎，顾清明，咱不回学校，这是去哪儿啊？”

“你的脚肿了，得处理一下。”顾清明继续往前走，一边走一边看周围，像是在找医院。

“你不知道咱们学校附近根本就没医院啊？而且其实过了这么久，我也感觉没有刚刚疼了。一会儿回去，我找冰袋敷一下，明天就没事了。”

顾清明听了我的话，停住了脚步，但他并没有要回去的意思：“这个时间，你们寝室还进得去？”

说着，我发现顾清明看了看街对面的一家酒店……

看到这个动作，我情不自禁地笑了起来：“哇哦，顾清明，你该不会在我受伤的时候对我有什么非分之想吧？”

以往我说这种话的时候，顾清明都是一本正经地打击我，而他越是这样，我就越喜欢调戏他。但是没有想到，今天的顾清明听了我的话之后，嘴角一扬：“怎么？你怕了？”

然后，顾清明就真的抱着我开了房。

说起来，这还是我和顾清明第一次在外面住酒店。

酒店的服务员还打趣顾清明："先生，多谢您选择我们酒店，我们酒店是标准五星级，隔音效果是世界一流的。"

看着顾清明微红的脸庞，我在心里尖叫：值了值了，苍天真是待我不薄啊！我没想到因祸得福，天天想吃肉都没吃到，今天他倒主动送上门来了。

不过我深吸了一口气：要低调低调，不能让他看出我这么迫不及待……万一把他吓跑了就不好了。

进了房间之后，顾清明就将我放在了床上。

"你先休息一下，我出去一下。"

听到他这样说，我更激动了。

——他该不会是去买安全套吧?

——那玩意儿好拆吗?

——到时候，我这脚不会影响我们吧?

想到这些，我脸都红了起来。

可惜等顾清明回来我就失望了，他根本不是出去买安全套，而是提了一桶冰块。

看着顾清明将我扶坐在床上，捧起我的脚认真给我用毛巾包裹着冰块敷在脚上的样子，我心里忽然一阵温暖。想想这些天遭遇的各种荒唐的事，我居然对他有点愧疚。

"顾清明，对不起……"我也不知道为什么这样说，但还是情不自禁地开了口。

顾清明头也不抬地继续给我冰敷："你也知道错了？"

"嗯，虽然我不知道我到底错在哪儿，但总觉得在面对你的时候，特别是你对我特别好的时候，心里十分愧疚。"

“……”顾清明终于抬头看我，“不知道错在哪儿？是不是要我一一给你指出来？”

听到他这么说，我心虚极了。我也知道宋子屿和贺言让他确实不太好受，但他温柔地看着我半天，终究还是什么也没说，只是忽然腾出一只手来拉了拉我的手。

“李淼，你知道吗？在我们分开的那两年，我找遍了整个城市，都没有发现你的身影。那时候我就知道，这辈子，我不能没有你。我知道其实我也可以通过父母或者别人打听一下你的消息，但我没有。小时候外婆告诉我，自己弄丢的东西，一定要自己找回来，它才会永远留在你身边。而且我固执地相信，你不会离开我们一起生活了那么多年的城市。所以后来再次看到你的时候，你不知道我心里有多激动。也是从那天起，我就告诉自己，这辈子都不能失去你。”

我没想到顾清明会对我说这些话，心里一酸，也忽然想起了在C市每天想念他的日子。那时候我从一个开朗活泼的小女孩变得越来越孤僻，才发现除了顾清明，再没有人能让我在这人世间有最基础的幸福感。失去了他，我像失去了整个世界一样。

我紧紧地拉住了顾清明的手，有点激动地对他笑笑：“顾清明，你放心，只要你还要我，我就永远不会离开你。”

顾清明眼带笑意：“我就当这是你对我许下的终身契约了。不过我要告诉你的是，即使你不要我，我也会努力把你追回来。”

顾清明笑得很温柔，我就喜欢沉溺在他这种微笑当中。

不过没想到，十分钟以后，眼带笑意的人就换成了我。

用冰块敷了一会儿，脚上的浮肿明显消了很多。因为本来时间就已经够晚了，顾清明开始催促我上床休息，他先去洗个澡。因为知道顾清明不会是那种化身野兽扑倒我这只小绵羊的人，我心里多少有点失望，正在盘算一会儿要不要主动点时，一转头，忽然发现一墙之隔的卫生间居然是透明的，在外面完全能将里面的人看得一清二楚。

然后，我就看到顾清明一件一件地脱衣服，然后看到他厚实的臂膀、挺翘光滑的臀部、结实的肌肉……

糟糕，我的鼻血好像喷了出来……

我不知道顾清明是不是故意的，冲完澡，他只裹着浴巾出来，湿漉漉的发梢还滴着水，性感的样子让我看呆了！

"顾清明，你这是在勾引我犯罪。"我听到自己咽口水的声音。

顾清明非但没躲，还自然地站在了我面前："是啊，我就是想看看你的耐力如何。"

我："……"

"那要让你失望了，我的耐力差得很。"说着我也顾不上脚疼，直接朝他扑了过去。

顾清明紧紧地搂住了我的腰，我闭着眼睛朝他吻了过去。我咬着顾清明的嘴唇，扯掉了他身上的浴巾……

顾清明也激烈地回应着我，他顺着我的背一直往下摸……

干柴碰上了烈火，眼看着就要燃烧起来，我的呼吸也越来越急促，我听到顾清明的呼吸也很急促。可能我们都没有想到我们会在今天把自己彻底交给对方，但下一秒我就感觉身体不太对劲。在顾清明的手刚刚滑到我的臀部时，我一把按住了他的手。

"惨了，顾清明，我好像来那个了。"

"嗯？"

"就是……俗称'大姨妈'。"

顾清明："……"

看着顾清明失望的眼神，我在心里痛哭：我比你还失望啊！

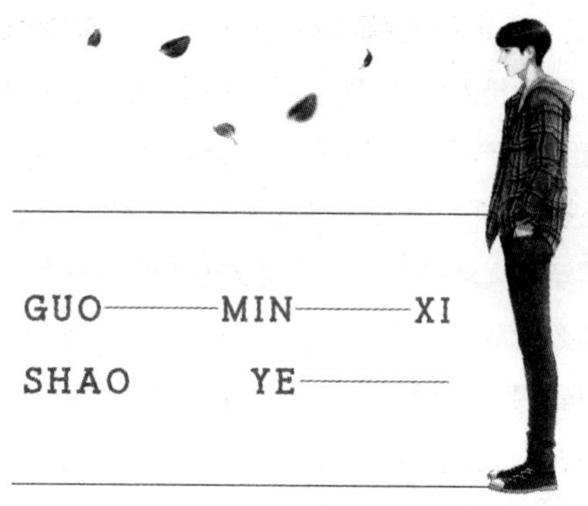

第十六章 好久不见

1

这种失望持续了整整三天，童谣问我怎么像便秘一样臭着脸，我把事情经过告诉完她以后，她幽幽地心疼我：这可比便秘严重多了。

不过童谣心疼完以后突然对我咧笑一笑："李淼，你什么时候变得这么饥渴了？"

我想到顾清明裹着浴巾、湿着头发的样子，再次情不自禁地咽了咽口水："唉，这年头，谁受得了美男计啊。"

说完之后，我心里更加期待着"大姨妈"早点结束再拉顾清明去把未完成的羞羞的事完成。然而我"大姨妈"还没结束，就迎来了全国高校智能比赛。

全国高校智能比赛是最近几年在政府的组织下兴起的新科技赛事，虽然还没有得到全国高校全面的推广，但也有一百多座学校报名参加。

今年的比赛来临的时候，顾清明很是激动。因为欧阳教授带队、他参与设计的AI无人机，经过测试，效果达到了令人很满意的状态。此次他们设计制作的AI无人机，其智能水平已经超过目前市面上最先进的无人机。

全国高校智能比赛包括很多项目，常规的主要是智能机器人赛事，而这两年新兴的AI无人机项目，今年也是个热门。

欧阳教授小组的人都很有信心让他们的AI无人机在本次大赛中精彩亮相，也方便后面的推广。毕竟他们的目的不是赢得这种比赛，而是让自己的设计推动智能技术革命，也给大家带来更高效智能的实际应用。

看着顾清明和江潮对他们项目那么有信心，我和童谣一起为他们鼓掌。

“先说好，要是这次你们得了第一，咱们四个就来场集体旅行吧？”大家这一年多为了各自的理想都在拼命努力，我和童谣化身美人鱼天天与水为伴，顾清明和江潮成为科技达人，为祖国的科技事业发光发热，大家都没有时间好好休息一下，所以我想借着这个机会让大家一起放松放松。

没想到我的话刚说完，江潮就笑了：“嫂子，想旅游就直说，你这个赌注有存在的必要？你觉得我们会输？”

“既然你这么自信，要不然这样，要是真输了，这次旅游的钱你来负责？”我对江潮挑了挑眉。

童谣第一个反对：“不行，我们家江潮哪有那么多钱啊！”

“哟哟，还没嫁呢，就你们家的了？就开始知道为他省钱了？”我打趣童谣，后者却丝毫没有害羞的样子，反正将江潮的胳膊挽得更紧了。

“好了，不管输赢，结束时，我们就去玩一玩吧，费用我来负责。”顾清明说完对我笑笑，“你想去哪儿？”

“这个嘛……还没想到，不过只要和你在一起，去哪儿都行。”

“哟哟，刚刚还说我，看看谁看顾清明时眼珠子都快掉下来了。”

童谣说完，和我相视一笑，两个人的笑容都……很猥琐……

不过夏明哲是看不到我这副猥琐的样子。

夏明哲前几天就买了回去的火车票。

夏知心刚好忙完，亲自送他回去了。我完全不知道，只是和顾清明在酒店搂着睡到快十点的时候，收到了夏明哲的一条短信——

森姐姐，再次感谢一下你这几天的陪伴和开导。

我回去了，我决定回去继续读书，做个你眼中的好学生。你说得没错，什么年纪就该有什么样的经历，我这个年纪，就该认真努力，将来考个理想的大学。我会为我的音乐而努力的，但以后不会再用那么极端的方式来表达。我知道父母当然都是为了我好，森姐姐也是为了我好。放心吧，就算为了森姐姐，将来我也一定努力，让你在电视上看到我唱歌。如果将来我开演唱会，一定会第一个告诉你，邀请你来现场听我唱歌。

祝好。

最后有个小问题我很想问问森姐姐，如果我和顾清明同时认识你，你会不会有一点喜欢我呢？哪怕一丁点……

看到最后一句，我吓得赶紧删掉，生怕被顾清明看到。

这个小屁孩，好的不学，坏的倒学得很快，这是想早恋啊！看我不给夏知心打报告……

后来我当然没有真打报告。

夏知心说要请我吃饭感谢我，我拒绝了，因为夏明哲的短信让我觉得……以后我有必要离和他有关系的人远一点！

虽然我没有回复他，好在他后来也没有再给我发信息。几天下来，我悬着的心也算落地了。这一次，我真的拉着童谣去了大钟寺还愿。我怕再不去，还会有什么糟心的事发生！

童谣不知道夏明哲长什么样，也不知道这几天他和我相处得怎么样，只是从大钟寺出来时突然冒出了一句：“夏知心的弟弟是不是长得很帅？”

我吓了一跳，以为她要说什么，幸好她只是随口一问，要不然，我都不知道该怎么对她说夏明哲不但帅，还很会撩小姐姐……

那个小姐姐还是我……

真是罪过罪过……

全国高校智能比赛正式比赛的第一天，我和童谣都去现场给他们加油助威。虽然赛事很盛大，但我们只关注 AI 无人机项目，也就没有关心别的事。正因为如此，我才发现 AI 无人机和无人机的区别还是比较大的。

顾清明高中的时候曾参加过 W 市的无人机比赛，所以我还算对无人机比较了解。我发现 AI 无人机中的无人机只是载体，真正的核心是 AI，也就是智能。AI 无人机完全脱离了手中遥控器的控制，可以自行判断飞行路线，遇到障碍物自行避开，在该拍照的时候拍照，该潜伏起来，执行不让人察觉的任务时就潜伏……总之，如同拥有人的大脑一般，非常可怕。

AI 无人机比赛，总共有三十八个院系参加。

也正是这三十八个院系，代表了当今中国的 AI 无人机最前沿的水平。

和以前我见过的无人机比赛不同，这次的比赛似乎很复杂，以我的智商完全看不懂，我只得坐在观众席上默默为场上的顾清明他们加油祈福。

经过一系列的比赛，在裁判的宣布下，三十八个院系参加的 AI 无人机项目，最终进入决赛的只有五个。我和童谣这种外行正感叹淘汰率高得吓人时，才发现我们学校是以暂列第一的成绩进入决赛的。

然而，出乎所有人意料的是，和他们同时进入决赛的队伍中，有一支是来自厦大的。因为厦大往年在这方面的经验并不足，甚至很少参与这样的项目，没想到一参与就有着让人惊艳的表现。

更让人想不到的是，厦大的项目团队里，会有一个我们都熟悉的名字：郑重。

看到这个名字，我和顾清明同时怔住，然后开始在赛场上搜索，心情都很复杂，不知道这个名字是不是只是一个巧合。

然后，我们就看见比赛现场的不远处，那个久违的、熟悉的人，正微笑着看着我们。

他淡淡的微笑，仿佛在说："李淼，好久不见。"

2

我已经很久没有见过郑重了。

自从离开 W 市各自上了大学以后，我们再也没有见过。

他的样子变化不大，只是头发理得更干净清爽了一些。

"郑重？真的是你？你什么时候来首都的？"确认那真的是郑重，我和顾清明不敢相信地走上前去，不可置信地看着他。

"看你们的表情，我觉得要给你一个惊喜的目的达到了。"郑重说着对我笑笑，"李淼，你怎么瘦了？是不是顾清明不给你饭吃啊？"

说完，他这才看了看身边的顾清明："没想到我们团队在刚刚的智能摄像比赛中技高一筹吧？"

"确实没想到……"顾清明眉头微拧，"看来，这是你的杰作了？"

"客气客气，小露一手。"郑重有点得意地看着顾清明，"你想学，我可以免费教你。"

"谢谢了，不过不需要，毕竟总分我们是排在第一的。"

郑重："……"

看他们望着对方的眼神，好像一见面就有敌意……

我及时拉回话题："你来了，怎么没有第一时间通知我们啊？"

郑重对我挑了挑眉："怎么，你这么期待我的到来吗？"

我："……"

"是啊，毕竟老同学一场。你过来，我们总要尽尽地主之谊的。"顾清明说着将我紧紧地拉到他的怀里，好像是故意给某人看……

果然，见到这一动作，郑重脸色稍黑："顾清明，大庭广众之下，你是不是太不检点了？"

"搂自己的女朋友，在任何场合都没有不检点之说，哪怕是亲她，也一样。"顾清明说着低头作势要吻我，被我急忙推开。

"好了，你们两个别这么幼稚了……"我对顾清明这种幼稚的行为很是无奈，"这么久不见，郑重，我们请你吃饭吧，你应该还没有吃过北京烤鸭吧？"

郑重凝神看着我："这不就等着你们尽地主之谊呢。"

考虑到郑重身份的特殊性，我们原本约定和江潮、童谣一起吃饭的计划也取消了。毕竟他们要真问起来郑重是谁，我还真不好解释。

高中毕业那年，沈清莹大胆地将郑重骗去了距我们千里之遥的厦大读书。也正是因为这件事，分开这一年多，我们都刻意没有什么太多联系，特别是郑重在前往厦门的火车上给我发了一条信息：李淼，你等着，我不会放过你的。

这信息吓得我生怕他跑过来。

刚开始，我偶尔还和沈清莹还联系一下，但都不咸不淡地聊些有的没的，对于她和郑重的关系，我们也都刻意不提。这样发展到后来，我们终于像是心有灵犀一样，都选择了慢慢不再联系。而郑重，说来奇怪，他更是没主动找过我。这对于我而言当然是件好事，毕竟他……称得上顾清明的头号情敌。

所以如今郑重和沈清莹关系如何，我还真不太知道。

虽然心里很好奇，我却不敢直接询问，生怕得到的不是理想中的答案，那可就罪过大了。

“我还是更喜欢厦门，首都太大了，大得让人无所适从。”饭店里，郑重吃了一口烤鸭，皱了皱眉，“这是不是正宗的？味道没那么好嘛。顾清明，你该不会这么小气，随便找了家店吧？”

“对呀，不喜欢的话，你可以不吃。”顾清明头也不抬地夹了一块烤鸭递到了我碗里，声音带着挑衅。

我：“……”

我给了顾清明一个无奈的眼神：我发现他在见到郑重的时候，自动变得有些幼稚。

“别听他瞎说，这就是最正宗的老牌总店了。”

“还是李淼对我好。”郑重对我笑笑，“李淼，告诉你件喜事，你听了保证更开心。”

我以为他是要告诉我他和沈清莹的事，急忙竖起了耳朵，结果就听到他说：“我已经申请转到你们学校了，而且已经获得批准了。”

“什么？！”听了郑重的话，我嘴里的鸭肉差点没把我噎死，“喀喀……你……你转到我们学校了？”

顾清明的眉头也皱了起来，他终于抬头认真地看着郑重：“你说的是真的？”

“你在厦大待得好好的，跑我们这儿干吗啊？转学那么麻烦，你当转学是儿戏啊？！”我吓得语无伦次。

“哈哈，和你开玩笑的，看把你吓得。”郑重看都没看顾清明，对我倒是笑得异常激动，“真该拿相机把你刚刚的表情拍下来，以后没事看看，心情能好很多。”

“这个玩笑一点也不好笑！”听到他的话，我心里才松了一口气，正准备严肃斥责他这种幼稚的行为，可还没开口，一个久违的声音就在我背后响起——

“我也觉得不好笑，不过李淼你放心，他要是敢转过来，我也转过来，看住他，绝对让他和你保持安全距离。”

我几乎不敢相信地转过头去，然后就看到一身白色长裙的沈清莹站在了我面前。

“清莹？是你吗？真的是你？你也来了？”我激动地从座位上站起来，一把拉住了沈清莹的手，眼泪几乎就要夺眶而出了。

我真的没有想到，沈清莹也会出现在我面前。

旁边人纷纷侧目，估计以为我们是失散多年，好不容易重聚的姐妹。

“是我。”沈清莹也激动地抱住了我，“李淼，好久不见。”

顾清明也没想到沈清莹会来，眼睛里也有点意外。而我和顾清明都没有想到的是，沈清莹和我抱完之后，在坐在郑重旁边的座位上时，被郑重顺势拉住了手。这一动作让我和顾清明彻底怔住。

“你……你们，这是已经在一起了？”

沈清莹羞涩地点了点头：“嗯。”

听到这个消息，我和顾清明激动地对视了一眼：“什么时候啊？”

“这个啊，说来就话长了，改天再说。”沈清莹羞涩地看了郑重一眼，满眼的温柔。

“好好好，找个时间你一定要好好告诉我。”我开心得手舞足蹈，“不过你们两个到底在搞什么鬼？来首都也不第一时间联系我们，现在吃饭还不一起出现！郑重，你为什么一直没告诉我沈清莹也来了？”

沈清莹无奈地看着郑重笑了笑：“还不都是郑重的主意，说一起出现不够惊喜，我才忍了这么久，等他发位置后才赶过来。而且他说一定要等他比赛出结果以后我们才能出现……”

沈清莹说完，只见郑重正一脸得逞地看着我们：“事实证明，这确实很惊喜呀，不是吗？”

顾清明却抓住了沈清莹话里的重点：“听你的意思，要是你们没有进入决赛，就不见我们了？”

郑重有点不好意思：“对呀，要是连决赛都没进，我打算就灰溜溜地回去，就当从来没有来过。”

我：“……”

郑重你什么时候变得这么傲娇了？

3

这天晚上，我们在一起聊到了很晚，回忆了高中做过的糗事，怀念李纪红对我们的教诲，还和郑重家的艾哇开了视频。从前的一幕一幕，好像还是昨天发生的事。

送郑重和沈清莹回酒店休息之后，我才发现此时已经是深夜一点了。因为在饭桌上多喝了两杯，我发现自己有点醉了。我拉着顾清明的手走在街上，高兴得有点按捺不住自己。

“今天还真是开心啊！”

顾清明看了看我：“是看到沈清莹开心，还是看到郑重开心？”

“哈哈，顾清明，你还在吃醋吗？你没看到人家两个现在比我们都感情好吗？还有，看到老同学，你难道就一点也不开心？”

“如果郑重一开始不要制造那么多惊吓，我想我可能会更开心一些。”

我听到他话里的“更”字，终于会心一笑，我就知道他没那么小气。

不过我也确实没有想到他们会以这样的方式出现，按照常人的思路，高中最好的朋友相见，恨不得在来之前就通知对方，哪怕想给对方惊喜，也不至于要等到比赛出结果以后才露面。

不过想想，这倒也符合郑重的性格。

他还真是一点没变啊！

沈清莹倒是变得比以前……更加小女人了。她一落座就刻意将椅子往郑重身边移了移，每每郑重说话的时候，她都目不转睛地看着他，目光好像片刻都舍不得离开他一样。她默默地将郑重喜欢吃的菜夹到他的碗里，在郑重喂她菜时，她就像吃山珍海味一样幸福……

这一幕幕，让我能想象这一年多为什么他们不主动联系我。也许，这就是爱一个人的样子吧，从此眼里只有他，再也装不下其他人……

“顾清明，老实说，他们两个那么幸福地在一起，你是不是少了一点危机感？”我对顾清明挑了挑眉，朝他打趣道。

顾清明却冷冷一笑：“我？我有那个担心的必要？”

“哈哈，顾清明，我就喜欢你嘴硬的样子，太可爱了。”说着我一把扑倒在他怀里，用头使劲蹭他的胸膛。

顾清明却假装要推开我：“你这几天最好不要招惹我，天干物燥，容易欲火焚身。”

我：“……”

虽然和沈清莹他们这么久没见，但我们其实并没有很多时间叙旧，更没有时间带他们逛一逛首都的名胜古迹，因为第二天就是决赛。

作为本届 AI 无人机比赛的夺冠热门选手，我们学校和厦大是最强的劲敌。

不过好在顾清明和郑重在场上比赛时，我还可以和沈清莹在观众席上一起坐着为他们加油。

“还记不记得以前我陪你去看顾清明的无人机比赛？没想到现在各自的男朋友倒成了竞争对手。”沈清莹对我笑笑，眼里却又藏不住幸福，特别是提到“男朋友”三个字时。

“我发现你们两个还真是花痴，一提自己的男朋友就像着了魔一样。”我已经将沈清莹介绍给童谣认识，这两个人，一个是我高中最好的朋友，一个是我大学最好的朋友，没想到听完我的话以后异口同声地笑我——

“说得好像你不是一样。”

“哈哈。”我看了看赛场上一脸认真的顾清明，也情不自禁地笑了，“讨厌……”

我以为只有我不太懂 AI 无人机具体的赛事，只看到他们一脸凝重地看着 AI 无人机在赛场上飞来飞去，没想到童谣和沈清莹这两个智商比我高的人也迷迷糊糊。

用童谣的话来说：“管那么多干吗，这事他们懂就行，我们主要是来看男朋友的。”

说完童谣对赛场上的江潮挥手高喊：“江潮加油，我是你的头号迷妹。”

听到声音的江潮当场就回给她一个飞吻。

我：“……”

沈清莹：“……”

“你俩到底能不能注意点影响，不要太给我们学校丢人？没看到所有人都在看着你们俩吗？”

沈清莹倒对童谣这勇敢示爱的行为很是羡慕。我知道，她也很想像童谣这样在这么公开的场合向郑重示爱，但她不敢。

当初她默默喜欢了郑重那么久，只在即将高考完，意识到可能会分别以后才敢表白。

我知道她心里是很渴望成为一个勇敢的女孩的。

“不过清莹，你们到底是怎么在一起的啊？我一直以来没好意思和你联系，也是怕扯到这个话题上，现在应该可以说了吧？”

提到这些，沈清莹忽然羞涩了起来：“其实，我也没有想到，我当初把他骗到厦大，他后来不但没有怪我，好像还对我挺好的。”

郑重知道沈清莹喜欢他以后，有很长一段时间都处在茫然的状态。

在他的印象当中，沈清莹一直是讨厌他的。他回想起他们相处的点点滴滴，沈清莹似乎没有哪次给过他好脸色。所以听到她说喜欢他，他唯一的想法是她在逗他。

直到他在这种茫然的状态下和沈清莹一起坐上去厦大报到的火车，他才后知后觉地反应了过来，他是真的要和我彻底分开，去往另一个城市读大学了，还是和沈清莹一起。

于是他不知所措地给我发了条信息：李淼，你等着，我不会放过你的！

但这种情况到了厦大以后慢慢改变了，从一下火车看到沈清莹提不动行李，他一把抢过她的行李箱，帮她提到学校，到见她迷糊得找不到自己的宿舍，他主动问路将她安全送达……连沈清莹都没有想到事情会发生这样的转变。

沈清莹一直担心郑重生她的气，毕竟她欺骗他考来厦大是件大事。可她也发现了异常——郑重除了不说话，有时候还不敢看她。对，他不是不想看她，是不敢看。每次两人意外地对视后，他都迅速躲开，还带着一丝……羞涩？

沈清莹知道，自己需要再勇敢一些。她不能再像以前那样只敢偷偷看他，连和他说话都故意带着敌意，不让他看出自己的小心思。

所以在郑重给她提行李的时候，她给他买水并甜甜地递给他说："郑重，谢谢你。"

在郑重帮她找宿舍的时候，她努力和他并肩而行，尽量让他能看到自己，然后一直对他笑。

甚至在后来，她有事没事去给郑重送一点好吃的，说是在当地找到的特色，让他尝尝；知道他不舒服的时候，就给他送药；常常在他教室门外等他下课，再一起去食堂吃饭；有好电影的时候买好票，直接去他宿舍找他……

忘了具体是从哪一天开始，郑重不但不会拒绝这些事，还反过来做了很多事。

比如沈清莹给他一些当地的美食时，他就找个地方两个人一起吃。沈清莹给他送药时，他就乖乖地听她的话吃完。看到她在教室门外等他去食堂吃饭时，他会在下课的时候第一个冲出来。甚至沈清莹再买电影票时，他还会怪她，理由是这种事应该是男生来……

他们谁也没有刻意说什么浪漫的话，但这样的日子细水长流，比任何激烈的互动都舒服得多。

终于，沈清莹在一个特殊的日子再次对他表白。鉴于当初的告白被郑重拒绝，这一次沈清莹多少还是有点担心，但她实在难以控制自己的感情，说出来的话还是很激动、很直接——

“郑重，我喜欢你，虽然我不知道你对我的这份感情是不是在乎，但我不想错过你，所以哪怕你拒绝我，我还是要告诉你，我喜欢你……”

然而，郑重这一次不但没有像最开始那次一样，而且沈清莹的话还没说完，他就羞涩地主动拉起了沈清莹的小手对她说：“我也是。”

沈清莹记得，那晚学校上空的月亮特别亮，特别温柔，就像郑重看着她的眼神一样。

其实后来沈清莹有点羞涩地问过郑重：“你不是喜欢李淼吗？”

郑重当时摸了摸头，傻笑一下：“她是让我知道了喜欢一个人的感觉，而你，是让我真正喜欢到想和你在一起的人。”

这情话说得沈清莹一感动，当场就把初吻献给了他……

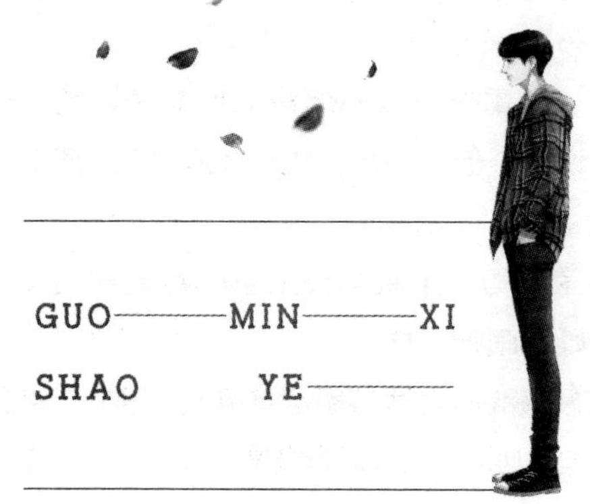

第十七章

除了你，这个世界上没有第二人

1

全国高校智能比赛的决赛结束的那一刻，童谣第一个尖叫了起来。

“李淼李淼，快看，我们学校的比分位列第一，我们是冠军！江潮，我爱你！你最棒！”

我和沈清莹回过神来，这才发现比赛已经结束了。

童谣说得不错，我们学校夺冠了。我也站起来朝顾清明挥手，但他看了我一眼之后就去看郑重了。

我：“……”

虽然隔得有点远，不过怎么看，两个人对视时，顾清明的表情都有点傲娇。

哦对，他赢了郑重，以他对郑重的心情，是该傲娇一下……

不过郑重他们也没有太沮丧。虽然没有夺冠，但他们得了个亚军，这对于厦大来说，已经是最近几年最高的荣誉。

比赛结束的当天，他们就随学校人员一起返校了，连在首都多玩几天的时间都没安排，郑重说他们还要赶回去和合作公司开会。我很遗憾地看着他们，顾清明却幽幽地说了四个字：“好走，不送。”

不过这一点我倒是理解，因为听说第二天 DC 科技也为欧阳教授他们准备了庆功宴。

在全国高校智能比赛当中获得名次是件大事，对于任何合作公司都是最好的宣传广告，在此之后顺势推出产品，也能得到很好的推广和应用。科技的目的就在于造福大家，所以他们研究人员其实是愿意配合的。

不过赶在庆功宴前，郑重他们走的时候，我和顾清明还是送了一下他们。送完他们回去的路上，我不知道为什么莫名地笑了起来，大概是我想到了沈清莹后来对我说的话。

沈清莹不知道那天她在赛场上对我说完那些话的时候，我为什么会紧紧地抱住她。我就那样抱着她，一句话都没有说。事实上，我是说不出来。我从来没有哪一刻觉得，我生命中最好的朋友能够这样幸福，除了感恩，还能怎样？

我更知道，我们终于不用再像以前一样刻意不联系了。

当时我还假装生气地问沈清莹："既然你们都这么甜蜜地在一起了，怎么没联系我？"

沈清莹朝我吐了吐舌头："我说幸福得忘了，你信吗？"

我回给她一个甜甜的微笑，除了说相信，我还能怪她吗？

顾清明问我怎么傻笑起来了，我对他扬了扬嘴角："你们第一名，一鸣惊人，我是为你感到高兴啊！"

顾清明难得挑眉笑笑："看你微笑的感觉，不太像是你说的这样，该不会是我让郑重落荒而逃，你看出我的实力，很欣慰地笑了吧？"

"哈哈，顾清明，最近你怎么这么幼稚呀，怎么还是这么介意郑重呀？你不都说他现在和沈清莹幸福得很吗？"我被顾清明的话弄得哭笑不得。

顾清明却严肃地看着我："对呀，每一个对你有非分之想的人，我都介意，也很记仇。"

我："……"

挺好，保持！

DC 科技庆功宴设在一家五星级酒店，我和顾清明送郑重他们离开再赶到的时候，大家已经都到齐了。

DC 科技到底是有钱又大方，订的海鲜都是直接从澳洲空运过来的。我看着眼前的美食，口水直往上涌。其他各种美食也应有尽有，还有各种饮料和酒品。五星级酒店的服务员十分贴心，就是这里的氛围，有点像高级相亲酒会……

我能来，当然完全是沾了顾清明的光。我环视了一圈，就看到同样作为家属的童谣也来了。不过她和江潮两个人正在角落里腻歪，我就不去打扰他们了。

其他人也很多都带了女伴或者男伴。

项目组这次不但研制出国内顶级的 AI 无人机，还在全国高校智能比赛中获得第一名，而这个盛景还得到了电视台的转播，可以说瞬间让 DC 科技和项目组火了起来，因此大家吃吃喝喝，十分开心。

后来没过多久，听完 DC 科技的老总的讲话，大家更开心了。

作为合作方，今天项目组取得这么好的成绩，DC 科技的老总自然最为高兴。他先是在上面讲了一些客气的话，比如感谢科技给社会发展做出的贡献，比如欧阳教授为本次 AI 无人机项目付出的心血，最后话锋一转，笑着说——

“所以，既然本次是庆功宴，就一定有特别的奖品。我这里有个抽奖箱，之前大家进场时都领了张小卡片，卡片背后都有一个号码。我现在在里面抽取三个号码，抽中的号码，会有特别的奖品。”

我原本听到抽奖也很激动，但听完奖品之后，就没兴趣了。

因为老总说的奖品是欧洲双人十日游。

之所以没兴趣，是因为昨天他们赢得冠军时，我就要顾清明兑现诺言——赢了比赛就和童谣他们来个四人集体旅游！

结果我说完，顾清明就宠溺地对我说：“我早就订好了飞往北海道的机票。”

我惊讶：“什么时候？”

“那天你说完之后。”

“你就这么肯定你们能赢？”

顾清明自信地笑笑：“你觉得会有意外？”

我当时就给了顾清明一个大大的拥抱：“顾清明，你办事，我放心。不过你怎么知道我想去北海道？”

我确实想去北海道。那天和他们说完之后，我就一直在想去哪里玩，然后我就想到了北海道。我记得高中的时候，有一次路过顾清明的座位，发现他正翻着一本旅游画册，他的目光在北海道的图片上停留了很久。当时我刚从C市转学回来，还不敢和他搭话。但我看着顾清明望着北海道的眼神，心里默默在想，将来一定要和他去一次北海道。

顾清明笑笑：“因为我和你心有灵犀。”

“其实我想去这里，是因为高中的时候有一次看到你看着一本旅游画册上的北海道图片出神，所以……”

“我知道。”我的话还没说完，顾清明就打断了我。

“嗯？”我不明所以地看着他。

顾清明温柔地拉起了我的手：“因为北海道有一个传说，和喜欢的人去看一次雪，最幸福的记忆就会被保存在那里。这样以后如果彼此不再相爱了，再去一次曾经待过的那里，就会找回爱情。”

“所以你的意思是，那个时候你就想和我一起去？”

“除了你，这个世界上没有第二人。”

哎呀妈呀，顾清明的情话说得越来越溜了……

既然顾清明已经订好了机票，那DC科技的这个特别奖，我们就让给其他有缘人吧。

欧阳教授今天一身黑色衣服，戴着黑框眼镜，一副儒雅绅士的学术派头，十分有范。因为对奖品没兴趣了，我便无聊地四处瞎看，然后就被欧阳教授吸引住了。

我拉了拉顾清明的衣角："顾清明，以后你老了，是不是会变成欧阳教授那种帅气的老男人？"

顾清明顺着我的目光望去："用帅气形容欧阳教授不太合适吧？我可能……"

"他不戴眼镜，我觉得如果你喜欢欧阳教授那样的男人，以后的我会更像一些吧？"一个熟悉的声音打断了顾清明。

我们同时转身，就看到一身正装的贺言端着一杯酒走了过来。

2

"贺言，怎么是你？"

看到贺言出现，我的神经立马紧绷了起来。

贺言却笑了笑："身为 DC 科技的股东，这么重要的时刻，我怎么能缺席呢？"

我确实太过紧张，完全忘了他这个身份。他这样说确实没错，我一时无语。但惹不起，我躲得起，所以我拉着顾清明示意他离开。

但顾清明拉住了我的手，他似乎不准备这样一直躲着。

他直视着贺言，眼神很冷："贺先生似乎对我女朋友一直很有兴趣？"

"你看得出来就好，省得我麻烦。"贺言丝毫无惧，反而嘴角一直噙着一抹微笑，"要不然你开个价，只要你离开她……"

然而贺言的话还没说完，顾清明就突然松开了手，一拳打在了贺言的脸上。

“那我也就不废话了，我们直接一点。”顾清明清冷地看着贺言，“我忍你很久了，这只是一次警告，如果你再骚扰我女朋友，下次绝对没有这么客气。”

这个动作实在太过突然，我完全没有想到顾清明会这么粗暴，大家也没有想到，原本正在吃东西的众人纷纷侧目。他们都了解顾清明的性格，完全不知道他还有这么一面。有几个知道我和顾清明关系的同学在看到这一幕时，眼睛里全都是对顾清明这种行为的赞赏。

我自然也没有想到，看到贺言的嘴角冒出了血，吓了一跳，生怕顾清明惹上事。我拉了拉顾清明：“顾清明，算了……”

DC 科技的人看到贺言被打，立马叫了保安。

“喂，你在搞什么，怎么打人？！”保安严肃地看着顾清明，作势要走向顾清明。

贺言却对保安挥了挥手，抹了抹嘴角的血，对顾清明笑笑：“很好，这很男人。我喜欢你的处理方式。来吧，把你心里的怨气发泄出来。”

我没想到他这么不要脸，本来还觉得顾清明这种处理的方式太过粗暴，但看着他这副嘴脸，想到之前他对我的骚扰，实在忍无可忍，终于趁着他不注意，也一脚踢到了他的腿上。

“王八蛋，既然你喜欢，那就成全你吧！”

如果说刚刚是我对顾清明的行为感到吃惊，现在就换成了顾清明惊讶地看着我。

我却对他挑了挑眉，我的意思很明显：打架这种事，两个人一起动手赢的概率才大。

贺言更没有想到我也会动手，而且他可能真的很疼。他咧了咧嘴，皱着眉头看着我：“李淼，你就这么讨厌我？”

“不然呢？你以为你是谁呀，美男子吗？你也不照照镜子，天天一副自以为是的样子，你在我面前就是一坨屎！很臭很臭的那种！所以以后别再让我见到你，不然我见一次就打一次！”

说完我不顾贺言的反应，就拉着顾清明在大家或震惊或赞赏的眼神中大步离开了。

我从来没有感到这么痛快过，也从来没有想过有一天我会打架，还是和顾清明一起。

后来有人告诉我，贺言在我们离开后，表情异常痛苦，站在原地久久没有动。保安去搀扶他，他都挥手示意不要理他。我怀疑我那一脚踢得真的有点重，不过要真是这样才好。

出了酒店，顾清明不可置信地看着我：“没看出来，你还是个暴躁女孩。”

我不甘示弱地看着他：“没看出来，阁下也是个暴力少年。”

顾清明扯唇一笑，温柔地揉了揉我的头：“不过下次还是不要轻易动手了，这种事，交给我就行了。女孩子，要矜持。”

“好的暴力少年。”说完我拿起了他的手，心疼地吹了吹，“力是相向的，你的手也很疼吧？”

“没事。”

“顾清明，你就不担心他会还手吗？”

“我做好了他还手的准备。”

“可是万一因为这件事坐牢了呢？”

“为了你，心甘情愿。”

我记得那晚月光如水，顾清明的笑容异常温柔。那笑容看得我心里直痒痒，所以回学校的路上，我故意走得很慢。可是时间尚早，我再磨蹭，快到学校的时候还是不到十点。顾清明以为我不舒服，一直问我怎么了。

我看了看马路对面闪亮的酒店灯牌，对顾清明嘿嘿一笑：“没怎么，就是担心宿舍是不是已经关门进不去了，好像挺晚了。”

顾清明抬起手腕看了看时间：“不会吧，现在才九点五十。”

我：“……”

看来我暗示得还不够？

我指着酒店，故作惊奇：“咦，顾清明，你看那个亮着灯的地方是什么啊？”

顾清明愣了愣：“酒店啊！”

“酒店？酒店是干吗的啊？”

顾清明终于反应了过来，他噙着一抹笑逗我：“酒店啊，就是专门用来惩罚坏人的地方。”

看着顾清明识破我的表情，刚刚作妖的我突然不好意思起来：“那还不快跑，说不定里面已经有很多坏人了。”

顾清明却一把将我搂住：“我身边好像就有一个，看来她今晚要受到惩罚了。”

我笑着挣扎：“不要啊，饶命啊，我错了，顾清明，我不该逗你，救命啊……”

“是吗？可惜已经晚了。”

虽然暴力的处理办法很不友好，但是效果出奇的好。

在那天之后，贺言完全从我眼前消失了。我还一度担心他会报复顾清明，所以一没课就跑去找顾清明。不过事实证明我想多了，校园里不仅再也没有出现过那辆风骚的超跑，连贺言的影子都不见了。

这还真是让人异常的开心啊……

因为顾清明订的机票时间还没有到，所以那段时间我最期待的事就是早一点开始和顾清明一起的北海道之旅，可是越是着急，时间过得越慢。

那天在食堂吃饭，我质问他：“顾清明，你到底订的哪一天的机票啊？怎么还没到时间出发？你该不会骗我，根本就没订吧？”

顾清明把他碗里的鸡腿夹给我：“你以为机票是那么随便订的？”

我纳闷：“去北海道的机票这么紧张？不应该呀，这个季节也不是旅游旺季。”

顾清明终于无奈地看着我：“你觉不觉得最近有什么重要的日子快到了？”

听到他这么说，我愣了愣，思考了半天也没想起来最近有什么大日子。

“给你提个醒，十岁那年，你特别喜欢吃枣子，我问你为什么喜欢，你说甜……”

我愣了愣：“好像是有这么回事，所以呢？”

“所以我们一起种了一棵枣树。”

“对对对，我记得差不多就是这个季节种下的。”顾清明说完，我忽然想起来，“没想到第二年就开始结枣了，还是我吃过最甜的枣！”

顾清明认真地看着我：“准确地说，是后天的下午。”

“后天的下午……你记这么清？那时候咱们才十岁啊！”我不可置信地看着顾清明，说完又自讨没趣，“我忘了，你智商 180，记住这些根本就不足为奇。但是，这和我们去北海道的机票有什么关系？”

“李淼，你可能不知道。”顾清明忽然拉住我的手，温柔地看着我，“和你种下枣树的那天，阳光特别好，光影落在你的脸上，你站在我身边甜甜地对我笑。那时候我就知道，我身边的小女孩将会是我用一生来守护的人。后天就是距离那天整整十二年的日子。你还记得我告诉你的北海道的那个传说吗？后天，我想把我们最美好的爱情永远留在那里……”

顾清明说完，我直接愣了。我完全掉进了顾清明深情的眼眸里，脱口说出的却是：“好啊顾清明，原来你十岁的时候就对我有非分之想了，还对别人说是我从小就觊觎你的美色……”

然而，我话还没说完，就感到嘴巴上落下了一个热烈的吻。

它既热烈又温柔，既霸道又执着，让我不能自拔。

顾清明说的那天终于到来的时候，我异常激动，收拾好东西就到学校门口集合，但是我发现童谣不在。我还以为她提前过去了，结果等到了顾清明说的集合点，还是没发现她的身影。更加离奇的是，江潮也没和顾清明一起出现。

“童谣和江潮呢？”我愣愣地看着他，“不是说好集体旅游的吗？那两个人不会叛变了吧？”

“他们已经去了欧洲双人十日游。”顾清明接过我的行李往前走。

“嗯？这个十日游听着怎么这么熟悉啊？！”忽然，我反应了过来，“他们不会是抽中了 DC 科技给的特别奖吧？”

“对呀，也是今天出发。”

“好个童谣啊，怎么一直没告诉我啊？！”

“是我特意让她保密的，我想和你单独在一起，这样才方便惩罚坏人。”

反应过来的我立马追上去，挽住了顾清明的手：“顾清明，你越来越坏了！你才是真正的大坏人……”

坐上飞机的时候，窗外阳光正好，彩云满天，我仿佛看到北海道在向我招手，那传说中会留下最美好的爱情的雪山在向我招手。我眯着眼看着顾清明干净的侧脸，发现他正笑着，嘴角的弧度很好看。

那一刻，顾清明再次令我感到很心安。

虽然我不知道以后要面临的是什么，但看着身边的顾清明，我知道，我什么都不怕。

岁月静好，有你真好。

我最喜欢的少年，他就在我身旁。

我更加知道，不管是少年、青年，还是以后油腻的中年、垂垂老矣的晚年，他永远都会在我身旁。

他是我的顾清明，是我的日和月。

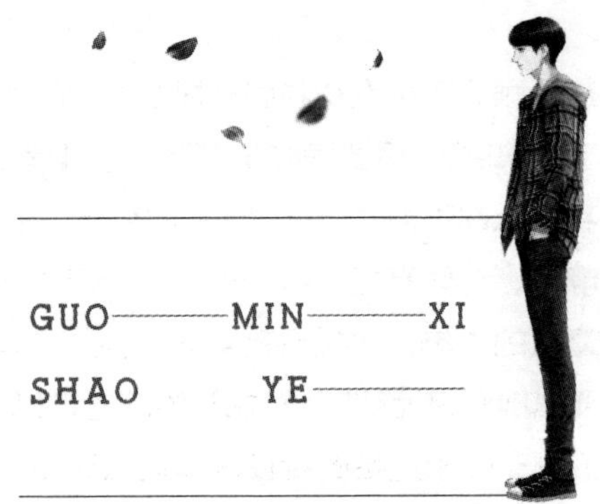

第十八章

后来的我们

1

“好了朵朵，这就是妈妈和爸爸的爱情故事了，听了这么多，这下够你写你的作文了吧？”

窗外夜色正深，我坐在朵朵的床边，对她笑了笑。

为了完成朵朵老师布置的作文“我爸妈的爱情故事”，我回忆了一遍以前我和顾清明的事。其实很多事我以为连我自己都不记得了，没想到真正说起来的时候，很多回忆都慢慢涌进了脑海。

“哇，原来你和爸爸的爱情故事这么浪漫。”听完我的故事，好不容易躺进被窝的朵朵完全没有了睡意，她兴奋地问我，“那后来呢？你们的北海道之旅开心吗？回来之后呢？对了，还有我爸爸是怎么向你求婚的啊？”

“后来呀，后来我就嫁给你爸爸了，再后来不就有了你吗？求婚嘛……”我假意打了个哈欠，摸了摸她的头，“好了，今天太晚了，明天你还要早起上学，还有什么想知道的，改天我再告诉你吧。”

朵朵虽然不甘心，但看了看时间，确实超过她平时睡觉的时间了，于是只好躺好：“那好吧，妈妈晚安。等爸爸回来了，也帮我和他说晚安。”

“晚安朵朵。”我给朵朵掖了一下被子，这才退出她的房间。

坐到客厅里，我越来越清醒。看着桌子上摆放的朵朵的相片，她都已经七岁了，我才意识到我已经大学毕业很多年了。然而我还没来得及再回忆一下，就听到门被打开的声音。

顾清明换好了拖鞋，看到沙发上的我时皱了皱眉：“老婆，这么晚了，你怎么还没休息？”

我伸出手要抱抱：“别说了，刚把你女儿哄睡着，快累死我了。”

“这么晚？她平时不是准时睡觉吗？”顾清明无视我索抱的要求，轻手轻脚地走到朵朵房间的门前，轻轻地开了房门，看了一眼已经睡着的朵朵，这才走回我面前。

“今天朵朵回来说，老师布置了一个任务，要求了解父母在一起的爱情故事，然后要写出八百字的作文。所以我就和她讲了一下我们的故事。”说完我继续索抱。

顾清明听了，皱了皱眉：“八百字？她才七岁……现在学校都这么虐待儿童吗？我看我有必要去教育局投诉一下。”

“你没必要这么心疼你女儿……”我朝他打趣道，“你忘了，你女儿和你一样，都是天才，八百字哪够她写啊！喂，你就没看到你老婆的胳膊举得都快酸了吗？”

顾清明终于一把将我抱住，然后我顺势就翻身将他压在沙发上。

“你干吗？”顾清明愣愣地看着我。

“没什么，就是想惩罚一下坏人。”

顾清明却魅惑一笑，翻身将我压在了身下：“真的吗？”

看到顾清明这表情，我立马举手投降：“我错了顾清明，我开玩笑的，我今天特别累，求放过……”

顾清明这才放过我。

唉，这么多年了，我每次调戏他都反被他调戏，他怎么把我吃得死死的？我恨！

“DC 科技年会开得怎么样？”今天顾清明一早就出去，告诉我会很晚才回来。这个点，确实够晚了。说完，我给顾清明倒了一杯水。

他接过水喝了一口，才松开领带淡淡地说："我答应宋亚南了。"

"没想到呀，过了七年，你终究还是答应他了。"我坐到他身边，对他笑笑，"恭喜顾经理……哦不，以后就是顾总裁了。总裁大人，我去给你放洗澡水好吗？"

顾清明没理我，只是认真地看着我："所以你不要忘记答应我的事。"

我给了顾清明一个略显委屈的眼神。

顾清明说的事，是让我不要再做兼职翻译的工作。

毕业那年，我以优异的成绩毕业，并很快进了当时首都的一家知名翻译公司。短短一年，我就成了公司最年轻的首席翻译官。

但第二年我就怀了朵朵。为了朵朵，我毅然辞职，做了全职妈妈。随着朵朵长大，特别是上了学之后，我有了更多的时间，很想重新工作，但顾清明心疼我朝九晚五太过辛苦。

我实在闲不住，机缘巧合下，接下了不少可以在家翻译的工作，本来还算轻松，但很多事赶到一起的时候，便不得不熬夜加班。

顾清明心疼我，几次劝说我不要再做，我都没有答应他。

而顾清明因为成绩优异，特别是在欧阳教授小组的成绩斐然，还没有毕业就被众多科技公司看中了，其中合作过的 DC 科技当然第一个向他抛来了橄榄枝。

DC 科技上面的总公司老板宋亚南为了招揽他，知道贺言的事之后，特意出资购买了贺言手里的全部股份，让贺言和 DC 科技彻底断绝了关系。顾清明感恩当初宋亚南在 AI 无人机项目被停时出手相救，又见他诚意满满，一毕业就进了 DC 科技。

不到五年的时间，由顾清明带领的研发部门就创造出了好几款国内最先进的产品，让 DC 科技从首都知名企业成了全国知名的科技公司，并成功在香港上市。

顾清明更因此获得了国家科技技术奖，是获得这个奖项的最年轻的科技教授，我私下都打趣他为顾大教授。

总公司老板宋亚南异常欣赏他,几次要求他出任DC科技总裁，全面领导公司的发展，但他都以无心做管理拒绝了。

这一次，DC 科技现任总裁因事离职，宋亚南再次向顾清明抛出橄榄枝，可顾清明依旧是以前的答案。就在这个关头，宋子屿找到了我。

我当然知道他的目的，他是宋亚南的独子，又和我与顾清明都是校友，估计这是宋亚南最后的办法了。我自然是尊重顾清明的想法的，所以只对宋子屿说试试，成不成功都和我没关系。

然而让我万万没想到的是，我才随便和顾清明一说，他就说可以考虑答应，只要我答应他一个条件：不再做兼职翻译。

现在想想，我怎么有种被套路的感觉……

顾清明洗了澡，时间已经很晚，我们躺在床上，我忽然想到朵朵之前问我的问题。

“对了，顾清明，你还记得你是怎么向我求婚的吗？”

“怎么问这个？”

“朵朵问我，但是我好像怎么也想不起来了。”

顾清明关了灯，顺势将我搂在怀里：“想不起来就不要想了，过程不重要，重要的是你现在可以天天抱着我睡……”

“明明是你在搂着我……”我无心和他计较这个，小声嘀咕，“不行，我一定要想起来。”

我翻来覆去睡不着，就在拿东西意外翻到抽屉里的结婚证时，我们结婚的画面忽然就涌入了脑海……

2

大三那年，童谣和江潮同时申报了美国理工大学去进修，并且得到了批准。再过几天，等签证下来，他们就要飞奔地球的另一半球，以后我们真的就要在地球的两边见不到了。

因为这件事，那几天我心情有点低落。

我舍不得童谣："我在大学这么久，就你一个好朋友，你走了，我怎么办啊？"

"你不是还有顾清明吗？"童谣身上是藏不住的甜蜜，"江潮家人都在那边，我也想早点过去适应一下。"

我对她只有四个字的评价："重色轻友！"

说归说，她真去了，我还是很为她高兴的。

童谣说得对，江潮的家人都在美国那边定居了，如果他们想长久在一起，以后生活在那边的概率很大，早点过去适应一下环境未免不是好事。而且以童谣黏江潮的程度，她恨不得毕业就嫁给他。

但其实我一边为童谣的勇敢感到钦佩，一边又多少有点为她感到可惜。

因为她出色的游泳成绩，市游泳队向她抛来过橄榄枝，希望她可以成为职业游泳运动员。童谣以前也说过以后有这方面的想法，因为她是真的喜欢游泳这项运动。她去美国，无疑放弃了这次大好机会。

我对童谣说了心里的惋惜，她却乐观地笑笑："放弃就放弃嘛，我堂堂一个高才生，游泳队还不好进？既然天意如此，那我就只好努力学习，将来也好在祖国的其他领域继续发光发热喽。"

于是童谣带着这样的心情，没过几天就真的和江潮坐上了飞往美国的飞机。

顾清明发现我心情不太好，周末骑车带我逛了逛八大胡同。我也不知道他为什么选这里，还意外又走进了宋子屿家开奶茶店的那条街。

后来我才知道，宋子屿那家奶茶店是他奶奶开的。虽然宋子屿爸爸是越级富豪，但老人不喜欢那种奢靡的生活，就开个小店自给自足，好不快活。宋子屿和奶奶关系好，又心疼奶奶，没事便来店里帮忙。

路过奶茶店的时候，我发现傅若溪正娴熟地在柜台后面和宋子屿一起给顾客做奶茶。顾清明可能是真的忘了这里有宋子屿的奶茶店，原本他只是想带我重温一下我们在 W 市时常常去逛的那片清末民初的建筑，想着这会让我心情好一些，结果看到宋子屿时才发现好像来错地方了，于是急忙骑车带我离开。

我第一次见顾清明有点狼狈的模样，终于笑了笑："顾清明，你骑这么快干吗？"

顾清明淡淡地回我："怕你再被人惦记。"

"你没看到人家感情那么好吗？谁会惦记我？"

顾清明却轻哼一声，不以为然。

不过仔细想想，顾清明不以为然也是有原因的。虽然宋子屿和傅若溪在一起了，但老傅因为身体不好休息了两个月，在那两个月的时间里，宋子屿成了我们校游泳队的代理教练。

宋子屿这个代理教练当得很是称职，要求大家每天必须训练超过两个小时，而且如果谁的动作不标准，训练强度不够，他都亲自来指导。虽然我经过了一次重大比赛的磨砺，但因为把自己摔了个狗吃屎，将比赛经验直接拉成了负数，所以毫不意外便成了宋子屿重点指导的对象。

对于这一情况，宋子屿很是得意："李淼，天道好轮回，没想到你又落到本冠军……不，本教练的手里了吧？”

我以为宋子屿会趁机对我做出什么不轨行为，也吓了一跳。然而事实证明是我想多了。宋子屿不但没有对我有任何的非分之举，还教了我一些真正在比赛中会用到的呼吸技术。据说那都是他的独家秘诀，从不外传。

我很感激宋子屿的大方，但顾清明显然不这样想。

有两次因为急事，他跑来游泳馆找我，都发现宋子屿正和我在角落里单独相处。虽然我们是在认真训练，身正不怕影子斜，但两个人穿着泳衣泳裤，又经常会有肢体接触，某人看到后心里可不是滋味了。

用顾清明的话来说：“一个曾经那么惦记你的人每天和你待在一起……我怎么能放心得下！”

放不下心的顾清明，后来危机感越来越强烈，他甚至叫我退出游泳队，但可想而知，这很不现实。

不过这难不倒顾清明。

有一天，他忽然打电话对我说：“李淼，明天让你爸把户口本寄过来。”

我一脸迷糊：“干吗？”

“欧阳教授有张表要填写个人详细的资料，需要一个最亲近的人的户口本资料。”他的声音很淡，我甚至不知道他具体要干吗，但完全没有多想就打给了我爸。

没过几天，户口本就寄了过来，我交给顾清明的时候，他的嘴角难得扬了扬。

然后他便说带我出去逛逛。

那是极为普通的一天，阳光很暖，微风徐徐。我以为顾清明会带我去一个有名的地方玩，毕竟来到首都之前我列的“必去名单”上还有好多地方没去。然而让我没想到的是，我们停下来的地方是民政局。

看着周围完全没有名单上的地方，我愣了愣：“顾清明，你是不是走错了，怎么停这儿了？”

“没走错。”顾清明已经拉着我的手走到民政局门前，转头对我说，“李淼，你说青梅竹马最好的结局是什么？”

我还在疑惑顾清明跑这儿干吗，便随口问：“是什么？”

顾清明拉着我的手又紧了紧，他满眼温柔地说：“是执子之手，与子偕老。”

我疑惑地看着顾清明：“你这是在表白吗？”

“不，我这是在求婚。”刚说完，顾清明就忽然在我面前单膝下跪，认真地抬头看着我，“李淼，你愿意嫁给我吗？”

没有求婚戒指，没有大束玫瑰花，和我想象中的求婚完全不同。

但就是那一刻，我忽然像是惊醒了一般，才反应过来顾清明带我来这里的目的，于是立马点头如捣蒜。

嫁给顾清明一直是我的梦想，没想到这么快就实现了，我还害怕顾清明反悔，又怎么会不愿意。

“我愿意我愿意。不过顾清明，你不是在忽悠我吧？”

我的话刚说完，顾清明已经紧紧地拉着我的手，走进了民政局。

如果我说整个过程中，我完全处于一种极度兴奋、高度发蒙的状态，不知道有没有人相信。反正等我反应过来的时候，我们已经办完了全部手续，我和顾清明手里已经各自握了一个红本本。

看着手里的结婚证，我简直不敢相信，无比激动地看着顾清明：“顾清明，你掐我一把，这是真的吗？我们真的领证了吗？”

可能我太过激动了，表情有点夸张，一旁的路人纷纷侧目。

顾清明没有掐我，但他紧紧地将我搂在怀里，轻轻地吻住了我："现在感觉真实了吗？"

"嗯嗯……"我激动地点头，"真没想到，以后你就是我李淼的个人物品了，哈哈。"说完我看了看手里的红本本，又看了看顾清明，心里那个激动啊！

不过我还是问出了心里的疑惑："顾清明，你怎么这么着急和我领证啊？咱们虽然到了法定年龄，可都还没毕业啊！"

说完我就看到顾清明一脸醋意："我觉得再不把你的名字加进我家户口本里，你不知道什么时候就被人拐跑了，现在这样才安全。"

"安全安全，绝对安全。十个吴彦祖也拐不走！"我兴奋得手舞足蹈，连走路都感觉带风。

而且看着一旁侧目的路人，我突然想起网上的段子，立马朝顾清明嘿嘿一笑，在他还没有反应过来时，就夸张地对他说："姐夫，你真的考虑清楚了吗？咱俩的事让姐姐知道怎么办？你这可是重婚啊……"

顾清明比我想象中还要反应快，他一把搂住我的腰，对我挑了挑眉："为了你，我连背叛你姐姐都不怕，重婚又算什么！别怕，天塌下来，有你姐夫我顶着呢。"

看着路人一脸震惊的模样，我差点笑出眼泪。

——顾清明，咱们还真是天造地设的一对啊！

3

第二天在学校门口接朵朵放学时，她一看到我就朝我激动地高喊："妈妈，老师今天表扬我了，说我的作文写得特别感人，还让我当场读给大家听，同学们听了都很羡慕你和爸爸的爱情……”

听完她的话，我的心情很复杂。看着同样来接孩子的大人，我顿时感到一阵……羞耻。

所以我急忙带朵朵上车回家了。

等做好饭，我发现朵朵正在客厅里看电视看得入迷。今天这个小学霸竟然一反常态，平日里我在做饭时，她都是乖乖地认真写作业。

遗传了她爸爸顾清明的良好基因，她打小就让我很省心，聪明、漂亮，还懂事。她年年考第一就算了，据说班里的男同学都想和她做同桌，一下课就争先恐后地围着她转……我脑补了一下那个画面，忽然想起顾清明以前在学校也是这样子……

唉，这父女俩让我想想就嫉妒。

“你在看什么？有这么好看？”我一边切菜一边回头问朵朵。

“我在看亚运会呀，妈妈。我告诉你哦，宋叔叔又夺冠了。”朵朵兴奋地对我说。

听了朵朵的话，我不淡定了，立马从厨房出来：“快关掉，你爸爸快回来了，他要是看到你这么喜欢看你宋叔叔游泳……当然你这个小心肝是不会有事，但你宋叔叔又要被老爸多讨厌一下了，你忘了你夏明哲叔叔海报的事了？”

说话间，我拿起遥控器想关掉电视，电视上刚好在放宋子屿站在领奖台上的画面，右上角显示他是本届亚运会男子 400 米自由泳冠军……

这个宋子屿，现在越来越能为国争光了，这是他今年的第四个冠军了吧？

“可是我就是喜欢看游泳嘛，宋叔叔又游得那么好……”朵朵显得有些委屈。

说到这个，这部分的基因大概是遗传了我。在大学误打误撞进了校游泳队，身边的队员一个个都混成了冠军，我却还是半吊子，一直滥竽充数，没想到生出的朵朵竟打小就喜欢上了游泳。

“好吧，那你再看一会儿。”我看了看时间，“不过最多十分钟，不然你爸爸就要回来了。”

“嗯！”得到允许，朵朵很开心地继续看电视了。

宋子屿是在大四那年直接被国家游泳队招进去的。其实他学的是土木工程专业，但因为实在热爱游泳，大学四年的每届比赛当中，他都以第一名的成绩称霸高校游泳界，然后就被国家游泳队的教练盯上了。

他确实是喜欢游泳，所以国家游泳队找上他的时候，他连考虑都没有就答应了。

事实上，宋子屿确实是游泳天才。按说在游泳队，他现在已经不算年轻，就算还没到退役的年龄，体力方面也应该衰弱不少了。可是进入国家游泳队七年的时间，他一次一次刷新着自己的纪录，也刷新着世界纪录，加上长相英俊帅气，每次记者采访他的时候，他都以幽默的回答赢得喝彩，因此他被大家评为国民泳队男神，粉丝不比夏明哲少。

夏明哲是现在风头正劲的摇滚创作歌手，不比一般的歌手，他不仅长相俊美，所有歌曲的词曲自己一手包办，而且歌曲传唱度高。这么说吧，有很长一段时间，大街小巷都是放的他的歌，打开电视，到处是他参加的节目。去年他还上了春晚，是老阿姨、小姐姐的心头挚爱，粉丝都自称芝麻。

朵朵倒不是芝麻，但夏明哲对她异常热情，出了专辑就寄给她，粉丝寄了好吃的、好用的，他都会寄一份过来给她。可是朵朵还只是一个啥也不懂的小孩子，哪里听得了他的歌。

我当然知道这是夏明哲怕顾清明吃醋才用的迂回之法，不过他没想到这仍然逃不过顾清明的魔爪。只要是夏明哲寄过来的东西，第二天就会突然从我们家里消失。

最近一次是夏明哲给朵朵寄来了最新的签名海报，但和以往一样，第二天海报就出现在了垃圾桶里。

奇怪的是，每次顾清明做这些事，他什么话也不说，既没有生气也没有责怪，好像这一切和他根本无关一样。

我被他的幼稚行为打败，却又觉得他这样子……异常可爱。

我知道夏明哲为什么这么热情，用他的话来说，是要弥补我没去过他演唱会的遗憾。

说到这个，夏明哲还真没有食言。

音乐学院还没毕业的他因为参加一档当时国内异常火爆的选秀人气爆棚，经纪公司顺势给他办了演唱会。而他第一时间将这个消息告诉了我，并且邀请我去参加他人生中第一场演唱会。

不过那时候我正怀着朵朵，自然没有去。

我只给他送去了花篮，发了信息表示为他感到骄傲，没想到这些简单的话还惹了事。后来的演唱会当中，夏明哲说了大段感谢的话，他感谢的人有他的父母，有他的姐姐，有他的经纪公司，有赏识他的评委。说到最后，他说更要感谢一个曾经在他最迷茫的时候陪伴着他的一个姐姐……是那个姐姐让他找到了属于自己的路，可能没有那个姐姐，今天他就不能这般站在舞台上表演。

事后有记者问他那个所谓的姐姐是不是他喜欢的人，他笑了笑：“如果她现在没有嫁人的话，我一定会追到她的。”

这事第二天就上了娱乐头条，吓得我好几天不敢上网，不敢开电视。幸好顾清明不喜欢那些娱乐频道，要不然……家里可能要翻天了。

电饭煲的嘀嘀声将我从回忆里拉了回来。

窗外夕阳正缓缓落下，我看了看煲好的汤，忽然就笑了笑。

是的，这就是我现在的日子，和最爱的人在合适的年纪成了家，生了一个可爱的女儿，没有轰轰烈烈，没有大起大落，却贵在真实温馨。

我也不知道为什么突然会感慨这些，可能昨天陪朵朵回忆了一下以前的日子，有点不敢相信，原来时间一晃就过去了这么多年。

我正准备盛汤时，顾清明忽然开门回来了。

一进门，他就直接朝厨房走了过来。见他神色凝重，我还以为公司出了什么事，正准备问他，就听见他对我笑笑：“老婆，你昨天不是问我当初是怎么向你求婚的吗？我想起来了。”

听完他的话，我笑而不语。我还没告诉他昨晚我就想起来了，只是好奇地看着他：“哦？”

一旁的朵朵兴奋起来：“爸爸快说，爸爸快说。”

顾清明活动了一下，似乎在找当时的感觉，然后他轻轻地说：“李淼，你说青梅竹马最好的结局是什么？”

我配合着他做迷糊状：“是什么？”

顾清明拉着我的手又紧了紧，他满眼温柔地说：“是执子之手，与子偕老。”

我忍住不笑，看着顾清明：“你这是在表白吗？”

“不，我这是告诉你以后我们的结局。”话刚说完，顾清明就对着朵朵招了招手，将她搂在了怀里，说，“谢谢你李淼，给了我一个幸福的三口之家。”

我对他摇了摇头：“也许并不是三口之家。”

顾清明皱眉：“嗯？”

我看了看同样一脸好奇的朵朵，最终还是选择凑到顾清明耳边小声说：“我好像又怀孕了……”

— 全文完 —

GUO——MIN——XI

SHAO YE——

番外 & 小剧场

一岁一深情

朵朵一岁时

书房里。

顾清明一边抱着朵朵一边看资料，忽然，怀里的朵朵咿咿呀呀，开始哭闹。

顾清明：“李淼，你过来看看，朵朵是不是尿了？”

正在准备晚饭的李淼急忙跑过去。

李淼：“你把她抱起来，抱高一点我看看。”

顾清明照做，李淼扒掉朵朵的尿不湿看了看：“没有啊……”

但她的话还没说完，朵朵的尿就喷射而出，不偏不倚，正对顾清明的胸膛。

“……现在是真尿了。”

顾清明看着湿透的衬衫：“谢谢，我看到了。”

朵朵两岁时

客厅里。

顾清明抱着朵朵，目不转睛地看着她，嘴角的笑意越来越浓。

李淼：“顾清明，你都这样抱着看了整整一上午了，怎么还没看够？你胳膊不累啊？”

顾清明：“女儿长得漂亮，不看白不看。”

李淼走到顾清明面前：“你都好久没用这么温柔的眼神看过我了，下午你这样看我行吗？”

“你问问朵朵答不答应。”

李淼：“……”

顾清明："以前我常常听人说，有了女儿以后，对老婆的爱会变淡，我还不信。"

李淼："现在呢？"

顾清明："我信了。"

李淼："……"

——顾清明，我要离婚！

朵朵三岁时

阳台上。

顾清明跪在地毯上，扮成一匹小马，朵朵骑在他的身上，双手拍打着他的屁股。

"爸爸，驾，驾……爸爸可以再跑快一点吗？"

在朵朵的叫喊声中，顾清明跪在阳台上转来转去。

李淼："朵朵，你们都玩好久了，快下来让爸爸休息一下。"

朵朵："我不我不，爸爸再快点，爸爸再快点。"

李淼："顾清明，你别把你女儿惯坏了。"

顾清明："没事，惯坏了我养。朵朵，坐稳了，爸爸现在是私人飞机，准备起飞喽。"

朵朵："哦哦，空军一号，现在准备，起飞！"

李淼："……"

——顾清明，你的智商都玩没了吧？！

朵朵四岁时

卧室里。

李淼穿着一身透明蕾丝性感内衣，在顾清明推开卧室门进来的那一刹那，一把将他扑倒在床。

李淼："嗷哦，你这只闪闪惹人爱的小绵羊，今晚落到我的手里，可不要怪我把你吃掉，嗷哦……"

顾清明翻身将她压下，然后……起来。

顾清明："我今晚陪朵朵睡，刚刚她说她睡不着，让我给她讲睡前故事。"

李淼："……"

李淼："有了女儿，你就不要老婆了是吧？到底是老婆重要还是女儿重要啊？"

顾清明："这么明显的事，还用问？"

顾清明说完，抱着枕头去朵朵的房间了。

李淼："……"

——这日子没法过了，朵朵，求求你，把我的顾清明还给我好不好？

朵朵五岁时

幼儿园。

顾清明和朵朵挥手告别，目送她走进幼儿园。朵朵也挥手，然后刚转身，一个小男孩就朝朵朵走了过去。

小男孩："朵朵，你今天穿的裙子好漂亮，我可以拉着你的手一起走吗？"

朵朵："可以。"

于是小男孩子开心地拉着朵朵的手，两个人一蹦一跳地朝教室走去。

顾清明："……"

顾清明打给秘书："小王，我要这个男孩的全部资料，包括他父母的、他爷爷奶奶的、他外公外婆的，最好还有他邻居的。"

小王：“好的顾总，不过这个小男孩是你什么人？”

顾清明：“潜在情敌。”

小王：“……”

朵朵六岁时

公园里。

顾清明和朵朵手拉着手散步，一只可爱的小狗朝他们跑了过来。

朵朵：“哇，爸爸快看，这只狗狗好可爱，我们可不可以也养一只小可爱？”

顾清明：“不了，我们家已经有一只小可爱了。”

朵朵：“在哪儿？我怎么没看到过？爸爸是把它藏起来了吗？”

顾清明：“你就是爸爸的小可爱。”

李淼：“……那我呢？是不是你的大可爱？”

顾清明：“朵朵，你说妈妈是爸爸的什么？”

朵朵：“嗯……妈妈是爸爸的坏人？昨晚我好像听到你们是这样说的。”

李淼：“……”

顾清明：“昨晚我们是不是忘记关门了？”

李淼：“不，是你太大声了。”

朵朵七岁时

车里。

李淼的肚子越来越大了，今天例行产检。

朵朵：“妈妈，你肚子里是弟弟还是妹妹啊？”

李淼：“朵朵想要个弟弟还是妹妹呢？”

朵朵：“我只想要爸爸。”

李淼：“……”

顾清明：“朵朵，不管妈妈肚子里是弟弟还是妹妹，你都是爸爸最疼爱的宝贝。”

朵朵：“我才不信，妈妈说没有我之前，你也是这样对她说的。有了我之后，你就把她排在第二位了。”

顾清明：“那你怎么样才相信呢？”

朵朵：“你先兑现你以前的诺言我就信。”

顾清明：“以前什么诺言？”

朵朵：“对妈妈说，她还是你最疼爱的宝贝。”

李淼开心地抱着朵朵亲吻：“这个女儿没白养！”

顾清明也顺势搂了搂她们母女：“你们从来都是我最疼爱的宝贝，不分先后。”

小剧场㈠

路过李淼的世界

十二岁的时候，李淼曾说过，她这辈子最讨厌的人就是顾清明。

这事有两个原因。

一是那年李淼干坏事，不止一次被顾清明告发到老师那里，导致她的威望在她的一众小弟面前尽失。二是顾清明每天比老师还关心她的成绩。成绩啊……这可是李淼的一大痛点。

李淼爱玩，为了有更多的时间玩，当然就没有时间来学习了。于是顾清明就像她的私教一样每天给她布置任务，第二天一早检查。李淼很想反抗，但是……顾清明能主动监督她的学习，李爸爸、李妈妈感激还来不及，便将她全权托付给了顾清明，于是她只能在心里默默愤恨。当时她的一众小弟都对她嗤之以鼻。

“淼哥，你可是我们的老大，居然被顾清明这么个小白脸压这么死，连个屁都不敢放，你有没有搞错啊？”

李淼安抚大家：“你们懂个屁，他拥有我家老爷子的尚方宝剑，明着反抗就是找死。但是，我已经想好整他的办法了，你们就瞧好吧。”

大家是在一个礼拜之后看到李淼怎么整顾清明的，但是看到以后差点没笑死。因为李淼在顾清明背后贴了“我是李淼家的小狗狗”这么一张大字条。最重要的是，李淼还特意走在顾清明的前面，时不时唤顾清明的名字。

于是，李淼和顾清明一前一后路过人群时，还真像李淼在遛狗，引得大家一边大笑一边对李淼竖起大拇指。

顾清明发现了异常，然后伸手摸到了那张字条。

李淼见情形不对，想拔腿就跑，却被顾清明一把抓住。

“顾清明，我错了，我就是和你开个玩笑。”李淼心虚地对顾清明嘿嘿一笑，生怕顾清明生气。后来，顾清明确实生气了，只不过和李淼想象的情况不同，顾清明没有骂她，也没有向老师和家长告发她，就是罚她写了三千遍字“顾清明，我真的错了”，还将这些字贴在她桌子上。

李淼写得手都酸了！

因为每天看着这三千字，后来每当李淼再想对顾清明这个恶势力奋起反抗的时候，气势就消失了一半。久而久之，她只得对顾清明俯首称臣。

坏处很明显，她的一众小弟彻底对她失去了信心。

“淼哥，你这辈子的英名恐怕要毁在顾清明手里了，真为你感到可惜啊！”

李淼也觉得很可惜。可是，她只能接受。

不过她也意外收到了好处。

长期跟着顾清明这个全年级第一的学霸学习，她的成绩突飞猛进，从垫底一跃进了班级前十，不但在李爸爸、李妈妈面前扬眉吐气，就连在老师面前说话都自觉比以前有底气了。

对此，李淼十分感谢顾清明。

“顾清明，谢谢你，要不是你，我还不知道我这么聪明呢。”

顾清明却看着她摇了摇头：“不客气，主要我也不是为了帮你。”

“那是为了帮谁？”

“帮我自己。”

“哦？此话怎讲？”

“如果你一直是之前那个成绩，我怕你以后不能和我考到一个高中。”

“是吗？！那你不早点说？！真是那样，我不就可以脱离你的魔掌了？想想就好爽啊！以后都可以不用受你管束了。”

“我就是不想让你脱离我的魔掌。”

“顾清明，没看出来你这么有心机。”李淼很生气，“你为什么这么想掌控我的人生？”

李淼说完发现顾清明正目不转睛地盯着自己看，她不明所以地摸了摸脸：“这么看着我干吗？我脸上有东西？”

然后她就听到顾清明淡淡地说：“我不是想掌控你的人生，我只是想掌控我的人生。我的人生中，不能没有你。”

李淼愣了愣：“听起来，你是这辈子都不想放过我？”

顾清明沉默了一下，忽然伸出手摸了摸李淼的头发：“你也可以这么理解吧。”

那晚过后，十二岁的李淼每天都在琢磨一件事：逃离顾清明……

就是结果不甚理想。

小剧场㈡

李淼被套路

李淼有一段时间对顾清明意见很大，原因很简单：她觉得顾清明把她弟弟拐跑了。

李淼的弟弟叫李森，小李淼整整十岁。原本李淼对李森的出生十分开心，因为以前她一直有个愿望——顾清明这人不太爱说话，她迫切需要一个跟班，把他培养得和自己一样开朗活泼，这样她有好事跟人分享的时候就不至于得到的回应只是一个“哦”了。

可惜天不遂人愿，在李森学会了叫爸爸妈妈之后，这个“姐姐”就是喊不出口，任李淼怎么讨好都没用，倒是一见到顾清明就张口闭口喊“哥哥”。李淼委屈得想哭。

这也就算了，更过分的是，老李和李妈妈有段时间特别忙，就让李淼照顾李森。小小的李森同学哭声震天，李淼使尽浑身解数都哄不好，给他玩具，他不要；喂他奶粉，他不喝；唱歌给他听，他哭得更惨了……而听到哭声从隔壁家过来的顾清明，随便拿个玩具逗逗他，他就破涕为笑了。更可气的是，那玩具明明李淼刚刚递给他时被他摔到了地上啊！

李淼不服气，作为亲姐姐，难道她还不如一个外人？

为了证明自己能获得李森的喜爱，李淼积极地抢在老妈前面给李森换尿布，学着老妈的样子给李森喂饭，反正能做的她都做了。然而结果是，一学会走路，李森有事没事就往对门顾清明家跑去，不玩到饿就不回家。

一次两次就算了，总是这样，李淼的心都碎了，于是她开始上演抢弟大战。

李森一跑去顾清明家，她就跑过去把他抱回来。

于是每天出现的画面就是，一个胳膊粗壮的小女孩抱着一个两岁的小男孩往家里跑，而两岁小男孩的手死死地抓住门框，哭着喊着要哥哥……

而顾清明就站在他们面前，什么都不做，就彻底赢了。

李淼很生气，她找到顾清明认真谈判。

“以后禁止你和李森玩！不然的话，我就告诉你妈妈你欺负王小爱，说你亲她了。”

王小爱是他们班最漂亮的女孩子，那时候她天天黏着顾清明，顾清明最不喜欢她。果然，听到这个名字，顾清明的脸色很不好看。

那天之后，顾清明果然很守信用，没有再和李森玩。李淼很满意，她便把李森关在家里哄着和他玩，但他不但不和她玩，跑到顾清明家找不到人，还哭得格外凄惨。

李森哭的时候，嘴里就喊一句话：“清明哥哥不见了，清明哥哥不见了。”

看到李森的样子，当时李淼就回家问李妈妈：“妈，你老实告诉我，李森其实是顾清明的亲弟弟，对不对？”

结果是李淼的屁股狠狠地挨了一巴掌。

为了哄好李森，李淼只得再求顾清明出面，结果哪儿都找不到他，毕竟那时候他们还没有手机。等天都黑了，大家都着急得不得了时，顾清明才慢悠悠地从楼顶上走了下来。

看到他，李淼很生气：“顾清明，你跑哪儿去了？”

“你不是怕李森再去我家找我吗？我只好在楼顶躲起来。”顾清明说着还有点委屈。

那时候天气炎热，楼顶全是蚊子，看着顾清明胳膊上全是被蚊子叮的包，李淼很不好意思。她二话不说，拉着他赶紧去家里哄李森。然而李森根本不用哄，他看到顾清明就直接笑了。

看到这种情形，李淼彻底认命了。

后来长大，李淼问顾清明："你怎么那么害怕我告诉你妈你亲王小爱啊？"

顾清明看着李淼，一脸认真："因为要亲的话，我这辈子只会亲一个人。"

说完顾清明就走了，李淼愣在原地思考了半天都没弄明白这句话的意思。想到某次他亲李森的样子，她这才一拍脑袋，恍然大悟："我知道了，顾清明，你喜欢我弟弟李森，你……你不会喜欢男的吧？！"

顾清明想吐血……

小剧场㈢

顾清明的爱情法则

李淼曾经幻想过她上大学的情形，不过她完全没有想到，上了大学之后的她，心情不是高兴，也不是激动，而是相当凌乱，凌乱的具体表现是，她看到顾清明，就像耗子见到猫，总想躲着走。

原因说起来连她自己都觉得荒唐：她正在被人追求。

青春无敌美少女，活泼可爱身材好，这样的李淼被人追求也不是什么稀奇的事。正所谓男大当婚，女大当嫁，这个年纪真没人追才可悲呢。

可问题是，李淼有男朋友，还是所有女生眼里的男神顾清明。为此，李淼对追她的男生百般拒绝，甚至威胁他："你要是再对我有非分之想，我就……报警！"

报警又怎么了，警察也管不了人追求真爱，所以男生根本不怕。

顾清明发现了李淼的异常，让李淼没想到的是，顾清明不但没有怪罪她，还在男生送花的时候，将花接了过来。顾清明冷冷地对男生表示感谢："谢谢你这么关心我女朋友，不过送花这种事还是不劳你费心了。"

男生同样无惧："你就是李淼的男朋友？我要和你公平竞争。"

顾清明不但不屑一顾地拒绝，还当面将花扔在男生面前，搂着李淼酷酷地离开。李淼从来没有觉得顾清明这么有男友力。

见顾清明不是很生气，李淼终于敢笑笑："顾清明，你是不是怕我被别的男生拐跑哇？"

顾清明一脸严肃："我就那么没自信？怕这个词，就不适合用在我身上。不过你最好少给我招蜂引蝶，我讨厌苍蝇。"

那一刻，李淼觉得顾清明帅爆了。

不过她不知道，顾清明只是嘴硬，他要是不怕，干吗当晚趁李淼不知道，偷偷约男生去操场来了一场硬碰硬的篮球单挑？

男生也没有想到顾清明会真的和他来一场这样的公平竞争，白天顾清明高大的形象顿时崩塌："看来你也没有李淼眼里那么厉害，是不是很担心她真被我抢走啊？"

顾清明也不恼："厉不厉害，你待会儿就知道了。"

半个小时以后，男生是哭着离开操场的。他还被顾清明逼着录了视频："我，王小南，以后看到李淼就绕道走，保证待在李淼十米开外的地方，绝不会再给李淼添一丝一毫的麻烦，否则我就一辈子打光棍，如有违反，此视频公开我也绝无异议。"

顾清明这才很满意地放他走。

李淼当然不知道这些，接连几天发现骚扰自己的男生不见了，还以为前两天特地去寺庙里拜佛后佛祖显灵了，她终于有底气面对顾清明了。

不过顾清明其实不解："有人喜欢你又不是你的错，你干吗不好意思面对我？”

李淼嘿嘿一笑：“好不容易你才答应做我男朋友，要是知道我这么受欢迎，万一不要我了，我岂不是亏大了？”

顾清明：“……”

他还以为李淼是怕自己误会她出轨才不好意思，可她这分明是抬高了她却看轻了他的魅力。

“那要是我生气呢，很介意呢？你打算怎么办？”顾清明追问。

李淼有点着急：“要是那样，我就誓死和他划清界限，然后再好好哄你。”

顾清明继续引导她：“怎么个哄法呢？”

李淼讨好地笑：“给你买好吃的，给你捶背按摩，给你把你最想要的那个飞行模型买回来。”

顾清明不满意：“你觉得这就够了？”

李淼委屈：“那怎么样才够？”

“你说呢？”顾清明见李淼迷糊，直接挑明，“你不考虑以身相许？”

“哇，顾清明，你确定？”顾清明没想到他的话刚说完，最为激动的是李淼，“我还以为你看不上我，一直只有色心没色胆，既然如此，那咱们就赶紧生米煮成熟饭，马上找个地方以身相许吧。”

“你有这个觉悟，我很欣慰。”顾清明满意地看着一脸激动的李淼，掏了两张电影票说，“不过不用着急，我们先去看个电影吧，看完电影再以身相许？会比较有氛围。”

李淼：“……”

等等，这事怎么越听越不对劲？有没有人给她分析分析，她是不是被套路了啊？！

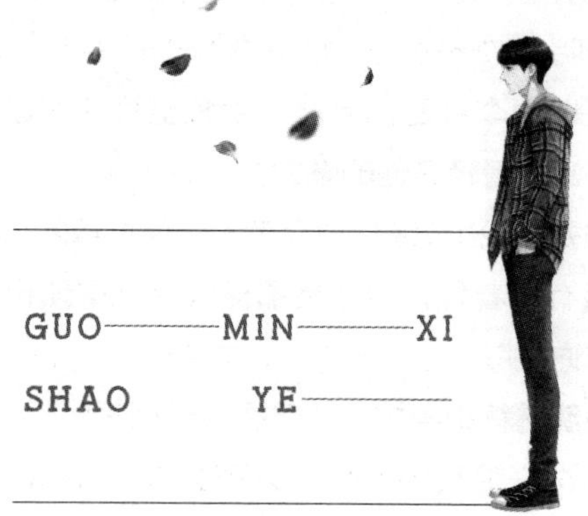

后记

我只能陪你到这里

从第一部到第二部，中间隔的时间不长，我也像经历了他们的一生一般。

抽身出来的时候，我觉得自己像是失去了某些重要的东西，但具体是什么，我又说不上来。

我和写手朋友聊过，他们一概的反应是在完稿时觉得轻松愉悦。我恰恰相反，创作当中的兴奋和焦虑，在完稿的那一刻，全都变成了分别的愁绪。

说实话，我不太喜欢这种感觉。

所以每次写完一个故事，我都会立马发给编辑，不忍多看，生怕太过迷恋，一时走不出来。

编辑看完了整个故事，曾提出一个问题：书中所有人的结局，是不是太过理想了？毕竟现实中可没这么圆满的事。

我强力争取：如果连小说里都不能让我们实现这点小圆满，那生活就真的太残忍了。

认真读完故事的朋友可能会注意到，在整个“国民系少爷”的故事中，我没有安排一个所谓的“坏人”，或者叫反派，哪怕他们立场不同，最后也都以最温柔的方式和解。

整个故事甚至没有激烈的矛盾或者误会来增加故事的戏剧性。他们只是顺畅地走过自己的青春，在明媚的青春里，为自己喜欢的人发光发热。

我是有意这样安排的，因为我相信，每一个勇敢的女孩，最终都会被命运善待。

我无法确定你是否喜欢这个故事，但顾清明和李淼这两个名字，无疑在我的生命中烙下了很深的印迹。只是在把故事交付出去的那一刻，我就只能陪你们走到这里了。

那么，我们下个故事见。

小北 初秋